时光印记

戴文华/著

天天出版社

图书在版编目（CIP）数据

时光印记 / 戴文华著. -- 北京：天天出版社，2025.1. -- （新时代优秀散文书系）. -- ISBN 978-7-5016-2482-9

Ⅰ.I267

中国国家版本馆CIP数据核字第2025BU9012号

责任编辑：郭剑楠	责任印制：康远超　张　璞

出版发行：天天出版社有限责任公司
地　址：北京市丰台区右外西路2号院　　　邮编：100071

印　刷：成都市兴雅致印务有限责任公司	经销：全国新华书店等
开本：880×1230　1/32	印张：9.75
版次：2025年1月北京第1版	印次：2025年8月第1次印刷
字数：245千字	

书号：978-7-5016-2482-9	定价：78.00元

版权所有・侵权必究
如有印装质量问题，请与本社市场部联系调换。

自 序

文学创作是艰苦的事业，也是一种高雅的爱好。尤其是处在物欲横流、人心浮躁的当下，尚能静下心来，读一点书，思考一些问题，然后，付诸文字，不能不说是一件快事。我平时爱好写散文，偶尔写些杂文。至于发表与否，大可不必计较。

我之所以爱好读书与写作，大抵受祖父和祖母的影响。我的祖父读过私塾，是新中国成立前的老党员、老乡长，我六岁时，他就教我识字。祖母会讲故事、说笑话和顺口溜。在两位老人家长期言传身教下，少年的我便酷爱读书，喜爱写作。然而，我在读初中、高中时，作文成绩一般，后在语文老师的精心指导下，写作能力逐步提高。

我写散文，试着向报刊投稿，始于1984年。那一年，我任大中镇团委副书记，经常去农村、工厂，接触了好多青年，耳闻目睹了好多新鲜事，记在本子上。1985年1月，我采访一位残疾青年，写了一篇《秋和的不幸》寄给上海《青年一代》杂志，很快被发表。同年2月，我创作的散文《育花姑娘与"聚芳铺"》被《中国青年报》刊用。从那以后，我坚持业余写作，先后在全国报刊上发表了两百多篇散文。

在散文的创作实践中，我真切地感受到，散文创作必须有自己的思想和语言，有对生活对社会独到的发现和见解，要有真情实感。没有思想，没有独到的见解，没有真情实感，这样的散文往往流于平庸，缺乏深度，行而不远。此外，作者还必须有一定的生活积累和知识储备，才能增加作品的高度、深度和厚度。

我写散文的时间并不长，能经常在报刊上发表，固然有自己的努力，但更主要的是得益于老师、编辑、文友的指导和帮助，我将终生不忘。正基于此，我在选编这本散文集时，有意识地大体按照写作、发表的时间先后顺序，以便读者感受到我创作质量渐次提升的轨迹。同时，力图鞭策自己向更高的目标努力。

本书按内容大体分为四个部分，每一篇文字都是我对时光的印记。一是"大地风华"，着重写故乡的城镇、乡村、河流、植物，表达对故乡一草一木的眷恋；二是"乡里乡亲"，重点写自己有深切感受的人和事，以及对故乡人物的缅怀，对故乡生活的思考；三是"故乡滋味"，具体写故乡的美味佳肴，传承故乡的饮食文化；四是"灯下漫笔"，是我平时的读书感悟，还有对现实生活的点滴思考。

我虽年近七十，但散文的写作尚未入门，佳作精品很少。退休以来，由于患高血压，手发抖，担心往后操作电脑困难，故一直打算把以前发表的散文输入电脑，出一本散文集，可因家庭琐事较多，迟迟没有动手。这次，在几位文友的督促下，仓促编辑成书，心中不免惴惴。因此，在本书即将付梓的时候，再一次衷心感谢我的恩师益友，并请编辑和读者朋友不吝赐教，以便在今后的写作中有所进步。

2024 年 10 月 18 日于大丰吾悦华府

目 录
CONTENTS

大地风华

瑞　雪 ·· 002
乡村的冬 ·· 004
新春吟春诗 ··· 006
桃花依旧笑春风 ··· 009
秋来荞麦艳 ··· 011
咏秋诗话 ·· 013
趣读咏春叠字诗 ··· 016
芦粟情思 ·· 017
蝉鸣渐远 ·· 020
读古诗欣赏古代生态 ··· 021
又闻槐花香 ··· 022
苏北访"世外梨源" ·· 024
大丰的井字河 ·· 027
玉　米 ··· 030
张謇与大丰的地名 ·· 033
张謇与大丰的废灶兴垦 ·· 035
中秋是一首写不完的诗 ·· 041
家乡，以一座海港写满骄傲 ···································· 044

01

通向幸福的路	053
孔尚任与《西团记》	055
又是一年桃花红	057
故乡的梨花	059
故乡的腊月	061
草堰境内的古桥古闸古井	065
走月亮	067
豌豆花　蚕豆花	070
草堰古镇	071
菜花蜜	074
诗人笔下的草堰八景	076
古盐运集散地	079
桃花盛开的地方	082
张謇治理王家港	084
走进草堰古村	087
二卯西河风光	089
家乡的牛湾河	092
丁溪八景诗	095
"梨"花源记	098
大丰古代五大盐场	103

乡里乡亲

秋和的不幸	108
育花姑娘与"聚芳铺"	110

奶　妈 ………………………………………………… 112
乡野趣事 ………………………………………………… 114
有仇人亦成眷属 ………………………………………… 116
心中的月亮 ……………………………………………… 118
妻子当家比我强 ………………………………………… 122
用爱抚养孤儿的残疾青年 ……………………………… 124
常回家"忙忙" …………………………………………… 130
我参加"八六"海战 ……………………………………… 132
新邻居 …………………………………………………… 135
夜幕下的拾荒者 ………………………………………… 139
扁担和铁锹 ……………………………………………… 142
服侍晚娘如亲娘 ………………………………………… 144
启海移民的衣食住行 …………………………………… 146
老伴的隔代亲 …………………………………………… 149
退休种地乐陶陶 ………………………………………… 151
大丰两廉吏 ……………………………………………… 153
靠海吃海，大丰海边原住民生活 ……………………… 155
保洁员老赵 ……………………………………………… 171
赶年集 …………………………………………………… 173

故乡滋味

奶奶煮的腊八粥 ………………………………………… 178
春天螺抵只鹅 …………………………………………… 179
吃一碗桂花藕粉圆 ……………………………………… 180

03

米饼飘香 ·· 181
南瓜宴 ·· 183
浓浓的年味 ·· 184
每一位海边的游子心里都装着家乡的鲜 187
舌尖上的味道 ······································ 197
苏北野麻菜 ·· 201
春　韭 ·· 204
挑荠菜，拔茅针 ··································· 206
青青车前草 ·· 208
金针花香 ··· 210
六月六吃焦屑 ······································ 213
鲜嫩的马齿苋 ······································ 215
一碗鱼汤面 ·· 217
吃鱼乐中品鱼诗 ··································· 220

灯下漫笔

李白读书 ··· 224
喝酒与作文章 ······································ 225
劝君常吟《不气歌》 ···························· 227
"伯乐"也会失职 ·································· 228
吕岱、徐原越多越好 ··························· 231
送来与拿去 ·· 232
清代的"吃赈"和"冒赈" ···················· 234
今日"打秋风" ···································· 236

古人树木	239
切莫"闲置"老年人才	240
寻求"第二落脚点"	242
名节重于泰山	244
"一钱罢官"与"一钱斩吏"	246
不解之缘	248
我也是"作家""专家"	250
再读《岳阳楼记》	252
多读《训俭示康》	255
出书当学赵树理	256
面对井字河	258
"烧船称钉"遏制造假	260
要留清白在人间	261
人生有"三宝"	264
贪官的装廉术	265
学学彭德怀的"三怕"	267
"由来名位输勋业"	269
康熙皇帝重用清官于成龙	271
贤妻良母重贤德	273
年年防漏	275
廉洁也是尽孝	276
莲花精神赞	278
慎　独	280
做一世好官	283
如此农民上楼	286
用廉政文化滋养心田	288

像金子一样纯洁坚定 …………………………………… 290
撕破"两面人"的面纱 …………………………………… 292
为官不可学李绅 …………………………………………… 294
有感于匡衡的后半生 …………………………………… 296
劝君常读《钱本草》 …………………………………… 298

大地风华

瑞　雪

　　连日来，暖和得如同三月小阳春的天气骤然变冷。早晨，凛冽的寒风刮起来了。中午时分，风小了，大片大片的雪花，像扯破了的棉絮一般，纷纷扬扬地从半空中落下来。

　　这是入冬以来苏北平原上的第一场雪。斗龙河沿岸是粮棉区，家家户户门前那一垛垛草堆上，披上一层薄薄的银衫。远远望去，像这一带农家过年蒸的大馍馍，显得既富足，又温暖。

　　论季节，正值冬闲，可无论你走进哪座农家小院，都少见拱手的闲人。白天，男人一般都外出跑运输、做生意、做手艺，妇女在家更是闲不住，她们有的坐在堂屋沙发上选棉种、粮种，有的聚在一起噼噼啪啪打草苫子，还有的在精选芦苇编席子。她们边做边谈，不断传出笑声。

　　你可别看轻了那一垛垛稻草、芦苇，若卖草，不过三四分钱一斤，打成草苫子、编成席子，经济效益就能翻几番。打草苫子和编席子成了这一带农民致富的拿手戏。草苫子、芦席销路甚好，芦苇不但可以编席，还可造纸。草苫子用途也很广。农民们心里明白：一亩地产的稻草打成草苫子和一条沟产的芦苇编成席子卖出去，买化肥和农药的钱就能稳稳地赚回来。你可别小看这些农家妇女，她们心灵手巧，过日子、种地比谁都精。她们聚在一起，七嘴八舌，谈论最多的话题，仍然是种地与副业生产：从不同品种、不同产量的对比，到市场销路、价格的比较；从化肥的价格、用量到施肥的效果，并与农家杂肥反复比较，再一遍又一遍盘算生产每斤稻谷和棉花的成本，就连稻草和芦苇的出路，也有人主张不能光打草苫子和编席子。据报上介绍，苏南用稻草生产一种蘑菇，口味鲜美，颇受城乡居民欢迎；芦苇生产出来的纸张，质量好，市场上很走俏。她们对这两条消息颇感兴趣，拟定开春搞论证，引进技术，生产蘑菇，合资联户办造纸厂。

雪仍然下着，屋内的阵阵笑声、议论声和屋外"沙沙"的雪花声交织在一起，奏响了一首优美和谐的迎春曲。此时，你若站在农家楼房阳台上极目远眺，那斗龙河沿岸的田野、树木、房顶，全部披上了银装，整个乡村变成了一个粉妆玉砌的世界。

傍晚，外出谈生意、做工的男人们回来了。刚从城里回来的村农贸公司经理春旺，给乡亲们带回来喜讯，他与县外贸公司签订了一批赤豆、羊角椒和早酥梨出口合同。他没有回家，而是踏着皑皑白雪向村广播室走去。他立即打开有线广播，向全村发出消息："村民们，俗话说，'一年之计在于春'，我以为，来年之计全在冬。明年种什么，种多少，产品如何卖，卖到哪儿，今冬不落实，明春就不知怎么干。告诉大家一条好消息，村农贸公司与县外贸公司签订了一批农副产品合同，我们明天上午就到各家各户落实种植面积和签订销售合同……"乡亲们都坐在喇叭下喜滋滋地听着。

雪还在下，纷纷扬扬，落在斗龙河两岸的原野上。一幢幢农家楼房的玻璃窗上，闪着柔和的光。那光照在雪上，映在树上，仿佛是农家容纳不下的喜悦和富足。

初冬，一场瑞雪又将滋润多少勃勃生机……

原载 1995 年 1 月 29 日《新华日报》

乡村的冬

入冬，我走进乡村，天气虽有点寒冷，早晨地面上覆盖了一层薄霜，但田野里的麦苗、油菜和路边的女贞树、香樟树一片葱绿，跃入眼帘的是一望无际的庄稼和欣欣向荣的景象。论季节，正值冬闲，可无论走进哪座农家小院，却见不到拱手的闲人。我顿时感到，乡村的冬别有一番情趣，与春天一样生机勃勃、魅力非凡。

乡村的冬是乡亲们"选"出来的。白天，家里农活不忙的村民一般都外出跑运输、做生意、做手艺了，中青年妇女们大都在床单厂、织布厂、玩具厂、饭店打工。年龄稍大的奶奶爷爷们在家也闲不住，有的坐在堂屋沙发上选玉米种；有的剥花生米选个头儿大的为来年备种。

乡村的冬是乡亲们"编"出来的。大丰斗龙港沿岸的村民，有的聚在一起噼噼啪啪捶打稻草，编织草绳、草苫子；还有的在精选芦苇，编芦扉、苇箔。他们边做边谈，不时传出朗朗笑声。李大爷边编织草绳边告诉我，别小看这一垛垛稻草、芦苇，若卖草，不值钱；若焚烧，既浪费资源又污染环境；若将稻草编成草绳、草苫子，将芦苇编成芦扉或苇箔卖出去，经济效益就能翻几番。编草绳、草苫子、芦扉和苇箔成了苏北斗龙河沿岸一带农民致富的拿手戏。他告诉我，一亩地产的稻草编成草绳、草苫子；一条沟产的芦苇编成芦扉、苇箔卖出去，买化肥、种子和农药的成本钱就能稳稳地赚回来，还有结余。

乡村的冬是乡亲们"挑"出来的。我来到田埂上，放眼望去，冬就在田野里，在繁忙的水利工地上。农谚说："来年之计全在冬""冬天忙一忙，来年粮满场"。乡亲们忙于施腊肥，到麦地、油菜地里挑，挑一担粪肥，绿一片田野；到水利工地上挑，挑一担污泥，肥一片沃土；到塑料大棚里挑，挑一担碧水，长一片壮苗。啊，是的，到该忙的冬啦！给越冬作物培肥抗寒，给河道疏通脉络，家家户户全在忙个"挑"字。挑了再挑，一堆堆、一行行，挑出了一片阳光，挑出了一片温暖，挑出了来年丰收。

乡村的冬是乡亲们"晒"出来的。连日来，苏北的太阳真好，暖阳高照。乡亲们称冬天的太阳为暖阳，因为冬天寒冷。暖阳，暖阳，叫着叫着，人的身体就暖和起来了。冬天村里老人有晒太阳、家家户户有晒被子的习俗。多晒太阳有益于身体健康和增强免疫力。多晒被子，晚上睡在被窝里暖暖和和的，一觉到天亮。在农家大院，可以看到有好多老人在晒太阳、谈家常；每户农家门前都晒着五颜六色的棉被，给冬天晒出了温度和色彩。

乡村的冬是乡亲们"挂"起来的。乡亲们率先让冬挂在阳台上、屋檐下。这阳台、屋檐为什么这么拥挤、这么丰盛、这么绚丽？是炫耀冬的殷实，还是炫耀冬的多彩多姿？最先跃入你眼帘的是阳台上、屋檐下那一串串羊角椒，那是冬的信号、冬的旗帜。乡亲们并非人人喜爱羊角椒的滋味，但羊角椒如同美酒一样，没有哪家缺得了它。因为任何一种作物都比不上羊角椒那样殷红，那样富有魅力，那样寓意吉祥如意。阳台通风，屋檐干燥，进入腊月风腊肉、腊鱼，腊香味浓。平平伸展的阳台和翘翘的屋檐莫非是古人为"挂"冬设计的？悬挂的羊角椒越红、越多，冬就越深，农家阳台和屋檐也就越绚丽、越拥挤、越富有。你看，一捆捆青青的是香腊菜，一串串、一节节的是灌香肠，一挂又一挂的是风羊肉、风香腊鸡，还有腌制的大鲤鱼、大青鱼，这些丰盛的物品都是故乡人准备的年货。当然最气派、最醒目的还是那一串串棒头种和一扎扎红芦穄种。那都是精心挑了又挑、选了又选、晒了又晒，粒大、饱满、色澄，它们是下一年的希冀，下一个冬的标志。

乡村的冬是一幅美丽多彩的风俗画。

原载 1996 年 1 月 30 日《大丰日报》

新春吟春诗

日月如梭，光阴似箭，转瞬之间，"又是一年芳草绿，春风十里杏花香"，和煦的春风已吹彻大江南北、长城内外。百花争艳、莺歌燕舞的美好春天，曾引起历代骚人墨客为之吟咏。他们流连春光，感叹人生，留下无数扣人心弦的动人诗篇。时值新春之际，吟诵品味颂春诗篇，别有一番情趣。

南朝诗人江总《春日》诗写得好："水苔宜溜色，山樱助落晖。浴鸟沈还戏，飘花度不归。"诗人没有用浓墨重彩，仅用轻轻几笔，就绘出一幅山间春色图：水清且浅，苔的绿色在水中格外夺目，似乎水也被染绿了。暮色中的樱桃花鲜艳美丽，与落日交映成辉。溪水澄澈，浴鸟或沉或浮，嬉戏自得其乐。山花似乎也有同乐感，故飘落水中，任水带着自己流逝。

杜甫《绝句二首（其一）》："迟日江山丽，春风花草香。泥融飞燕子,沙暖睡鸳鸯。"诗人把春风、花草及其散发的馨香有机地组织在一起,给人以惠风和畅、百花竞放、风吹花香的感受。春暖花开,泥融土湿,春归的燕子飞来飞去,衔泥筑巢。春日冲融,日丽沙暖。鸳鸯也要享受这春天的温暖,在溪边的沙洲上静睡不动。这些生动的描写给人以动态美。

杜牧《江南春》:"千里莺啼绿映红,水村山郭酒旗风。南朝四百八十寺,多少楼台烟雨中。"辽阔的千里江南,黄莺在欢快地歌唱,丛丛绿树映着簇簇红花。傍水的村庄、依山的城郭、迎风招展的酒旗,一一在望。金碧辉煌、屋宇重重的佛寺,掩映于迷蒙的烟雨之中。春天的江南,经过诗人妙笔生花的点染,显得格外多彩多姿。

历代诗人喜爱春光、赞美春光,是因新春处处美丽迷人,皆可入诗入画。新春新景犹如岁月长河中的彩舫,满载着人间的芳菲之思,永远向前流淌。

您看春雨:"茹溪发春水,阢山起朝日。兰色望已同,萍际转如一"(南北朝·谢朓《春思》);"耕人扶耒语林丘,花外时时落一鸥。欲验春来多少雨?野塘漫水可回舟"(宋·周邦彦《春雨》)。雨后的山、水、萍、兰尽沐春晖;一群耕人扶着耒喜谈春雨;那些花儿几经春雨的润泽,早已是争开竞放;春雨之后,碧波粼粼,喜得那些鸥鸟不时扑入河中戏水。

您看春风:"昨暝春风起,今朝春气来"(南北朝·宗懔《早春》);"春从何处来,拂水复惊梅"(南北朝·吴均《春咏》)。春风乍起,一夜之间,春色已来天地;春风惊醒了梅花,使它绽出花蕾,散发出馨香。

您看春江:"春江潮水连海平,海上明月共潮生"(唐·张若虚《春江花月夜》);"暮江平不动,春花满正开"(隋·杨广

《春江花月夜》)。江潮浩瀚无垠，仿佛和大海连在一起，一轮明月随潮涌生，月光闪耀万里之遥；披着一身星光月色的江水，在春睡中呼吸到了春花芳香的气息。

您看春月："春山多胜事，赏玩夜忘归。掬水月在手，弄花香满衣"（唐·于良史《春山夜月》）；"光风流月初，新林锦花舒。情人戏春月，窈窕曳罗裾"（南北朝·吴声歌曲《春歌》）。泉水清澄明澈照见月影，山花馥郁之气溢满衣衫；春风吹拂，月光流泻，朵朵鲜花迎着月光绽放，月光下的情人尽情地嬉戏、追逐。

您看春花："春色满园关不住，一枝红杏出墙来"（宋·叶绍翁《游园不值》）；"草色青青柳色黄，桃花历乱李花香"（唐·贾至《春思》）。满园关不住的春色，向人们宣告春天的来临；春草丛生、花枝披离，花气氤氲，春意格外喧闹。

您看春鸟："莺鸣一两啭，花树数重开"（南北朝·宗懔《早春》）；"两个黄鹂鸣翠柳，一行白鹭上青天"（唐·杜甫《绝句》）。第一声春莺巧啭，催开了郊原数重花树；黄鹂婉转地鸣唱于翠柳之上，白鹭翱翔于蔚蓝的青天，春景优美迷人。

"风雨送春归，飞雪迎春到。"春光美好，但来之不易。没有风风雨雨、漫天飞雪的洗礼，就不会有百花争艳、百鸟争鸣的春天到来。今天我们赞美春天，不只是因为春天的美丽，更重要的是，春天是播种的季节。"一年之计在于春"，我们要加倍爱惜春光，用自己勤劳的双手，再绘神州万里春！

原载 1996 年 2 月 26 日《中国人事报》

桃花依旧笑春风

"春风得意，先上小桃枝。"桃花是报春花，每当红桃吐蕊的时节，春天已经风姿绰约地降临了人间。

桃花与诗结缘久矣！中国历代骚人墨客，留下的桃花诗、文，有如"三月桃花火，烧越三千年"。桃花是入诗最早、被歌最多的佳花之一。中国第一部诗歌总集《诗经》在其《周南·桃夭》中，便有"桃之夭夭，灼灼其华"的名句。秦汉以来，佳作不绝。晋代陶渊明的《桃花源记》流芳千古。唐代李白的"犬吠水声中，桃花带露浓。树深时见鹿，溪午不闻钟"；杜甫的"黄师塔前江水东，春光懒困倚微风。桃花一簇开无主，可爱深红变浅红"；白居易的"人间四月芳菲尽，山寺桃花始盛开"；刘希夷的"洛阳城东桃李花，飞来飞去落谁家"；王维的"雨中草色绿堪染，水上桃花红欲燃"；冯延巳的"蕙兰有恨枝犹绿，桃李无言花自红"；苏轼的"野桃含笑竹篱短，溪柳自摇沙水清"。这些都是值得一读的名篇。

虽说桃花娇艳妩媚，开起来又是漫山遍野，但有些喜欢把花性和人品相连的清高文人，总是斥之为轻佻、粗俗。大诗人苏轼便有"桃李漫山总粗俗"之句。也有的诗人借桃伤春，如唐代李贺的"桃花乱落如红雨"和宋代辛弃疾的"城中桃李愁风雨"等。其实，桃花落红成阵的开败之时，正是蟠桃初结的华诞之日，纷飞的桃花不啻生命的礼赞和丰收的前奏。更何况桃花还因"红雨随心翻作浪"的烂漫景象，为暮春赢得"落花时节"的美称呢？杜甫的"落花时节又逢君"和毛泽东的"落花时节读华章"等脍炙人口的诗句,都是缘此而来。

桃花与我国民族文化的历史渊源甚广,古代人常把爱恋的情愫寄托于桃花,使桃花成为爱情的象征。名著《桃花扇》写的是侯方域与李香君的爱情故事,把爱化为血,血化为桃花,将桃花与爱情深深融为一体。唐代有个书生叫崔护,在一次春游中,看见有户人家门前一株盛开花朵的桃树旁站着一位美丽的姑娘,他因口干向姑娘讨了一碗水,崔护很感谢这位姑娘,但因萍水相逢不好意思讲话,便怅然离去。第二年的这天,崔护又来这里,只见双门紧锁,便在门上留了一首《题都城南庄》的诗:"去年今日此门中,人面桃花相映红。人面不知何处去,桃花依旧笑春风。"谁知姑娘竟因思念崔护而死,他悲悔至极,边哭边喊,哪知姑娘又死而复生,两人便结为伉俪。

桃花,大自然的精灵。当春光降临大地时,它抓住契机鲜花怒放,尽情地表现。桃花芳香,可做糕点、入药。桃花有导泻逐水作用,还能辅助治疯癫病。《本草纲目》有"一妇因夫死惊怒伤肝而发狂,因食桃花而愈"的记载。酒渍桃花饮之,能利百病、益颜色。

原载 1999 年 2 月 18 日《佛山日报》

秋来荞麦艳

不知怎的,我与荞麦结下了不解之缘。我爱上荞麦是从读小学二年级开始的。1965年夏天,苏北里下河地区一场大水灾淹没了地里全部庄稼。水灾给乡亲们生活带来了困难,要解决秋后的吃饭问题,必须补种庄稼,而唯有荞麦生长期短,是灾后能补种的作物。当时,担任大队书记的父亲和愁肠百结的乡亲们同甘共苦,在退了洪水的地里撒下了荞麦种。这是我第一次看到荞麦的形状,荞麦粒像一个个褐色石块打磨成的三棱锥形,棱角很锐,壳子很硬。在灾难面前,它像一名英勇的战士,前赴后继、冲锋陷阵,投入抗灾行列。洪水过后的农田泛碱,地面仿佛铺盖了一层薄薄的霜。而荞麦却无所畏惧,抗盐碱,生命力极强。没几天,荞麦芽就拱出地面,吐出嫩芽,油油地绿成一片。当九月的馨风掀动着紫色的麦叶时,荞麦的收获季节到了。此时正是灾后农家断炊的时候,荞麦填补了缺食空白,给人们温饱。乡场上的连枷声噼噼啪啪地响起来了,一只只笆斗里盛着饱满的麦粒泛着褐色的油光,盛着灾后农民的希冀。

荞麦外表虽呈褐色,但"内心"洁白无瑕。荞麦面白似雪,使人不忍动口。荞麦面性柔而韧,吃口好,很有咬劲,吃法多种多样。忙时,乡亲们图省事就吃荞麦疙瘩;农闲时,吃细如粉丝的荞麦面条。到了过年,家家户户用荞麦包饺子、做团子、蒸馒头。

我读初中时,就看不到乡亲们种荞麦了。荞麦为何离我们远去?母亲说乡亲们不愿种荞麦是因为产量低,卖不到好价钱。去年初夏，我外婆患了糖尿病，医生说荞麦可以降血糖，是糖尿病患者最理想的食品，叮嘱她要多吃些荞麦。母亲要我去寻找荞麦，可我走村串户，到处打听，也未找到一粒荞麦。荞麦未找到，一家人都很失望。后来听说外乡有位姓李的老大爷坚持年年种荞麦，我前往求种。老大爷送给我一斤荞麦，说什么也不肯收钱。他语重心长地对我说："荞麦是粮食中的珍品，不种荞麦是一大失误。"我手捧荞麦种，如获至宝。一回家就在家门前的自留地里精耕细作，播下了荞麦种。我早也盼，晚也盼，盼荞麦成熟。没有多久，地里就长出了嫩芽，油油绿绿的，惹人喜爱。令人惊奇的是，屋檐下的砖头缝里也冒出了不少荞麦芽，这是撒种时，东南风把荞麦种吹到墙脚下的。盛夏酷暑，台风暴雨接踵而来，我担心荞麦身子小经不住风风雨雨的摔打。而荞麦却不畏风暴，茁壮成长。秋天到了，荞麦像一株株多姿多彩的盆景，特别艳丽。有一天，我突然发现荞麦地里飞来许多蜜蜂，一群群小蜜蜂在荞麦的枝叶间钻进飞出。我定睛一看，嗬，枝叶间绽出一朵朵艳丽多彩的花，有的粉红，犹如玫瑰花瓣，姿容俊逸；有的雪白，"忽如一夜瑞雪降"。荞麦花基部有蜜腺，蜜蜂在花间"嘤嘤"起舞，从这朵钻到另一朵，穿梭在花丛中。小花蝴蝶也不邀自到，在花丛中翩翩起舞，说不出的恬静与美丽。自古以来，有不少诗人为荞麦作诗，仅大诗人陆游一人就作出有关荞麦的诗好多首，"满村荞麦正离离""月明荞麦花似雪"等，可见荞麦是富有诗意和情感的作物。中秋后，荞麦开始灌浆，我突然发现枝叶下呈三棱锥形的麦粒摇晃着褐色的小脑袋，对着秋阳露出灿烂的笑容，仿佛它有什么好消息要告诉主人似的……

现在，村里人又种荞麦了。荞麦不仅给我们展现出美的景色，而且给我们奉献出美的佳品。我永远赞叹它那旺盛的生命力和扶贫济困、治病救人的崇高品格！

原载 1999 年 9 月 10 日《中国改革报》

咏秋诗话

日月如梭，光阴似箭，转瞬之间，又到"秋风起兮白云飞"的秋天。秋景、秋色、秋意、秋声，喜秋、颂秋、悲秋，从汉代刘彻的《秋风辞》、晋代潘岳的《秋兴赋》、宋代欧阳修的《秋声赋》到现代峻青的《秋色赋》，描绘秋色，抒写秋感成了中国文学的一种传统。金秋时节，吟诵品味这些咏秋诗，别有一番情趣。

最早的悲秋文字大概要推战国时宋玉的《九辩》了："悲哉，秋之为气也！萧瑟兮草木摇落而变衰。"这是一幅凛冽的悲秋图。古人悲秋，常悲国家多战乱，月圆人不圆。

然而，同是古人咏秋，由于处境、心情、视角的不同，色调也不同，更多的是喜秋、颂秋。汉代刘彻的《秋风辞》写得好："秋风起兮白云飞，草木黄落兮雁南归。兰有秀兮菊有芳，怀佳人兮不能忘。"这是汉武帝刘彻笔下的河上秋景。阵阵秋风拂面而来，朵朵白云似白帆悬空，御风而飞，金黄的落叶纷纷飘坠，雁鸣阵阵南飞，秋兰含芳、金菊斗奇，好一派斑斓的秋色。

晋代陶渊明《和郭主簿二首（其二）》："和泽周三春，清凉素秋节。露凝无游氛，天高肃景澈。"诗人赞赏秋色清澈秀雅、灿烂奇绝，大有胜过春光之意。

唐代王维《山居秋暝》："空山新雨后，天气晚来秋。明月松间照，清泉石上流。"山雨初霁，万物为之一新，又是初秋的傍晚，空气之清新，景色之美妙。皓月当空，青松如盖，山泉清冽，淙淙流泻于山石之上。犹如一条洁白无瑕的素练，在月光下闪闪发光，多么幽清明净的秋景啊！

唐代刘禹锡《秋词》："自古逢秋悲寂寥，我言秋日胜春朝。晴空一鹤排云上，便引诗情到碧霄。"诗人赞秋气咏秋色，以颂情操清白。景随人移，色由情化，给人们的不只是秋天的生气和素色，更唤醒人们为理想而奋斗的英雄气概和高尚情操。

唐代杜牧《山行》："远上寒山石径斜，白云生处有人家。停车坐爱枫林晚，霜叶红于二月花。"展现出一幅色彩斑斓、美丽动人的山林秋色图，表明诗人对秋光的爱恋。

宋代林逋《宿洞霄宫》："秋山不可尽，秋思亦无垠。碧间流红叶，青林点白云。"山大景色美，一路观赏不尽，诗人秋思的欣快心情随景而生，也随景而变。用"碧""红""青""白"四字，铺开一幅秋景图。秋山秋水，一片鲜艳。涧水在奔流，树林有点染，一片生机。涧是碧色，却流红叶；树是青色，却映白云，秋色绚丽多彩。

元代关汉卿《碧玉箫》："秋景堪题，红叶满山溪；松径偏宜，黄菊绕东篱。"展现了一幅秋山壮丽景色：火红的枫叶，比起那万紫千红的春色也毫不逊色。那苍劲的青松，在草林摇落中显得愈加挺拔苍翠，金灿灿的菊花宛如团团黄金锦绣，盘绕菊园，绘出一幅绚丽多娇的秋山图。

在老一辈无产阶级革命家的诗词中，毛泽东以现实主义和浪漫主义手法，赋秋以新意，吟出了"战地黄花分外香""不似春光，胜似春光"的雄伟壮丽诗意。陈毅的"西山红叶好，霜重色愈浓""明春花再发，万红与千紫"的咏秋诗词，给人以启迪和鼓舞，具有强烈的艺术魅力和感染力。

历代诗人之所以喜爱秋景、赞美秋色，是因为秋景处处美丽迷人，皆可入诗入画。

您听秋风："何处秋风至？萧萧送雁群"（刘禹锡《秋风引》）；"霜落荆门江树空，布帆无恙挂秋风"（李白《秋下荆门》）。秋风凉爽，温柔多情，大雁阵阵向南飞，秋风万里送行舟。

您看秋月："夜月楼台，秋香院宇"（辛弃疾《踏莎行》）；"今夜月明人尽望，不知秋思落谁家"（唐代王建《十五夜望月寄杜郎中》）。秋月映照着树木荫蔽的楼台，秋花在庭院里散发着扑鼻的幽香。秋思随着银月的清辉，一齐洒落人间。

您看秋江："一道残阳铺水中，半江瑟瑟半江红"（白居易《暮江吟》）；"雨暗苍江晚未晴，井梧翻叶动秋声"（宋代道潜《江上秋夜》）。夕阳"铺"在江面上，江水缓缓流动，呈现出一片红色和深深的碧色，写出了秋天夕阳的柔和和江水的平静。苍江从傍晚到夜半，天气由阴转晴的变化过程，烘托出江上秋夜静谧的气氛。

您看秋夜："竹凉侵卧内，野月满庭隅"（杜甫《倦夜》）；"庭户无人秋月明，夜霜欲落气先清"（宋代张耒《夜坐》）。凉风阵阵袭入卧室，月光把庭院的角落都洒满了，好一个清秋月夜！

秋天的景色美不胜收，历代咏秋诗篇不可胜计。今天我们赞美秋天，不只是因为秋天美丽迷人，更重要的是，秋天不仅是播种的季节，而且是收获的季节。一年之计也在秋，让我们用自己勤劳的双手，再绘神州万里秋！

原载 1999 年 10 月 1 日《广州日报》

趣读咏春叠字诗

我国古代诗人常常在一首诗中利用叠字来获得别具一格的艺术效果，使音调更加动听，主旨更加鲜明。梁元帝《春日》诗写得好："春还春节美，春日春风过。春心日日异，春情处处多。处处春芳动，日日春禽变。春意春已繁，春人春不见。不见怀春人，徒望春光新。春愁春自结，春结讵能申。欲道春园趣，复忆春时人。春人竟何在，空爽上春期。独念春花落，还似昔春时。"共十八句竟用二十三个"春"字，再加上"日日""处处""不见"等重用两次，字法稠叠，可谓奇文。

五代时欧阳炯《清平乐》："春来阶砌，春雨如丝细。春地满飘红杏蒂，春燕舞随风势。春幡细缕春缯，春闺一点春灯。自是春心缭乱，非干春梦无凭。"这首词写立春，一连用十个"春"字，句句用"春"，有两句用了两个"春"字，稍有平板堆砌之感。字的重复使用有多种技巧，有的可增强语言回环往复之美，有的可巧用双关语，有的则是它们组成的新词义的双音节词。诗人运用语言的"调色"，也可以描绘人间的景色。《清平乐》中的"春"字看似重复，实则颇富变化。词中的"春雨""春地""春燕""春幡""春缯""春闺""春灯""春心""春梦"，可以说是小同而大异的事物了。文学是语言艺术，词人巧用它们为表现闺思渲染了春的气息。

宋代苏轼《减字木兰花·立春》："春牛春杖，无限春风来海上。便丐春工，染得桃红似肉红。春幡春胜，一阵春风吹酒醒。不似天涯，卷起杨花似雪花。"这首词大量使用同字，全词八句，共用七个"春"字，但不平均配置，显得错落有致；而不用"春"字之句，分别用两个"红"字和两个"花"字。其实，苏轼并非有意要作如此复杂的变化，只是为海南春色所感发，一气贯注地写下这首词，因而自然真切、朴实感人。从词上、下片首句，都是从立春的习俗发端。"春牛"即耕牛，"春杖"指耕夫持杖侍立；"春幡"，即"青幡"，指旗帜。"春胜"，一种剪纸，又称剪胜、彩胜，都是表示迎春之意。第二句都是写"春风"，风从海上来，春风吹醒酒，春酒醉人，情趣浓郁。桃花、杨花，红白相衬，分外妖娆，春景春色，美不胜收。

原载 2015 年 2 月 27 日《新民晚报》

芦粟情思

我第一次认识地里的庄稼要数甜芦粟。小时候，母亲每年总要在田头栽上一排排甜芦粟。甜芦粟又称芦穄、甜秆，禾本科植物，是苏北久负盛名的特产之一，长相似北方的红高粱，而高粱的价值是头部的穗粒，甜芦粟的价值是它的躯干，食用又如南方的甘蔗。它有节长肉脆、味甜汁多、清香爽口的优点，嚼一口满嘴生津，回味无穷。有关资料表明，甜芦粟含铁、钙、磷、蛋白质、碳水化合物等营养成分，能够开胃通气、消暑解毒，是理想的天然食品，向来受到城乡居民青睐，少年儿童尤为喜食。

甜芦粟品格高尚，生性不恋肥土沃壤，乐于扎根在贫瘠的土地。每年一开春，勤劳善良的乡亲们就忙于育苗，把一粒粒甜芦粟种子播进土壤，同时也把甜蜜生活的希望播进了心田。经过两个多月的生长，甜芦粟苗长到尺把高，就可移栽到田埂地边。村里有些人家因为忙，未育甜芦粟苗，乡亲间就互相赠送。立夏后，村里掀起了一股栽甜芦粟的热潮，不久，小苗亭亭玉立，风景独好。

甜芦粟从萌芽、移栽到成熟，经历了春旱的折磨，夏涝的煎熬，但它不畏艰难，依然茁壮成长。盛夏的田野上，还有什么比甜芦粟更美丽、更青翠、更富有魅力呢？在烈日下，碧翠的新叶渐渐墨绿，叶片渐渐加厚，变得柔中含刚。在暴风雨中，雨珠在叶脉间弹跳，雨水顺着叶面漫流，发出清脆的声响。那碧绿的节秆，格外挺拔，一节一节青汁碧透。紫青色的根须紧紧地抓住土地，充满了灵气和活力。台风暴雨接踵而来，甜芦粟无所畏惧，坚韧不拔，像一名英勇的战士，不畏艰险，奋发向上。

初秋，甜芦粟的顶部穗粒由绿变红，远远望去，那一束束顶穗像一盏盏燃烧得通红的火炬，此时的甜芦粟秸秆最甜。甜芦粟一生很短暂，但留给人们的很多。春种夏熟，或夏栽秋收。播种移栽后，不需要施肥，只需浇两次水就成活了，锄一次杂草，就会拔节生长。你看，农家宅前屋后、路边沟旁，遍地是甜芦粟。赤日炎炎的夏天，家乡的父老兄弟哼着悠扬悦耳的民谣，走进茫茫的甜芦粟地里，斩来一根甜芦粟，折下一节，撕去皮，嚼一口，松脆甜润，汁水四溢，满嘴都是醇厚甘甜的汁水，可口、解渴，一直甜到心里。夜晚乘凉，家人团坐，更少不了吃甜芦粟消遣。白天，乡亲们到田里去做农活，也总是拖着一根长长的甜芦粟，一边走，一边吃，一边哼着小调，其乐无穷。干农活累了，坐在田埂上吃几节甜芦粟，既解渴又能消除疲劳。不少人家种了早的又种晚的，从盛夏吃到深秋。乡亲们还以甜芦粟做礼品，馈赠城里亲友。有的农户还成片种植甜芦粟，拿到集市上去卖，颇受大家青睐。

在这丰收的时节，凡与泥土有感情的人，甚至不与泥土打交道的城里人，谁不知道甜芦粟那种特殊的品格呢？它向人所求甚少，而给人的却很多，可谓"于人但求有益，于地不争丰腴"。甜芦粟粒既可做酿酒的原料，又可食用。秸秆可直接食用，亦可制作白糖和饮料。穗尾可绑成洗锅把、笤帚，用来刷锅扫地，亦可用来造纸或做燃料。

我离开家乡多年，但常思念童年的甜芦粟。远在那个特殊的年代，我家生活贫困，人多地少，只有几分小菜地，田园十分珍贵。记得一年春上，父亲与母亲商量种植计划时，出现了分歧，父亲主张种玉米，因为那些年月的饥饿阴影常笼罩在我们心头。母亲却要在玉米地里夹种一些甜芦粟，并一再表明："甜芦粟能解渴消暑，大人孩子都喜欢吃。再说，城里亲戚来了，也有土特产让他们带回去。"父亲最终采纳了母亲的建议，尽管只在田埂上栽了短短两行。从这件事，我知道了生活的艰难，知道了土地珍贵，知道了怎样为人处世。无论走到哪里，都要像甜芦粟那样纯朴、坚强、忠厚，不图名利，乐于奉献。

原载 2005 年 9 月 7 日《盐阜大众报》

蝉鸣渐远

孩子问我，夏天的小区为何听不到蝉鸣？我说，没有树哪来蝉呢？于是每到夏天，孩子经常要我带他到郊外去听蝉鸣。去年暑假，学校布置一篇名为《蝉》的习作，为了让孩子写好这篇习作，我带着一首咏蝉的诗，和他一起走向大自然，去寻找蝉，去听那遥远的蝉鸣……

我俩走进一片树林，越是蝉声喧嚣的地方，就越能显示出一种树茂林幽的清静，一种大自然的美。眼前那绿色的田野、澄碧的小河、散淡的村庄，俱因树林的点染和这蝉鸣的渲染而平添了几分动态的亮丽。好久听不到蝉鸣了，在野外的树林里听蝉鸣，犹如闻空谷泉声，给人以激情，一种美的享受，使人忘却烦恼，摆脱世俗的浮躁，产生一种返璞归真、回归大自然的感觉。

我问孩子，蝉有什么独特的风格？他说不出。我说，夏日，有时烈日当空，有时雷雨大作，而蝉却不怕炎热，不畏雨淋，毅然在枝头为人们高歌。蝉的一生短暂，最长只能活一个多月，但它珍惜生命，尽情为生命吟唱。蝉还具有药用价值，能救死扶伤，治病救人。

我俩坐在一棵大树下，阅读唐代虞世南的《蝉》诗。小小的蝉，在古人笔下，常常与人的品格联系在一起，变成文人托物言志的灵性之物，给人以启迪，催人奋进。虞世南的《蝉》写得好："垂緌饮清露，流响出疏桐。居高声自远，非是藉秋风。"蝉栖高饮露，本属自然生性，但经诗人点化，被赋予了立身高洁的品格。

古诗中的蝉给人以启迪，一个人只有洁身自好，注重名节，品德高尚，才能像蝉那样"居高声自远"。大自然中的蝉，给人以美感，我们要美化环境，多栽树种草，与大自然和谐相处，让蝉鸣不再遥远……

原载 2006 年 11 月 9 日《中国环境报》

读古诗欣赏古代生态

我喜欢从古诗中享受古代优美的生态环境，欣赏久远的大自然风光。平时看书读报，我很注重收集关于描写古代生态环境的古诗，领略其中无穷无尽的趣味。读古诗欣赏古代生态环境，既是美好的享受，又给人以新的启迪。亲近自然，保护自然，与大自然和谐相处，让古诗中的生态环境再现，是当代人应有的职责。

古诗中关于乡村生态环境的描绘很多，读后，令人心旷神怡。提到江南的乡村美景，人们自然会想起"杏花、春雨、江南"这种极妙的意境，杏花带雨，"红杏枝头春意闹"（北宋宋祁《玉楼春》），正是浓浓的江南初春美景啊！南宋叶绍翁的"春色满园关不住，一枝红杏出墙来"写出了杏花的神采和精神，写出了江南乡村特有的风情。"池塘生春草，园柳变鸣禽"是南朝诗人谢灵运的名句，以直白朴素的文字，道出了乡村自然景象。春暖时，湖泊和池塘因为水草的繁衍，水色变得一片青绿，春愈深，水面愈绿。

王维笔下的山水田园诗更是多姿多彩。《山居秋暝》："空山新雨后，天气晚来秋。明月松间照，清泉石上流。"《桃源行》："渔舟逐水爱山春，两岸桃花夹古津。坐看红树不知远，行尽青溪不见人。"《鸟鸣涧》："人闲桂花落，夜静春山空。月出惊山鸟，时鸣春涧中。"古诗中关于乡村生态环境的描绘令人神往，令人赞叹。

李白在《金陵酒肆留别》中深情地描写了金陵（今南京）柳絮纷纷扬扬的情景："风吹柳花满店香，吴姬压酒劝客尝。"

刘禹锡在《乌衣巷》中具体描绘了金陵夫子庙秦淮河畔乌衣巷的风光："朱雀桥边野草花，乌衣巷口夕阳斜。旧时王谢堂前燕，飞入寻常百姓家。"令人扼腕叹息的是，随着时代的变迁，因人为的破坏，此景已经不复存在。

原载 2007 年 1 月 14 日《大公报》

又闻槐花香

清晨，我在二卯酉河边散步，一股清香扑面而来，举目一看，河岸的几棵槐树盛开着一片片洁白的槐花，多么迷人的景致啊！

20世纪70年代，我家住通往黄海的二卯酉河边。记得小时候，二卯酉河沿岸河边路旁长满了槐树。每到阳春三月，勤劳淳朴的乡亲们亲近自然，总爱在河坡路边、房前屋后栽植槐树。槐树生命力极强，成活率高，生长快，年复一年，河岸路边、房前屋后渐渐成了槐树的世界。每到五月，槐树便开花了，那一簇簇、一串串的玉色槐花点缀在茂密的绿叶中，白得耀眼，繁得热闹，整个河岸和村庄都沉浸在沁人心脾的清香之中。

童年最有趣的事情莫过于采摘槐花了。我和几个小伙伴扛着早已准备好的长竹竿，挎上竹篮，来到河边的槐树林里，用竹竿上的钩子钩住一枝开满槐花的枝条，轻轻一拉，整束的槐花便落了下来，再把花朵捋下来，放进篮子里。有的小伙伴还爬到槐树上，在树枝间荡来荡去，只见一串串槐花从树上撒落下来。刚采摘的槐花就可以吃，抓一把塞进嘴里，甜滋滋、清幽幽的。

槐花可食，但那时吃槐花不是像今天吃个时髦和新鲜，而是因为贫穷，为了节省一点粮食。每到槐花盛开的时节，许多人家都摘些槐花做槐花美食，家家户户灶台上都弥漫着槐花的清香。我奶奶擅长做槐花美食，能用槐花做出好多种吃法来。譬如槐花糕：每到这个时节，她格外忙乎，东家请、西家拉，请她蒸槐花糕的人特别多。蒸槐花糕制作工序很讲究，先要将洗净的槐花浸在清水里泡上一夜，捞去槐花，留下那飘着清香的槐花水。然后将糯米粉与粳米粉按比例调和，加槐花水拌匀。加槐花水要适中，水多则粉太软，蒸出的糕软绵绵的没有嚼劲；水少则粉太硬，蒸出的糕不易成形。村里人常将槐花糕浸在放有明矾的清水里，等到割麦季节，捞出切成一片一片的，用油煎得金黄，蘸着槐花露当午饭，口感绵软，香甜爽口，滋味极美。又如槐花饼：用洗净的槐花和上玉米面，再兑上些小麦面粉拌匀，做成扁圆形，放在油锅里煎，做出的槐花饼金黄，热腾腾、香喷喷的。再如清炒槐花：把槐花放进开水里过一遍，再加虾仁，用油炒，加入少许盐和醋，盛到碟子里，宛如一盘碎玉，不但赏心悦目，而且味道鲜美、清香可口。

槐花糕、槐花饼、清炒槐花是苏北农村的风味美食，具有丰富的营养和保健功能。槐花在中药里被称为"槐米"，古人认为服用槐花可以抗老延寿，《抱朴子》云："槐子服之补脑，令人发不白而长寿。"中医认为，槐花有凉血、止血的功效，对治疗出血病症和高血压病有较好的效果。

在那个没有好东西吃、没有好地方玩的年代，采摘槐花和品尝槐花美食俨然成了我们童年生活中不可或缺的快乐和享受。好多年过去了，生活水平提高了，槐花美食离我们渐渐远去，但每到五月，我总会想起故乡的槐树和满树洁白如玉的槐花……

原载 2011 年第 6 期《盐城人大》

苏北访"世外梨源"

从苏北大丰市区驱车南行 4 公里，就到了有"世外梨源"之称的国家级生态村——大中镇恒北村，这里种着一望无际的梨树。

由村部向东行不到 1 公里，梨园生态长廊跃入眼帘：长廊全木结构，错落有致，又巧妙地将"梨"元素融入雕栏，由中国红勾勒出外形，伴以扇形、梨花花瓣形的镂空图样，古色古香。慢慢穿过生态长廊，踏上两层楼高的梨花亭，亭柱上题有"梨花淡白柳深青，柳絮飞时花满村"的诗句。

在梨园，我遇见村党总支书记李晓霞。2012年，时任国家主席胡锦涛来恒北村考察，雨中为讲解的李晓霞打伞，李晓霞被网友称为"最幸福的乡村书记"。李晓霞谈论最多的话题，是发展生态农业、建设美丽乡村和打造生态旅游品牌。她告诉我，改革开放后，恒北村发生了翻天覆地的变化。20世纪50年代，恒北村土地瘠薄，贫穷落后，生活贫苦的村民用"美满村"作为村名，渴望有一天能过上幸福美满的生活，渴望家乡能像花儿一样美丽。如今，梦想终于变成现实，恒北村成为"国家级生态村"，一株株早酥梨、柿树、桃树、银杏树，在这片土地上茁壮成长，村民种果树收入连年提高。

在梨园，我看到一堆堆农家肥铺展开来。恒北村农民种植早酥梨不使用化肥和有害农药，采用生物、物理防虫技术。农民在梨树下放养鸡鸭，种植大蒜、花生、赤豆等农作物，使用的肥料都是畜禽粪便，还有树叶、农作物秸秆、草木灰混合而成的有机堆肥。恒北村民栽种早酥梨已有30多年历史，如今，早酥梨不仅畅销上海、福州等城市，还远销欧洲市场。全村耕地面积4180亩，果园面积就达3800亩，占耕地面积的90.9%，年产果品2.8万吨，实现产值3000多万元，去年农民人均纯收入16884元。

如今，梨园、农家乐、温泉、游乐场等生态旅游项目已成为恒北村的特色。今年4月，恒北村举办了首届梨花节，各地游客纷至沓来，饱览"千树万树梨花开"的梨园美景。"锦绣果园"是恒北村颇具特色的景点之一，这里种植了梨、桃、柿、葡萄、石榴、银杏等 20 多个品种的果树，四季里有花有果，吸引着城里人到这里体验一把亲自采摘果实的田园生活，品尝丰收的快乐。李晓霞介绍，恒北温泉浴场、儿童乐园、生态餐厅、度假宾馆等旅游项目正在紧锣密鼓的规划建设中。要不了多久，前来游玩的游客们便能在这里享受到"春赏花、夏摘梨、秋品柿、冬温泉"的美妙体验了。

恒北美，美在梨园，还美在乡村生态宜居环境。梨园之外，别墅林立，青瓦白墙，错落有致。别墅之间贯穿曲溪，流水潺潺，各家门前短桥一弯，矮石错落，芳草青青。梨树、柿树、女贞树、红叶石兰、紫薇等枝繁叶茂；河流绕村而行，人们依着柳树，垂钓岸边，村妇坐在码头石板上洗衣服；村道宽敞，路边树木郁郁葱葱。进入新村，坐在休闲椅上观赏村落，有一种恬静的美。去年 3 月，由上海建筑设计院设计，村投资代建，以双拼、独栋、联排为主的恒北新村一期 52 幢 116 套农民别墅全部入住。

恒北村在致富的同时，没有用钢筋水泥、农药化肥、焚烧秸秆等破坏生态环境。正相反，村前村后绿意更浓、水质更清、环境更美。村里实施造绿工程，共种植绿化树苗 23.6 万株，森林覆盖率达 95%，成为名副其实的世外梨源。

原载 2013 年 10 月 21 日《人民日报》(海外版)

大丰的井字河

在苏北大丰农村，到处可见星罗棋布、纵横交错的河脉，每一块农田的四周都有河道环绕，每一块农田都有中心河穿过，犹如镶上了一副副闪亮的镜框，这就是流传已久的井字河，乡亲们俗称"条田沟"。

大丰地处黄海之滨，整个陆地都是由沙滩并陆、海岸增滩而成。成陆后的第一个产业便是盐业。由于海涂东迁，西部各盐场潮汐不至，卤气日淡，老盐区盐灶渐被废弃。大丰盐民为了生活，从明代开始，不顾朝廷的禁令，纷纷废灶私垦。

光绪二十七年（1901），弃官南下办实业的南通人张謇，在南通吕四场境内率先集股创办通海垦牧股份有限公司，开了产盐区垦殖之先河，为淮南产盐区废灶兴垦、成立盐垦公司树立了榜样。

民国初年，在淮南主要产盐区域废灶兴垦，创办盐垦公司，盐垦兼营，是盐业体制改革中产业结构调整的一项重大举措。推动这次改革的核心人物和倡导者是张謇。

民国三年（1914），各地呈请垦荒日多，鉴于过去没有具体的实施办法，为了开发利用滩涂荒地资源，张謇关注民生，顺应民意，主持制定了《国有荒地承垦条例》29条及实施细则18条，从而彻底打破了历代封建王朝对沿海滩涂荒地资源实行禁垦的规定。禁垦开放，政府鼓励垦殖，在古老的苏北淮南盐区掀起了废灶兴垦、创办盐垦公司的高潮。

民国六年（1917），大丰还是一片滩涂，人稀地薄。张謇在苏北创办了草堰场大丰盐垦股份有限公司，组织数万名南通、启东、海门移民来大丰废灶兴垦，兴修水利，开挖井字河和建造挡潮闸。从民国八年（1919）开始围垦工程，先后开挖了东西向5条卯酉河（因东西向称卯酉故名卯酉河）和南北向3条子午河，并在沿海筑堤挡潮，兴建了三里闸、下明闸、川东闸、竹港闸、王港闸等5座挡潮排水闸。同时，在农田之间开挖纵横交错的井字形河道。大丰盐垦公司的条田全部为南北走向，条田东西为条沟，南北两头为排沟，排沟两头通匡河，匡河与匡河之间为马路，区与区邻界为区河，河河相通，呈现井字形河道格局。

至民国二十三年（1934），大丰垦区初步形成条田化、河网化排灌体系。由于规划合理、治理得当，垦区抗灾能力增强，一般涝年客水能安全过境入海，最高潮位海堤不出险情，老百姓垦荒种植，安居乐业，过上了安康生活。

在沿海成陆不久的滩涂上开挖星罗棋布的井字河、入海河和建造数座大型涵闸，是一项巨大的工程，没有科学严谨的态度和艰苦的付出，是难以办到的。张謇当年主要从事的是兴办实业和教育，但他不忘"民务"和民生，在苏北沿海地区率民垦荒，开河、建闸，改良土壤，改善环境，用实际行动践行了"为官一任，造福一方"的宗旨。张謇不图眼前的"轰动效应"，只求造福于民，为民留下实实在在的业绩，体现了他的长远眼光和务实精神。爱国爱民的前辈们在战乱中不忘兴修水利、开垦种植，不忘善待自然，保护生态环境，这种为民造福的意识，永远是后人的一面明镜。

我是吃井字河水长大的。记得20世纪六七十年代，家乡的井字河流水潺潺，清澈见底。河两岸绿树成荫，农家傍河而住，每户人家都有自家的水码头，青石板一直铺到水面，村里人淘米、洗菜、吃水都用井字河里的水。井字河的水不用处理，可以直接饮用。乡亲们种地干活口渴了，到河边用双手捧水喝，既清凉又解渴。

夏日，人们总喜欢在井字河边纳凉，清风徐徐，十分惬意。夜晚，月下的井字河一片光亮，水质碧清碧清，水下倒映的月亮比天上的月亮还要圆，还要亮。月光下，男女老少在河边散步。白天，天真活泼的孩子们喜欢站在码头上戏水，到河里游泳、摸鱼捞虾。乡亲们深深爱着井字河，一代代人与井字河结下了不解之缘。

井字河既能抗洪排涝，又能抗旱灌溉，既能改良土壤，又能保护生态环境，还便于交通运输，是苏北农村的黄金水道。井字河养育着一代代滩涂儿女，是大丰人民的母亲河、生命河。

20世纪六七十年代，每年秋冬，农活再忙，各村都要组织劳力"上河工"挑河，疏浚河道，并在河两岸植树造林。家庭联产承包责任制后，好多农户坚持每年挖泥清沟，疏通井字河。在乡村，如果有人往井字河里倒垃圾、排污水，或填埋、糟蹋井字河，会遭到众人批评。如果小孩在井字河边大小便，会遭受大人打骂。由于人们爱护井字河，与井字河和谐相处，井字河也给人们带来快乐和享受。

井字河不仅是苏北的黄金水系，也是大丰的物质文化遗产。为了保护井字河生态环境，大丰市政府实施井字河环境保护工程，各乡镇强化领导，因地制宜，合理规划，依靠群众，组织群众，发扬当年张謇率领移民开挖井字河的创业精神，坚持年年疏浚、清淤，打通坝头，疏通水源；并对井字河实施长效保洁，划段包干，责任到人，清洁水源，打捞漂浮物；禁止填埋、筑坝和向井字河内排污，切实保护了井字河水系和生态环境，从而使井字河环境更美、水质更清、水系更畅。我想，倘若张謇地下有知，一定会很高兴。

原载 2014 年 6 月 17 日《南通日报》

玉 米

每到春夏，我喜欢站在田埂上看玉米的生长过程，看玉米的姿色，看玉米的风韵。

在阳光雨露下，玉米长到一米多高，碧翠的秸秆和新叶含有充足的水分，渐渐墨绿。随着叶色的加深，长长的叶片也慢慢加厚，富有弹性，远眺像一条条绿色的飘带。

一次，我看到母亲从浓密的玉米地里钻出来，手握着铁锹，肩上披着一条湿淋淋的白毛巾，裤脚挽过膝，脚上腿上沾满了泥土和草叶。她直起腰，放下铁锹，用长满老茧的双手触摸着玉米叶。"今年的玉米长势不错！"她转过身，用毛巾擦擦下巴滴淌的汗珠，咧开嘴，舒了一口气，微微一笑。没有亲近过玉米的人，哪能有这份动情的快乐？

夏天雨水多，玉米经得住风吹雨打，在暴风雨中看玉米，别有一番风景：雨珠在叶脉间弹跳，雨水顺着叶面漫流，发出清脆的声响。玉米秆一节节碧绿，浅紫色的根须在雨水中紧紧抓住土地，充满了灵气和活力。

雨后,母亲披着一件绿色的雨衣,像诗人一样站在玉米地头,俨然像一株玉米。她抹去脸上的雨珠,思索着,眼光一刻没离开过那片玉米地……

雨后的夏夜,天气由阴转晴,玉米被月色拥抱,夜空晴蓝,星星闪烁,月影中的玉米穗摇荡着轻烟,粉花静静撒落。月光下,我和妹妹在玉米地追赶着萤火虫。一会儿,天色暗了下来,月亮不见了,只见远处有几只闪闪发光的萤火虫。"月亮哪里去了?难道月亮被吸进玉米里去了吗?"妹妹问。

一转眼已到了秋天,玉米的收获季节到了。我和妹妹挎着篮子,跟在母亲后面掰棒头。地里偶有几株生长晚的玉米,秆青且甜,母亲将甜秆截断分给我和妹妹品尝。甜秆像甘蔗,嚼一口松脆甜润、汁水四溢,满嘴都是醇厚甘甜的汁水,可口、解渴,一直甜到心里。

我边嚼甜秆边远眺,看到好多鸟儿飞到玉米地寻食撒落的玉米或虫,然后高飞,在湛蓝的天上盘旋且发出响亮的叫声,仿佛在为我们的劳动伴奏……

回家后,妹妹把嫩棒头挑选出来,用水煮着吃。而我喜欢用微火烤熟吃,口感很香、很糯。煮嫩棒头或烤嫩棒头时,厨房里散发出一股沁人心脾的玉米清香,我最喜欢闻这种悠悠的浓浓的清香。

场上的棒头经过数天的曝晒,基本干了,母亲说,可以剥粒了。白天和晚上,一家老小围住一个大竹箔剥棒头粒。母亲先用大铁锥子从棒头上弄开几道口子,棒头粒基本打掉了一半。然后我们用手握住棒头左右绞,棒头粒从指缝间"哗啦啦"地漏下,直到留下光光的棒头芯。这样剥棒头粒很吃劲,我们的小手被磨得绯红绯红。母亲教我们用一个棒头芯握在手里代替手掌,去搓排列的棒头粒,这样剥很顺手。

曝晒玉米粒是玉米归仓的最后一道工序。经过几天太阳晒下来,胖玉米粒一天比一天收紧起来,母亲任选一粒放到嘴里一咬,"咯咯咯"地响。她说,玉米粒干透了,可以去磨坊磨糁子了。于是,我扛着一袋玉米去村南头钢磨坊磨糁子。

白玉米磨成的糁子雪白,和大米一起煮粥,盛在碗里,不一会儿碗面上就结一层米油,喝一口,唇齿留香。用玉米糁子与大米拌和煮饭,煮熟的饭既有大米的软糯和细腻,又有玉米的糯甜和喷香,我们特别喜欢吃。煮玉米饭留在锅里的锅巴,淋几滴麻油,抹一层糖,再在灶膛里烧一把草,拨亮几粒火星,烤出的锅巴,吃在嘴里,又香、又甜、又脆。糯玉米粉还可蒸年糕,每到年前,母亲将淘净的糯玉米浸在清水里泡上一天一夜,捞出沥干,磨成玉米粉,加入红枣和适量的水拌和,蒸出的玉米糕甜糯可口,从腊月一直吃到三月。村里人常将玉米糕浸在清水里,等到割麦大忙季节,捞出切成一片一片的,用油煎得金黄吃,口感绵软、香甜爽口、滋味极美。

我从小与玉米结下了不解之缘,玉米伴我成长,是玉米养育了我,培养了我的劳动品格。我虽过上了城里人生活,但我常思念那片玉米地。

原载 2014 年 7 月 16 日《盐阜大众报》

张謇与大丰的地名

在盐城大丰区荷兰花海游玩,见到一位老人与几位青年游客一边赏花,一边闲谈。老人说:"大丰好玩呢,大丰的好多地名也很'好玩',大丰区名含有'丰'字,荷兰花海所在地新丰镇名含有'丰'字,还有好多地名也含有'丰'字。"我一听,顿有感触。可不是吗?我们大中镇就有好多村(居)、示范区名含有"丰"字,如恒丰村、泰丰村、阜丰村、德丰村,还有丰收大地现代农业示范区,加上合并前原裕华镇的6个村(居),如福丰村、元丰村、万丰村、晋丰村、海丰村、丰裕居委会,共有11个村(居)、示范区名中含有"丰"字。还有海丰农场,南阳镇的成丰村、广丰村、祥丰村,等等。大丰区境内这么多的地名含有"丰"字,可谓"大丰全丰"。

大丰好玩,大丰的地名更有趣。大丰地名含"丰"多,不仅外地游客和本地青年人感到好奇,我们这些20世纪50年代后期出生的人也很好奇。于是,我带着大丰地名为何含"丰"多的问题,走访请教了一些老人,并查阅了有关资料,以考证大丰含"丰"地名的来源。

大丰地名文化源远流长。有老人说,民国六年(1917),在淮南盐区废灶兴垦的高潮中,草堰场垣商周扶九、刘梯青等,推戴和邀请民族实业家张謇出面,组织创办了草堰场大丰盐垦股份有限公司,由张謇之兄张詧出任董事长。"大丰"县名因境内有大丰盐垦公司而得名。

民国十三年(1924),大丰盐垦公司兴筑海堤,南起一卯酉河下游河口,北至三卯酉河下游河口,总长 9450 米。同时开挖了东西走向的一卯酉、二卯酉、三卯酉、四卯酉、五卯酉 5 条干河,还开挖了南北走向的西子午、中子午、东子午 3 条干河。整个围垦区划分为 35 个管理区,即裕丰、仁丰、同丰、益丰、鼎丰、德丰、恒丰、和丰、祥丰、祥附、万丰、阜丰、泰丰、福丰、成丰、广丰、晋丰、厚丰、永丰、吉丰、元丰、定丰、顺丰、余丰、正丰、利丰、盛丰、隆丰、庆丰、乐丰、兆丰、久丰、安丰、时丰、年丰。五卯酉河以北(大丰盐垦股份有限公司成立后新规划的产盐区),命名为丰余。35 个管理区名就含有 34 个"丰"字。由此可见,如今大丰含有"丰"字的地名,都由张謇创办的大丰盐垦公司管理区的地名而来,这些含"丰"字的地名文化含量高,既好读好记,又富有生机和活力,表明张謇的爱民之心和企盼老百姓年年丰收、过上富裕生活的愿望,算得上是大丰的非物质文化遗产。

"丰"即丰收、丰富、大、多的意思。"丰"字确实是个文化含量和使用频率颇高的字,如五谷丰登、丰衣足食,又如丰收、丰产、丰裕、丰盛、丰硕、丰姿、丰饶、丰沛、丰韵、丰满、丰腴、丰采、丰盈等,这些含"丰"的词汇丰富多彩、寓意深刻,令人遐思。大丰好多地名中含有"丰"字,源于张謇创办的大丰盐垦股份有限公司,具有正能量,同样给人以吉祥、如意、富裕的感觉。大丰人杰地灵,物产丰富,港城繁荣,经济腾飞,环境怡人,人民富裕,大丰全丰,名副其实。

原载 2016 年 3 月 19 日《南通日报》

张謇与大丰的废灶兴垦

大丰地处黄海之滨,整个陆地都是由淤沙并陆、海岸增滩而成。成陆后的第一个产业便是盐业。岁月流逝,海涂东迁,陆地增大,使盐区不断扩大,成为淮盐主要产区之一,延续1000余年。

南宋时,大丰境内有丁溪、刘庄催煎场。从宋初至清末的900多年中,大丰境内的经济重心一直是以煎盐为主。大丰陆地不断增加,置灶盐区也不断向近海滩涂扩展,东部近海新置灶煎盐,而西部老灶区因潮汐不至必须废煎,在废煎的老灶区,灶民为了生活需要,偷偷私垦,种植庄稼,以维持生计。然而,历代封建王朝对产盐区严令禁垦,其目的是保护盐产,保证朝廷有足够的盐赋收入。

民国初年,在大丰主要产盐区域废灶兴垦,创办盐垦公司,盐垦兼营,是盐业体制改革中产业结构调整的一项重大举措。推动这次改革的核心人物和倡导者是海门人张謇。

第一,制定承垦条例鼓励废灶兴垦。早在1890年,他在《农工商标本急策》奏疏中就说:"农务亟宜振兴""久荒之地,听绅召佃开垦,成集公司,用机器耕种"。他当时的做法旨在改革清政府传统的淮南盐区禁垦法令,实行垦殖,发展社会生产力,造福于民。1911年辛亥革命成功,孙中山邀请张謇担任中华民国临时政府实业总长。民国三年(1914),各地呈请垦荒日多,鉴于过去没有一定的实施办法,又为了开发利用盐滩荒地资源,张謇顺应民意,主持制定了《国有荒地承垦条例》29条及实施细则

18条、《边荒承垦条例》24条，从而彻底打破了历代封建王朝对沿海荒滩资源实行禁垦的规定。该条例规定："国有荒地范围为江河湖海滩涂地、草地或树林地，新淤涨的或旧废无主未经开垦的以及平原、高原、山地、干地、湿地，均准许人民依法开垦。"为了鼓励人民承垦，还实行优惠地价：提前完成垦殖者，按地价减少30%～60%。同时还主持制定了《植棉制糖牧羊条例》8条，对植棉制糖牧羊者给予奖励。

由于淮南产盐区域开放，有了宽裕的政治环境，陷入困境的盐民都积极拥护张謇废灶兴垦，这也是大丰经济结构由盐转垦的根本原因。

第二，创办盐垦公司废灶兴垦。张謇不但是废灶兴垦的倡导者、政策制定者，而且是废灶兴垦的先行者。早在光绪二十七年（1901），弃官南下办实业的张謇，在南通吕四场境内率先集股创办通海垦牧股份有限公司，开了产盐区垦殖之先河，为淮南产盐区废灶兴垦、成立盐垦公司树立了榜样。光绪二十九年（1903），张謇集资创办同仁泰盐业公司，改变了垣主与灶民的封建关系。据《大丰市志》记载，民国期间，张謇在大丰废灶兴垦，先后创办了大丰、通遂、遂济、通济四家盐垦股份有限公司。

民国六年（1917），张謇组织创办大丰盐垦股份有限公司，民国七年（1918）正式宣告成立。公司位于当时草堰场煎盐灶区，东濒黄海，总面积约700平方公里，包括滩涂在内，约110万亩。大丰盐垦股份有限公司是大丰创办最早、面积最大的盐垦公司，也是整个淮南沿海42个盐垦公司中资金和土地最多的盐垦公司。故当时有"大丰盐垦公司为淮南各盐垦公司之冠"的说法。

大丰盐垦公司成立之初，工程建设堪称完美。民国七年

(1918),总公司原设在草堰场署所在地西团镇,民国二十年(1931),迁至裕丰区之小港镇,即新丰镇。大丰公司各区均设有电话,民国二十一年(1932),开通大中镇通至外地的电报业务,公司境内有私营汽车通行,由新丰镇往来于西团之间,也通往裕华、泰和等邻近公司。大丰公司和大生泰恒棉场还在泰丰区(今大中镇泰丰村5组境内),建造了飞机场,使用空中运输。

通遂盐垦股份有限公司,创办于民国八年(1919)春。公司位于原小海场境内的王港河下游两岸,公司办公地点设在小海镇,后来迁至王港河下游庆生渡北岸(今通商镇黄海村),公司购地11.1万亩,最后垦熟地1.46万亩,分别在今草庙镇北部的四灶、新海等村和通商镇黄海、滨海、沿海等村。公司还创办小学一所。

遂济盐垦股份有限公司,创办于民国八年(1919)八月。总公司设在川岸镇大墩子(今草庙镇新场村),公司购地3.8万亩,其中垦熟地1200亩。围垦区主要在川东港与竹港之间,这个区域后来称董家仓。公司创办小学一所。

通济盐垦股份有限公司,创办于民国八年(1919)九月,公司范围在何垛场北部(今上海川东农场全部,以及潘家撒的安东村、大桥的川联村、川东的东海村等)。公司成立初期,办事处设在东台镇,在大丰潘家撒、大桥、草庙等处设立盐部和垦部办事机构。民国十年(1921),总公司迁至潘家撒。公司购地12.38万亩,垦殖面积3.85万亩。

第三,招佃移民废灶兴垦。由于张謇的声望,招来了一大批启海熟悉植棉的劳动力,垦牧公司还支援了一批会盐垦管理、懂水利、熟悉开垦植棉的各类技术人才。在废灶兴垦的高潮中,启东、海门等地的移民,成了大丰垦区开垦种植的主力军。

20世纪初，大丰产盐区域地广人稀，劳力缺少，本地灶民不懂农业生产，更不会种植棉花。各盐垦公司成立后，兴修水利、开垦种粮、植棉的主要劳力来自启东、海门等地的移民，约占总垦户的80%以上。据资料显示，大丰6家盐垦公司共招佃移民21606户128453人。启海人纷纷到大丰滩涂开垦种植，这样大规模的移民兴垦在历史上极为罕见，是空前创举。

启海移民初来时，建简易草屋居住。这些垦户一般都是全家迁移，或是一房儿媳迁移，终年坚守在垦地。

还有的移民暂住在亲戚家中，每年春天来播种棉花，秋天收棉花后即回老家。他们来回都是步行，推着装载家产的独轮小车，披星戴月、日夜兼程，一年来回几趟，辗转多年才在垦区落户定居。

垦户承种公司的土地，按公司的规定缴纳租金。公司采取实物议租的形式踏田议租，按估产的情况，公司得四成，佃农得六成，初期定为业佃各半。年景不好，业佃为三七分成。

公司开办之初，移民招佃也非容易之事。大丰公司采取招佃承垦制度，既可以解决垦殖需要的劳动力，又可以直接取得大量的顶首费（押租）。大丰以南地区容易招佃，以北则难。因此，北部地区盐垦公司招佃采取两个优惠政策，一是降低顶首费，大丰公司以南，每亩收取顶首费3元、5元不等，而北部每亩则收顶首费1元、2元不等；二是给予补助，优给川资，对来佃者，每户给耕牛1头，并月给3元购买口粮，又代建住房，代办农具等。

第四，废灶兴垦农田水利建设先行。张謇在大丰废灶兴垦、发展盐垦公司，首先进行地形勘测，然后对水利和农田建设进行科学、统一规划，同步实施，对圩堤、道路、涵闸、沟河、桥梁建设统一配套进行。张謇重视学习西方先进文化、技术，主张洋为中用，聘请荷兰水利专家奈格、贝龙猛、特莱克，瑞典的斯美德，英国的葛雷夫，比利时的平爵内等搞水利建防洪闸。从民国八年（1919）开始组织移民和当地盐民围垦造田，兴修水利。民国十三年（1924），大丰、裕华两公司合筑海堤，南起一卯酉河下游口，北至三卯酉河下游口，总长9450米，雇工2400余人，历时53天海堤筑成。这是继范公堤之后，大丰堤内的又一条海堤。同时开挖了东西走向的一卯酉、二卯酉、三卯酉、四卯酉、五卯酉5条干河，还开挖了南北走向的西子午、中子午、东子午3条干河。整个围垦区划分为35个管理区。五卯酉河以北（大丰盐垦公司成立后新规划的产盐区），命名为余丰。并在沿海筑堤挡潮，兴建了三里闸、下明闸、川东闸、竹港闸、王港闸等5座挡潮排水闸。大丰公司全境有内外圩堤312公里，大小涵闸35座，桥梁690座，大河长160公里，小河长达100公里，初步形成了大丰垦区农田水系。由于大丰公司兴修水利的规模大、标准高，1921年、1931年两次洪水均无破圩，大丰垦区农村集镇仍然相当繁荣。

盐垦公司的条田为南北走向，南北长，东西狭，条田东西为条沟，南北两头为排沟，排沟两头通匡河，匡河与匡河之间为马路，区与区邻界为区河。每排田南部有东西横路，农舍都建在路北一条线上。这些匡、排、条河，加上几条卯酉河和子午河，全境形成有网有目、纵横交错的河网化、条田化格局，河、闸、桥、堤、圩、路四通八达，圩堤两侧种植树木林带，生态环境优美怡人。

第五，改良土壤防盐保苗。启东、海门等老棉区应招而来的棉农带来了植棉技术和植棉工具。由于新垦棉田，土壤含盐量较高,棉花立苗、生长很困难。因此,开垦必须与改良土壤并行。在改良土壤方面,大丰公司依靠人民群众的力量,土法上马,采取盖草防碱、开沟爽碱、蓄淡洗盐、免耕保青、种植绿肥、铺生增肥等办法改良土壤,取得较好效果。

一是开沟爽碱。公司在规划田制和水利时都兼顾了开沟爽碱这一改土措施。二是铺生增肥。每年冬闲,挖取条沟排沟的淤泥,铺入棉田中,既增加肥力,又疏通河道、抬高土面。三是盖草防盐。一般每亩盖草5~7担,草地资源由公司直接掌管,佃农盖草须向公司购买。公司还主动赊欠杂草给佃农盖棉田,以防止返碱,并增加土壤的有机质。四是留草防碱。棉田冬季往往生长一些耐盐的杂草,如盐蒿等野生植物,佃农在植棉时,采取开行留草的办法保护杂草,以覆盖棉田、抑制返盐、改变土性。五是种绿增肥。苜蓿又名草头,自然生长,不收种、不耕地,每年五六月在田间刨去部分草头种棉花,草头有半年时间覆盖地面,可以抑制返盐,增加土壤有机质,培肥地力。

大丰公司还明文规定,鼓励佃农改良土壤。对夏熟作物限制种植,鼓励种植豆类、油菜、绿肥等作物或者冬闲滋生天然植被覆盖棉田,以达到改良土壤的目的。

吃粮不忘垦荒人。没有张謇当年的废灶兴垦,就没有大丰今天的农业和水系。张謇创办盐垦公司,主持开垦兴建的条田、条沟、条河,是留给后人的精神财富和物质财富。今天,我们为民办实事,应从张謇废灶兴垦、兴办盐垦公司的实践中得到有益启示。首先,要有为民造福的情怀。张謇当时主要从事的是兴办实业和教育,但他不忘"民务",在苏北沿海地区率民垦荒、开河、改善环境、改良土壤,造福于民,用实际行动践行了"为官一任,造福一方"的宗旨,这种为民造福的意识和行动,永远是后人的一面明镜。其次,要有不图虚名的精神。谁都知道,在滩涂盐碱地上兴建一条条农田和开挖星罗棋布的沟河是一项巨大工程,没有艰苦的付出,是难以办到的。他不图眼前的"轰动效应",只求为民留下实实在在的业绩,体现了他的长远眼光和务实作风,这种不图虚名的实干精神永远值得我们学习。最后,要有科学严谨的态度。张謇当年的决策是经过认真调查、科学论证的。我们今天保护耕地,疏浚、清理、保护乡村河道,也应有科学严谨的态度。要因地制宜、合理规划,依靠群众,保护土地资源,坚持年年疏浚、清淤河道,切实保护生态环境,让乡村的土地、河道更美,水系更畅,河水更清。

原载 2016 年 9 月 13 日《盐阜大众报》

中秋是一首写不完的诗

我不会写诗,但我喜爱欣赏古诗。月到中秋分外明,每到中秋夜晚,我喜欢在月光下行走,一边赏月,一边吟诗。中秋是一首写不完的诗,许多脍炙人口的传世名篇,是诗人激情的智慧蘸着中秋月色写成的。赏阅许多情真意切的咏月佳作,可以在审美愉悦中感悟与领会中华民族悠久而伟大的文化传统,陶冶爱国主义的情操。

中秋之夜,空中那洁白无瑕的明月清灵可人,照耀着苍穹和大地。这苍穹、这大地，还有苍穹和大地之间的星星和明月，组成了一个幽蓝的、无声的、无限的永恒。难怪唐代诗人张若虚曾发出过这样富有哲理性的发问和思考："江畔何人初见月，江月何年初照人？人生代代无穷已，江月年年只相似。"同朝代的李白也曾对着同一个月亮颇有意味地感叹："今人不见古时月，今月曾经照古人。"人们为古人盖天地、涵古今的宇宙观和深邃悠远的哲思而赞叹。在大地上一切都安静下后呈现的立体的、博大的、多彩的、无限的宇宙面前，人生的起伏、社会的动荡、历史的变迁，都显得那么渺小、那么短暂。

每逢佳节倍思亲。对异乡的游子，中秋是解也解不开的乡愁；对久别的恋人，中秋是想压也压不住的激情。杜甫的"露从今夜白，月是故乡明"真切地写出了游子的思乡之情。热爱故乡是一种崇高的感情，它同爱国主义、民族精神是相通的。普天之下共一轮明月，本无差异，偏要说"月是故乡明"，且说得那么肯定，不容置疑。在炎黄子孙的心底，乡情与故国情、亲情与民族情是牢牢地融合在一起的。唐代王建的"今夜月明人尽望，不知秋思落谁家"，同是望月，那感秋之意，怀人之情，却是各不相同的。诗人怅然于家人离散，因而由月宫的凄清引出入骨的相思。他的"秋思"必然是最浓挚的。明明是自己在怀人，却偏偏说"秋思落谁家"。这就将诗人对月怀远的情思表现得蕴藉深沉。似乎秋思唯诗人独有，尽管别人也在望月，却并无秋思可言。诗人运用形象的语言、丰美的想象，渲染了中秋望月的特定环境气氛，把读者带进了一个月明人远、思深情长的意境，将别离思聚的情意表现得委婉动人、淋漓尽致。

古代诗人常以咏月诗来表达自己的心境和志向。南宋岳飞的"好山好水看不足，马蹄催趁月明归"，描绘了一个爱国将领戎马倥偬的雄姿。李白的"俱怀逸兴壮思飞，欲上青天揽明月"，抒发了诗人的雄伟气魄，读后给人以信心和力量。

苏东坡的《水调歌头》，可谓借月之圆缺排解人世间悲欢离合的千古绝唱："明月几时有，把酒问青天。不知天上宫阙，今夕是何年。我欲乘风归去，又恐琼楼玉宇，高处不胜寒。起舞弄清影，何似在人间！转朱阁，低绮户，照无眠。不应有恨，何时长向别时圆？人有悲欢离合，月有阴晴圆缺，此事古难全。但愿人长久，千里共婵娟。"东坡一词出手，尽掩历代文人墨客中秋辞赋之光。面对中秋之月，他并没有流露出政治上的失意之怨及常年与家人的别离之苦，而是宣泄了他对人间生活的企盼和向往，对中秋的明月似乎有了更深的理解。"但愿人长久，千里共婵娟"，作者向世间所有离别的亲人发出深挚的慰问和美好祝愿，给全词增加了积极奋发的意蕴。诗人俯仰古今变迁，感慨宇宙流转，厌薄险恶的宦海风涛，揭示睿智的人生哲理。运用直接描绘的形象范畴，勾勒出一种皓月当空、美人千里、孤高旷远的境界氛围，把自己遗世独立的意绪和往昔神话传说融合在一起，在月的阴晴圆缺当中，渗进浓厚的哲学意味，感人肺腑，是一首自然与社会高度契合的感喟作品，让我们读到他的登高望远、爱国思家的乐观主义精神。

原载 2019 年 9 月 13 日《大丰日报》

家乡，以一座海港写满骄傲

我的家乡苏北盐城市大丰区地处黄海之滨，改革开放40年的显著变化，就是在海上建起了举世瞩目的大丰港。如今，北港区、南港区遥相呼应，像两颗璀璨的明珠镶嵌在祖国的南黄海上。昔日蛮荒僻远的滩涂，今天一跃成为对外开放的前沿，并正在向大都市化港城的格局迈进。

我爱海港，源于对大海和海港的好奇

我生长在黄海之滨，小时候，常听爷爷讲大海的故事，自然喜爱大海。读初中放暑假那年，我和三个小伙伴用卖废品的钱买了20个烧饼，每人带一壶水，骑自行车去看海，出发不远就被爷爷拦住了。爷爷说："大海离我们这儿有70多里，海堤外是一片滩涂和港汊，一不小心就会陷下去，你们不能去。"

第二次去看海是在1972年秋天，学校组织我们到斗龙渔业公社海堤上观看边防部队军事演习。我想，这次肯定能看到大海了。可登上海堤，看到的只是一片荒滩和芦苇、茅草、盐蒿。

1974年7月，我高中毕业回乡劳动，生产队组织劳力到海边草荡挑猪菜，当天回不来，晚上就搭个帐篷住在海堤上。夜幕降临，我站在海堤上远眺，只见茫茫的海滩上凫雁成群，獐兔奔跑，跑滩人提着照蟛蜞的马灯，星星点点，海滩一片原始蛮荒景象。

翌日清晨，我偷偷去看海，跑了约半里路，被张大伯追赶拉

了回头。他拽住我手说:"大海离这儿还远呢,东面险滩多,危险!"

生长在海边,却难见大海。两次去海边,都未能看到大海,我很失望。

看海的欲望一直埋在我的心底。1992年7月30日,我姨父黄镇玉告诉我,大丰要在王港海域建海港,他已从大丰县交通局副局长岗位调任王港港口(现大丰港)领导小组办公室副主任,负责港口建设前期筹备工作。

当时我提出要跟他去看大海,圆一圆多年来的看海梦。他笑着说:"你是不到黄海心不死呀。看大海,要等到港口栈桥建成后。"

从这以后,我一直期待着大丰港的建成,期待着姨父带我去看大海,看大丰港。

大丰建港,招来众多非议和反对

大丰城区西距范公堤36里,东距黄海70多里。范公堤是宋仁宗天圣元年(1023),西溪盐仓监官范仲淹为阻挡海潮、造福百姓,组织数万民工修筑的捍海堤。范公堤修筑时间距今995年,也就是说,历经九百多年,海潮从范公堤向东退了一百多里。九百多年前,大丰还是一片汪洋大海。

岁月流逝,海水不断东移,滩涂面积逐年增加。滩涂港汊多,易陷,海上风大浪急,在大丰黄海海域能建港口吗?我一直持有怀疑心态。

姨夫黄镇玉告诉我,大丰建港,科学论证是可行的。他说,1989年3月,受江苏省委、省政府委托,河海大学名誉校长严恺等8名教授、专家,对江苏沿海建港条件进行可行性科学论证。海洋科研人员勘测发现,在大丰王港海域内有一潮汐通道——"西洋深槽",水深15米,宽4公里,长55公里,水深稳定,潮差大、潮流强,与外海洋深水贯通,可进出10万吨级海轮。"西洋深槽"东侧的小阴沙是天然屏障,可避风防浪。海水常年不冻,全年可泊船作业300天以上。

江苏沿海在历史上一直是淤涨型海岸带,北部黄河出海口夹带了大量的黄土高原泥沙,在江苏南黄海这一带沉积成滩涂,所以这片土地向东越来越大。但在两百年前的清朝年间,黄河几经改道,现在已改道到胶东半岛北侧,在渤海湾东营入海,大量泥沙被胶东半岛阻隔,到不了南黄海,但这一带海域仍然存有早先留下的泥沙,这些泥沙遇到大风大浪就会泛起,风平浪静时就会沉下去,这时就能看到蓝色的海水。这一海域变化特征给大丰建港创造了有利条件。

1990年9月,科研人员完成《江苏沿海港口布局研究报告》,提出了"建设南部以南通港、北部以连云港、中部以大丰港为主的三大港口群""以建大丰港打通苏中出海通道"的战略构想和实施方案。

在大丰紧锣密鼓地开展建港论证,上级主管部门正积极推进建港进程,并多次组织专家进行项目评审的同时,大丰县的社会上传播着一股与建港热潮极不相符的"声音",并一时间搅得沸沸扬扬,有来自官方的,也有来自民间的。

反对建设大丰港的理由:一是大丰历来是依靠农业吃饭的财政小县,没有巨资建港口;二是大丰县没有建港口的必要,没有多少物资须通过港口转运出去;三是黄海上建港比登天还难,是把大量钞票白白往大海里撂;四是大丰港即便建成了,也会成为一座空港或死港；五是建设大丰港是树立个人政绩行为，劳民伤财，得不偿失，是对大丰人民及子孙后代不负责任的表现。这片反对建设大丰港的质疑和指责声很快传到了省政府及交通厅，还有人写"人民来信"寄到了国务院及国家相关部委。

以中共大丰市委书记郭健生为代表的大丰市（此时大丰已撤县建市）领导班子认为，要使建港工程不走弯路或少走弯路，首先要统一思想，坚定信心和决心，形成合力，知难而进。郭健生果断做出决定，举办全市科级以上干部学习班，开展大讨论，解放思想、广开言路，先从思想根源上解决问题。加大宣传力度，请专家、教授讲解建设大丰港的可行性、科学性、紧迫性和必要性，从而统一了全市干部群众的思想和认识，提高了大家对改革开放、经济发展的前瞻性。

大丰港的建设速度虽然延缓了近两年时间，走过了一段曲折路程，但思想障碍终于变成了建港动力。从此，大丰港的建设又掀起了新的高潮。

筹资匡围，为建港打好坚实基础

建港伊始，除了思想障碍，还有资金短缺。大丰港属地方港口，由地方投资兴建。而当时大丰的全年财政收入不到3个亿，吃饭还不够，作为欠发达地区的县级市建港困难可想而知。当时，通过各种渠道，争取资金1个多亿，通过土地置换、招商引资、银行贷款，解决了3个亿。

1992年7月29日，中共大丰县委、县人民政府成立"王港港口建设领导小组"。港口建设领导小组主要负责大丰港（原名王港）建设前期工作。

1996年12月,天寒地冻,朔风劲吹。1000多名建设者顶着凛冽的寒风,利用冬季海潮低潮位的有利时节,集结于大丰东部海岸线,实施港区匡围工程。

1996年12月11日至1997年8月10日,完成8400米横向滩面匡围工程、2100米潮上带匡围工程,共匡围滩地800公顷,新修海堤8400米。不仅使码头引堤长度缩短了2000米,而且为港区今后的建设发展提供了宝贵的土地资源。

市委班子成员坐镇指挥,身先士卒,率先垂范。坚强有力、乐于奉献、富有担当精神的领导班子,为大丰港建设提供了组织保证。

大丰港从论证、勘测、规划到立项、设计,整整8年时间。1998年1月5日,举行大丰港一期码头引堤工程开工仪式。中央电视台、人民日报社等全国20多家主流新闻媒体见证了这一具有历史意义的重要时刻。

黄海建港,困难重重险象环生

黄海滩涂,荒无人烟,坑坑洼洼,港汊纵横,一不小心就有可能陷入泥沼中。在这样的恶劣环境中,大丰港建设团队开始了艰辛的建港之路。

没有路,先修路。然而,在沼泽的海滩上筑路谈何容易。路陷,装备进不去,就用人工抬、板车拖、牛车拉……

港口建设指挥部就设在工地简易的工棚里,工作环境差。工作人员到施工现场,有时不是跑,而是爬。沼泽地泥泞不堪,脚踩上去就会越陷越深。大家只能手持木棍,趴在海滩上慢慢地往前爬。

大丰港一期码头引堤工程全长4220米，堤顶宽15米，高7米。引堤工程分三期施工完成。

引堤工程面临的是将12万吨石块、6万吨石子、3万吨水泥运到现场。由于滩面水浅，船不能进入，陆运又没有道路。在沙滩上筑引堤没有先例，施工人员土法上马，自制了简易轨道，用土制"小火车"装着建筑材料，用人力推进施工现场。工程施工历时3年之久。在施工过程中，新筑引堤多次遭遇台风和海潮袭击，数次被汹涌的海浪冲垮。1998年3月，寒潮带来的10级大风让海水大幅度上涨，再次摧垮300米长的引堤。在专家的建议下，施工人员在水下为引堤铺设了用纺工布特制的"软体排"，并在吹填堤身时，筑起了一条条"丁字坝"，切断了潮流对堤身的直接冲击，保证了堤身的安全和稳定。

2000年8月26日，经过3年多日夜奋战，一条4.2公里长的引堤像一条巨龙伸向大海，与浅海相接。

接下来的工程就是建栈桥和码头平台。在风大浪急、险象环生的深海打桩建栈桥和码头平台，也没有先例，是一项艰巨的工程。

为了摸清海底地质状况，验证设计的栈桥桩型能否经受海浪冲击，早在1997年12月5日至6日，当时的交通部三航局五公司进行了试桩。

第一根方桩打下去不久，就倒伏在海里。第二根、第三根、第四根方桩打下去，又相继倒伏在海里……

1998年2月20日至21日，当时的中国工程院、国家交通部在北京召开大丰港设计评审会，把方桩改为PHC（高强度混凝土）管桩，属高科技产品，由交通部三航局七公司负责供货。

栈桥工程795米浅水段于2001年7月4日开工建设。一期码头平台工程和 750 米深水段栈桥工程,于 2003 年 2 月 28 日同步开工。

码头平台下部采用直径 1 米、壁厚 0.3 米的 PHC 管桩支撑,每根管桩均系整体结构或分段连接结构,平均长度为 49 米。管桩打入海中后,用水泥混凝土将管桩空隙部分填实,管桩抗击水流性能强,稳固性好。

2005 年 10 月,一条长 1545 米的栈桥与引堤连接,并与码头平台相会。建设者们创造了在黄海深处建港的人间奇迹。

码头扩建,大丰港年年变新样

2005 年 10 月 18 日上午 10 时 38 分,大丰港一期码头试通航仪式在一期码头平台上隆重举行。同年 10 月 26 日,大丰港迎来第一艘货轮,装载 5000 吨化肥的"航宇顺"号顺利驶抵大丰港一期码头,为大丰港码头的正式营运树起了里程碑。

2005 年 10 月 30 日早晨,太阳刚刚升起,我骑着一辆电动车,沿着引堤向东行驶约 5 公里,多年向往的大海和海港呈现在我面前,圆了我多年来的看海、看港梦。

巨大的码头平台像一艘巨型航空母舰,屹立在大海上。平台中央有一座高楼,平台四周矗立着一台台雄伟高大的门机,一艘艘巨轮停泊在码头边,码头工人开着铲车,不停地装货、卸货,一辆辆大货车东来西往……

我极目远眺,看到远处有一座高高的航海灯塔,还有一座座闪闪发光的航道灯标。一望无际的大海在朝阳下,波光粼粼,呈现金黄色。海鸥时而贴着海浪飞翔,时而在天空盘旋。

大海太神奇了,大丰港太神奇了,太有魅力了。

令人兴奋的是，2006年6月13日，国务院批准大丰港为国家一类开放口岸，对外国国籍船舶开放。

2007年9月20日上午，随着一声汽笛长鸣，一艘巨轮缓缓驶离大丰港北港区码头，途经上海港驶向韩国仁川港。随后，日本、俄罗斯及经上海港中转欧洲的多条航线相继开通。

短短5个月，大丰港靠泊外轮30多艘，进出外贸集装箱6000多标箱，并顺利通关运来日本、俄罗斯、韩国等地的汽车配件、卷钢、金属材料3万多吨。国内工业品和农副产品也从大丰港源源不断地运往国外。

大丰港二期码头位于大丰港南港区，2007年9月16日开工建设，2010年6月15日投入运营，总投资16.53亿元。

2009年11月至2015年11月，6年间，石化码头、大件码头、三期通用码头、粮食码头、滚装码头相继建成，形成年吞吐量能力6000万吨，大丰港步入大港行列。

大丰港距上海港250海里，距韩国釜山港、日本长崎港400多海里，可经上海港、釜山港直达东南亚和欧美各大港口。大丰港处于江苏省1000多公里海岸线港口空白带，凸现区位优势，是江苏沿海中部及周边地区与国际市场接轨的最佳跳板。

"一带一路"建设倡议提出后，大丰人抢抓"长三角一体化发展"机遇，加大港口建设力度，捷报频传，业绩令人刮目相看。

2017年，二期散装扩建码头投入运营，万吨级泊位上升到18个。开通了大丰港至上海洋山港集装箱航线和上海港外高桥港区的班轮服务，与印度尼西亚、巴基斯坦、埃及、西班牙等国家货物往来频繁。全年码头货物吞吐量7300万吨，外贸货物吞吐量1100万吨，集装箱33万标箱，海关入税款14.6亿元。

大丰港的建成和运营拉动了大丰和周边经济发展。大丰海港控股集团公司成长为拥有总资产 170 多亿的大型企业集团。大丰港经济区已形成新能源产业园、重型装备产业园、海洋生物医药产业园等八大产业园。先后吸引中海油、中石化、中电投等 300 多家企业落户港区。2017 年，大丰区实现一般公共预算收入 52.5 亿元，是建港初期的 18 倍，出口总额达 10.6 亿美元。

大丰港的建成与通航，突破了淤涨型海岸不能建港的禁区。第一次把引堤和栈桥伸向黄海 6.8 公里，成为全国港口码头离岸长度之最。创造了县级市自力更生、不等不靠，在黄海深处建造大型港口的奇迹。

今年 5 月，我再次来到大丰港，被海边的风景迷住了。海上货轮川流不息，码头门机林立，机声隆隆，一片繁忙景象。港城中央大道两侧绿树成荫，高楼鳞次栉比。海洋科技馆、海洋植物馆、动物园、日月湖广场、星湖公园、海洋乐园、明月湖风景区、莎士比亚小镇等名胜景点游人如织。一座集行政、商贸、物流、金融、信息、文化、娱乐、旅游等多种功能于一体的生态港城屹立在黄海之滨。

我喜欢大丰港，喜欢这里的亮丽和这里的生态，它透着一股时代的美、蓬勃的美、大气的美、骄人的美。

大丰港，一座神奇的港，一座令人逐梦的港！

原载 2018 年 9 月 18 日《大丰日报》和 2019 年《家乡书》

通向幸福的路

在我的童年和学生时代，有一条乡间小路伴随我成长，这就是我家门口的那条通向我外婆家的路。

20世纪60年代，我家住在江苏盐城市大丰县大中镇河南东马路东首的小闸旁。我家地处三岔路口，在两座小闸之间，北靠卯酉河，西临恒泰河。

小时候，我和弟弟经常去外婆家玩，外婆家住大道公社超产三队，依着恒泰河边的小路向南走6里多路即可到达。这条乡间小路不到一米宽，路上杂草丛生，两旁长着茂密的钉子槐树，好多农民进城走这条路。我们去外婆家，在路上经常看到蛇、野兔、野鸡和刺猬，这些野生动物给我们带来惊喜和惊慌，也给我们的童年增添了好多乐趣。这条小路坑坑洼洼，路边长着芦柴，冬天芦柴割了，芦根露出地面，一不小心就能戳破脚。有一次，弟弟脚被戳破，鲜血直流，我背他走了一里多路，因路面高低不平，加上自己腿软没劲，一路上我跌了好几个跟头……

星期日，我和小伙伴们喜欢到路旁的树林里捉迷藏。炎热的夏天，太阳高照，路上尘土飞扬，我们的脚上和身上都是泥灰。夏季雨多，几声闷雷，天色变暗，雷暴雨倾盆而下，我和小伙伴们抱着头往家赶。雨天的小路泥泞不堪，鞋子被烂泥裹住，有几斤重，我们只好脱掉布鞋，光脚前行。一身雨水，一身汗水，从头到脚都湿透了，脚上全是烂泥，一不留意，滑倒在地，全身是泥，个个像个泥娃娃。在那个年代，人生的道路坎坷，现实的道路也是如此坑洼难行。路难行，行路难，这条乡间小路给我留下了深刻印象。

党的十一届三中全会后，我家门前这条乡间小路发生了根本变化。1989年5月，我目睹4个人扛着标杆和仪器在我家门前的小路上测量，我很好奇。经打听，他们是县交通局工程建设股的同志，那位扛标杆的老同志，大家称呼他"陈股长"。他告诉我，县里决定修筑环城东路了。就在第二年4月份，我家住处又来了勘察工程队，负责人说，在我家东侧5米处建造城东桥。又修路又建桥，一桥飞架南北，我高兴得跳了起来。

1991年秋，环城东路开工建设，工程建设指挥部和拆迁办公室就设在离我家不远的泰丰村预制场。老百姓都很支持县政府修路造桥民生工程，家家户户主动拆迁。我和弟弟率先爬上屋拆房子，引来好多行人驻足观望。不到3天，所有的拆迁户都拆掉了自家房子。几天后，推土机、挖掘机、压路机纷纷开进了工地，大中镇10多个村上千个民工进驻工地，挑河泥筑路基，建设工地机声隆隆、人声鼎沸，热火朝天。1993年，环城东路、城东桥（后改名丰山桥）建成通车。我去外婆家的那条没有路名的羊肠小路，变成了宽阔的柏油马路，这条路就是今天的东宁路。

2007年，东宁路向南延伸、拓宽，穿越南翔路，通向中国美丽乡村恒北村。新延伸的农路，双车道，有路灯，路两旁女贞树生机盎然。恒泰河与农路相依、同向延伸，树木花草、小桥流水，景致十分怡人。早晨，朝霞洒落在路两侧的树木花草上，充满诗情画意。在恒泰河畔的东宁南路散步，幸福感油然而生。

新时代，新农村，新变化。昔日去外婆家的乡间小路完全变了样，成为一条通向春天的路、通向幸福的路、通向富裕的路。拆迁后，我家住在朝阳景都南大门东南侧的泰西村五组，如今的村道都实施了硬化亮化绿化，路两侧的红叶石兰、紫薇、女贞树光彩夺目，水泥路一直通到农户的墩子。我每天清晨在绿树成荫的村道上跑步，心旷神怡、思绪万千……

昔日我家门口的那条坑坑洼洼的乡间小路给我童年带来了诸多不便和痛苦，如今宽阔亮丽的柏油马路给我带来了享受、快乐和幸福。要致富先修路，要幸福先修路。我家门口的那条烂泥路永远定格在我的记忆里。

原载 2020 年 5 月 9 日《大丰日报》

孔尚任与《西团记》

清代康熙二十五年（1686）秋，著名剧作家孔尚任随工部右侍郎孙在丰督察里下河水利，驻扎在海边渔村——西团，写下脍炙人口的著名诗作《西团海上村》和反映海边风土人情、大丰原住盐民、渔民生产生活的名篇《西团记》。

作为孔子第六十四代孙，日后，孔尚任以杰出的剧作《桃花扇》闻名于世。他心怀天下、壮志报国，尽管督察里下河水利是一趟苦差，其他官员唯恐躲之不及，孔尚任却引为幸事。这趟里下河之行，他的心情极为愉悦。

京杭大运河是当时维系南北交通的大动脉，舟船竞发，帆影点点，水波涟漪。孔尚任乘的是官船，自然威仪万方，迥异于一般商船。孔尚任随孙在丰先抵白驹场。移步上岸的孔尚任顿时感受到阵阵海风扑面而来,清凉中带有咸涩。当晚,他便写下《夜宿白驹场》:"朝雾暮皆连,海风春更急;维舟在白驹,聊以咏今夕。"白驹只是路过的地方,西团才是目的地。次日,依然薄雾漫漫,孔尚任沿串场河前行。对于西团的风俗地理民情,孔尚任是生疏的,但他对这海隅之地寄予了特殊的感情。船刚泊岸,孔尚任便迫不及待地想要走近它、了解它,甚至全身心地融入它。

孔尚任布衣微服,串棚走户,往来于灶户渔民之间,体察他们的生活。同时,他又泛舟于西团的港汊河道,考察淤塞情况。此时的国子监博士已完全进入了新的角色。没有诗情画意,没有琅琅书声,只有枯燥的往返、烦琐的问询、重复的劳顿和飒飒的海风相伴相袭。

数天考察,孔尚任对西团已有感性认识。一日,他信步海滩,仰望如钩悬月,聆听涛声阵阵,想到西团地隅偏僻、荒凉贫瘠,然朝廷税赋日重,地方官层层盘剥,小吏奸商敲诈勒索,灶民渔夫日益贫困,而海口疏浚工程虽利国益民,但朝廷拨款如杯水车薪,不得不在沿海征收水利特别税。这对灶户渔民不啻雪上加霜,让他们不堪重负。孔尚任虽为钦差,却不能解民于倒悬,不禁慨然长叹,向海而吟:"东港天边水,西团海上村。丰夫皆有长,小吏更能尊。两脚平垂柳,潮头直到门。乡关无定向,怅然立黄昏。"

海水漫上两岸,海潮直扑屋门。故乡不知在何方,独立黄昏,满心惆怅。孔尚任面向茫茫东海之水,难以掩饰心中的郁闷和惆怅。当夜,孔尚任心潮起伏,夜不能寐。他索性挑灯磨墨,铺笺挥毫,微风摇动窗棂,室外寂然无声。在这宁静幽谧中,《西团记》呼之欲出:

"捕鱼者,刳舟如葫芦,周旁胶无隙,穴其背,仅容出入,有螺户焉，号冒浪不灌，内贮半水，两胁缒以长木与内水平，若飓起，无虑侧覆。将入海，抚衅罟，打鼓，刑牲、赛鱼神，置舟潮头，潮退，随潮以去，舟之尾罟系焉，诱鱼自投，即得鱼，纳于水，纳满，又从潮来，赛如初。"

取鱼的人，把渔船做成如葫芦般，四周无空隙，船上有个小门，仅够人出入，渔人坐在里面就像田螺一样，虽然顶风冒浪，海水总不会灌入，船内放半舱水，船两边吊长木与舱内水相平，即使刮起大风，也不必担心翻船。出海前，渔人先用猪血染网，敲起神鼓，宰杀牲口，祭祀鱼神，在退潮时将船退到海边，随潮入海，把渔网拴在船尾，诱使鱼儿入网，捕得鱼，便放入水中网袋，网袋满了，再用原先的方法顺潮头再来。

孔尚任以精湛的笔墨，对海边的渔船和原住渔民的取鱼方法做了细腻的描述，将渔民生活刻画得惟妙惟肖。孔尚任不久离开了西团，但其作品《夜宿白驹场》《西团海上村》《西团记》永远留存了下来，成为大丰海边原住渔民生活和盐城地域文化中的重要文献资料。

原载 2020 年 7 月 24 日《新华日报》

又是一年桃花红

桃花是报春花，也是自古以来入诗最早、最多的娇花名卉，有着深刻的文化内涵。

唐代杜甫的"小桃知客意,春尽始开花""桃花一簇开无主,可爱深红爱浅红"等诗句,或赞美桃花善解人意,春暖先知;或夸耀桃花繁盛娇艳,诗彩妙出。而李白咏桃妙句,更显出浪漫主义诗人丰富的联想和对桃花的独特情愫。"犬吠水声中,桃花带露浓。树深时见鹿,溪午不闻钟。""桃花春水生,白石今出没。摇荡女萝枝,半摇青天月。"陆游的"花泾二月桃花发,霞照波心锦裹山""桃源只在镜湖中,影落清波十里红",不仅写出灿若云霞的桃花盛景,更写出诗人超凡脱俗的心态。苏轼的《桃花》诗别具一格:"争开不待叶,密缀欲无条。傍沼人窥鉴,惊鱼水溅桥。"既写出了桃花的品格和魅力,更把桃花比作国色天香的美女,将水池做镜,偷偷惊鸿一瞥,暗赏自己的美丽娇艳。

桃花,不仅仅是报春花,更是象征爱情的花。早在3000多年前,中国第一部诗歌总集《诗经》,其中的《周南·桃夭》篇写道:"桃之夭夭,灼灼其华。之子于归,宜其室家。"在这里,作者将桃花喻为出嫁女子,光彩照人。读着诗,甚至只读头一句,已使人分辨不清,这艳得难舍难别的是桃花,还是那艳如桃花的出嫁女子。

把桃花和少女并列写爱情的诗,最著名的是唐朝崔护的《题都城南庄》:"去年今日此门中,人面桃花相映红。人面不知何处去,桃花依旧笑春风。"崔护年轻时在都城读书,在一年清明时独自一人赴都城南郊踏春,步入一个桃花林中的村庄,叩开一家桃花掩映的庄户求水喝,被一妙龄少女迎入桃花围窥的草堂。堂内靠墙书架布满典籍,桌上笔砚罗列,墙上一联:"几多柳絮风翻雪,无数桃花水浸霞。"少女桃花般粉白透红的脸上秋波盈盈,素净布衣清雅脱俗、纯真灵秀。崔护顿生慕意,自报家门并询问少女姓名，少女羞怯含情以对，说自己名为绛娘。天色近暮，二人依依而别。第二年清明节，崔护又赴城南寻访，只见铜锁把门，寂寥无人。崔护连呼"绛娘"不应，就在门上题下了这首诗。

用比兴手法作诗咏桃花，是古代桃花诗的又一特色。唐代长安有座玄都观，曾广植桃树，诗人刘禹锡在被贬十载、年逾不惑之后回到京都，写下了"紫陌红尘拂面来，无人不道看花回。玄都观里桃千树，尽是刘郎去后栽"的诗句，感慨满朝新贵都是在他离开长安后爬上高位的。因这首咏桃诗，他再度被贬，直到年近耳顺才又有机会重回京城。这时候，玄都观的灿烂桃花已荡然无存，诗人唏嘘不已，又吟了一首七绝："百亩庭中半是苔，桃花净尽菜花开。种桃道士归何处，前度刘郎今又来。"桃花见证了一代诗豪的仕途艰难和半生沉浮，也算是一桩奇事了。

桃花，是春天的象征，是正义的象征，是爱情和温馨的象征，更是美好乃至幸福美满的象征。又是一年桃花红，我们欣赏桃花的"灼灼之华"，更祝愿新时代处处环境怡人，桃花满人间。

原载 2021 年 3 月 27 日《大丰日报》

故乡的梨花

一夜潇潇春雨，故乡的梨花盛开了。河坡田埂，村前村后，一团团、一片片，如雪似银点缀着一望无际的田野。

故乡的梨园无处不美，一花一草、一枝一干，无不带着春的印记。站在高处，极目远眺，梨园绵亘数里，一树树梨花犹如仙子飘落的洁白羽纱，又如无数玉色蝴蝶从天外飞来，落满枝头，芬芳不绝，至远处，已分不清是怒放的梨花还是飘悠的云朵。

徜徉梨园中，那满眼纯洁的梨花白身玉肤，素白淡雅，凝脂欲滴。人在花间行，仿佛置身于洁白的花海，真有"若无香风起，疑是白云绕"之感，确有"梨花有真情，感受在故乡"之妙。

当你用惯了敲击键盘的手去触摸那柔嫩的花瓣，当你用听够了城市喧嚣的耳朵去聆听风过梨园的絮语，当你用看厌了高楼大厦林立的眼睛去端详每一棵生机勃勃的梨树，你就能深刻体会到什么是心灵的释放，什么是大自然的美。身在梨花丛中，由于远离了喧闹，一切的疲惫和烦恼、一切的虚荣和幻想、一切的失落和不快，都会随着悦目的梨花而化解，都会在清新的气息中飘散。观赏梨花，亦可净化心灵，驱除烦躁。平时看的东西太多太杂了，有时眼花缭乱，心生厌烦。而现在尽收眼底的唯有朵朵晶莹的梨花，令人神清气爽、心旷神怡。这一簇簇梨花，宛如蓝天洁白的云朵，却比云朵更纯洁；又像皑皑白雪，却比白雪更富有生机和美感。我想，梨花娇美多姿，也许是故乡的河水滋润的缘故。一方水土养一方花，故乡河水清又纯，不但有生气，而且有灵气，水汽带着雾气，雾气裹着灵气，使故乡的梨花更加洁白纯净，更加有灵性。

漫步梨园，只见一棵棵梨树枝干向上，枝丫遒劲；树叶嫩红中略带翠绿，俨然有"带叶梨花独送春"的本色；朝露附着在花蕊上，把梨花滋润得更加柔润娇艳；枝头上，五瓣梨花竞相绽开笑容，那一朵朵冰清玉洁的梨花，在蓝天白云映衬下，犹如一幅幅清雅的水墨画，又似一位清丽素面的少女，羞羞答答，安详恬静，美得素洁、美得娇嫩。鹅黄色的花蕊，花丝附着褐色的花粉，散发出缕缕幽香，勤劳的蜜蜂在花丛中飞舞，嘤嘤嗡嗡。偶尔有微风袭来，有的花朵随风摇曳，似在频频招手，又仿佛在低头含笑，宛如朵朵浪花点缀在白色花海中；有的花翩然而落，如雪花般在流泻的春光中翩然起舞，满地是银。月下赏梨花，更有一番风韵，"一树梨花一溪月"的美景令人遐想。故乡的梨花是一首意境悠远的唐诗或宋词。

　　我爱梨花，不但爱它的冰肌雪颜、淡雅宜人，更爱梨花一尘不染的气质和洁白无瑕的高贵品格。

　　阳春四月，去故乡观赏梨花，听梨花盛开的声音，看梨花盛会的美景，享梨花盛情的春意，一种清新、怡然的隽永浪漫油然而生。

原载 2015 年 4 月 21 日《南通日报》

故乡的腊月

　　故乡的腊月，是一根祖传的槐木扁担，一头挑着元旦，一头担着春节，每天都充满着喜气、欢乐和祥和。

　　故乡的腊月非常热闹。农家办喜事，大都选择在腊月。谁家又在娶新娘,鞭炮放得震天响。村口驶来好几辆披红戴花的小轿车,不一会儿到了门前,好多人跟了上去,看新娘进门。婆婆把喜包塞进新娘手中,有人喝彩:"一步金,二步银,三步、五步进洞房。"

故乡的腊月格外甜美。腊月初八,乡村到处飘散着腊八粥的甜香。记得小时候,每年腊八节,都会吃到母亲用红枣、花生、红豆、银耳等熬制的腊八粥。香香的、甜甜的、黏黏的,色香味俱佳。母亲说,吃了腊八粥,将来无论走到哪里都忘不了家。原来母亲早在我心里播下了一颗爱的种子,怪不得一到腊月,我就会不由自主地想家,就会想吃腊八粥,就会迫不及待地投入亲人的怀抱。

故乡的腊月特别红火。一进腊月,人们潮水般拥进城里,疯狂购物。腊月的超市、摊点、农贸市场最热闹,货也多了,人也挤了,有卖春联的,有卖年画的,有卖吃的、用的,那肉市、鸡市、鱼市一下子比以前大了好多。人们在市场上大包小包地采购,人扛,用车拉,满载而归。

杀年猪。故乡有句民谣:"到了腊月八,家家把年猪杀。"养了一年的年猪,是一家老小的希望,也是一年之中置备的最大一桩年货。杀年猪要挑选一个吉祥的日子,以图个来年"六畜兴旺"。有的富裕农家杀两头"年猪",一头留着自家吃,一头作为年礼分给亲戚朋友。猪是自家用猪菜喂养的,绝对的绿色饲养,肉质上乘。如今乡亲们手头不缺钱了,杀猪很少有人去卖肉了,卖猪肉的都是养猪专业户。

起鱼塘。俗话说"年年有鱼"。每到腊月,养鱼的农户把鱼塘的水抽干,捞鱼过年,顺便清理塘底淤泥,保持河塘的水清澈,清理出的淤泥还能垩田。用潜水泵抽水很方便,满塘的水一寸一寸下降，水面越来越小，柴根越露越多，大点的鱼儿已耐不住性子上蹿下跳了，孩子们也跟着一蹦老高，引发一阵阵惊奇的叫喊声，给寒冬腊月带来了别样的温馨。

磨豆腐。豆腐与"逗富"谐音，多吃寓意多富。所以，一般农家在腊月里，都要做些豆腐、百叶、豆腐干，或卖或到豆制品作坊加工。磨豆腐是个细作活，泡豆、磨浆、滤浆、点膏、冲浆、压块，每道工序都很有讲究。豆制品有多种吃法，有油焖豆腐、油炸豆腐，豆腐干可做冷盘、热炒、火锅、汤羹，无不鲜美。百叶切丝，拌大蒜，加入姜丝，浇上麻油，谓之"干丝"，食之清爽可口，回味无穷。

做年糖。进入腊月，家家户户要做或买点年糖，用于新年走访亲友、招待来客。做年糖很诱人，可以大饱眼福。先是炒花生米、炒芝麻、炸炒米。爆花机炸炒米很繁忙，村头爆花机炸出了乡村腊月一片喧闹。半成品准备好了，到集市上买几斤糖料，倒进大铁锅，旺火熬煮，熬得浓浓的，厨房立刻溢出一股甜丝丝的味道。将预先备好的炒米、切碎的橘子皮哗啦啦倒进锅里，赶紧用铲子上下左右地搅拌，再全部盛进瓷盘里，用铲子使劲压，压得平平整整，倒在木板上。待未冷却时，赶紧切成火柴盒大的方块，做成的炒米糖又香又甜又脆。若将炒好的花生米、芝麻分别拌进糖料中，做成的自然是花生糖、芝麻糖了，做糖的过程也是一种颇有趣味的享受啊。

做包子。过年的感觉，是从腊月蒸包子开始的。乡亲们一年忙到头，没有多少时间忙吃，进入腊月才稍微闲些，才有时间做包子。农家做的包子品种有肉包、豆沙包、马菜包、雪菜包、萝卜丝包。在蒸包子的前一天晚上，在大匾里将面粉、温水与适量的"酵头"搅和，然后反复揉面，揉好的面团放在笆斗里，用棉被捂上，发酵后加适量食碱，拌匀，用擀面杖擀成面皮，即可蒸包子了。只见做包子师傅快速地拈起一张圆而薄的面皮，再挑一小块馅儿，左手心一合，右手指熟练地捏几下，然后一转，整齐的包子一只只排在笼上。锅里水开了，蒸笼里不断升腾出一团团热雾，并迅速地弥漫开来。出笼了，大人们将冒着热气的一笼笼包子翻倒在苇箔上，老人、小孩先品尝新鲜的小笼包子，厨房里里外外洋溢着一股浓浓的喜庆气氛。

蒸年糕。俗称"划糕"，家乡的年糕有大方糕（海门糕）、小方糕。先要将大米和糯米按比例分别淘净，放入水缸或水桶中浸泡一天，捞起沥干，拌和在一起，去钢磨坊磨成粉，或用碓臼舂成粉。蒸大方糕的蒸笼为多格多层，每一层有若干个长方格，将米粉、蜜枣倒入格中，刮平，上笼蒸20分钟即成，冷却后可切成小长块，便于食用。蒸小方糕的蒸笼有一只木模板，模板上刻着福、禄、喜、财等吉祥字图。每一层都有若干个正方形糕模，将米粉倒入方格中，再用木尺刮平，把模板上的图形对准格子，轻轻一敲，图形就印在米粉上，然后一层层码在蒸笼上，在大灶上蒸熟，再将一笼笼热气腾腾的年糕倒在准备好的箔子上。每个村都有蒸年糕的加工点，村民们互相帮忙，城里人也一个接一个来加工。吃年糕，年年高。家乡的年糕是一种情、一份爱，牢牢地粘贴在我心里。

故乡的腊月，是一坛酿热的美酒，是一道迷人的风景，是一幅多彩的风俗画。故乡的腊月，魅力非凡。

原载2019年2月2日《南通日报》

草堰境内的古桥古闸古井

听一位老人讲,草堰境内的古桥、古闸、古井很多,好多保存完好,古色古香,颇具特色。百闻不如一见,我曾去过苏州看唐代诗人张继笔下的寒山古寺和江枫古桥,何不去草堰看看家乡的古桥、古闸、古井。

秋日的一个清晨,我披着朝霞来到草堰镇,脚下就是范公堤,不远处横跨夹河中段的草堰大桥展现在我眼前,桥上车辆川流不息,人来人往。草堰大桥原名"永宁桥",又名"新颜桥",长7米,宽5米,建于明万历三十六年(1608),义民邵子正募建。1977年街道扩宽拆除,重建混凝土梁式大桥,改名为新颜桥。

我又来到另一座古桥,名为庆丰桥,又名"广丰桥""丁溪桥",长25米,宽7米,为砖石单曲拱桥,建于宋淳熙年间(1174—1189),明崇祯年间(1628—1644)杨大成募修,清乾隆年间(1736—1796)冯印重修,道光九年(1829)又重建,是草堰境内至今保存完整的一座古桥。桥身横跨丁溪古镇夹河上。桥下拱门全是石造,桥身、桥面是砖石夹杂建造。

庆丰桥建造时间距今860年,草堰境内有这样一座石桥,足以说明草堰这一古老集镇,在宋时人口聚居众多,盐业兴旺,商贸繁荣,文化发达。

草堰的古闸更是到处可见。最著名的有丁溪闸,明万历十一年(1583),巡按姚士观征召泰州知州李裕建造,有两孔。修于清康熙三十一年(1692)。清乾隆十二年(1747)改建五孔四矶心，计石十一层高，深一丈四尺四寸，孔宽一丈六尺，矾心各宽一丈二尺五寸，五孔用十槽相对启闭，东御海潮，西泄蚌蜒河、梓河之水，南泄富安、安丰串场河之水，由丁溪闸入丁溪灶河归海。引河长度90公里。1958年重建，改为四孔闸。

小海正闸，即草堰南闸建于明万历十九年（1591），清雍正七年（1729）泰州知州储世暄改建，闸高深一丈四尺四寸，矾心宽一丈二尺，孔宽一丈六尺，用板四槽，相对启闭，东御海潮，西泄兴化车路河、乌金荡之水，由小海正闸经小海灶河入王港海口归海。引河长度75公里。1958年重修。

小海越闸，俗称南野闸，建于清乾隆十二年。闸高深一丈四尺四寸，矾心宽一丈二尺七寸，两孔一矾心，孔宽均一丈六尺，用板四槽，相对启闭，东御海潮，西泄兴化车路河、乌金荡之水，由小海越闸经小海灶河入王港海口归海。引河长度75公里。1958年重修。

草堰正闸，建于明万历十九年，清雍正七年泰州分司王兆麟改建，两孔一矾心，计石十四层，高深一丈四尺七寸，孔宽一丈六尺，矾心各宽一丈二尺五寸，用板四槽，相对启闭，东御海潮，西泄车路河、白涂河之水，由草堰正闸经北新河入斗龙港归海。引河长度105公里。1963年闸身全部拆毁，修建公路。

草堰越闸，又称草堰北野闸，建于清乾隆十二年，三孔两矾心，计石十一层高，深一丈三尺二寸，孔各宽一丈六尺，矾心宽一丈二尺四寸，用板六槽，相对启闭，东御海潮，西泄车路河、白涂河之水，分泄草堰正闸易涨之水，由草堰越闸经北新河入斗龙港归海。引河长度105公里。1963年拆除建桥。

看了古闸和古闸遗址，接着看古井。一位草堰老人说，旧时，丁溪、草堰两小集镇，古井较多，有108口，由于战乱，尚存 60 口，以东街井最多。公用井又称"义井"，原玉虚观前（现在草堰小学西院墙旁）一口义井，建于明万历年间，现保存完好，20 世纪 80 年代仍为附近居民生活用水。著名的双凤井，又称"通圣泉""便民泉"，旧址在丁溪大桥（庆丰桥）东三贤祠左（今已建民房），两井东西相隔二丈余。古井里的水清凉可口，没有一丝咸味儿。

古井的水清又纯，挑担井水送亲人。1940 年 10 月，在陈毅、粟裕的英明指挥下，取得黄桥决战重大胜利，并乘胜北上，7 日占领海安，8 日占领东台。9 日二纵队六团奉命继续北上，经过草堰进驻交通要塞大丰白驹镇狮子口，迎接南下的八路军。草堰老百姓纷纷挑古井里的水，成群结队，慰问亲人子弟兵。自古以来，古井像一位温情的母亲，用醇美的乳汁养育着故乡的儿女。

草堰人杰地灵，地域文化源远流长，境内的古桥、古闸、古井魅力非凡，给大丰留下了一笔宝贵的非物质文化遗产。

原载 2020 年 1 月 4 日《大丰日报》

走月亮

在我的故乡，每到中秋节晚上，乡亲们都有"走月亮"的习俗。所谓"走月亮"，就是在月光下散步、赏月，或结伴游玩、走亲戚。记得有一年中秋，父亲吃过冷锅饼，用毛巾擦了擦嘴角,顺手拿了两个又圆又大的冷锅饼用纸包好,拉住我的手说:"我们出去走月亮。"当时我还不懂什么叫"走月亮",只是在月光下,紧跟在父亲后面向前走。

我们走,天上的月亮仿佛也跟着我们走。村里的烂泥路很狭窄,坑坑洼洼、弯弯曲曲。不一会儿,走到生产队东南角。这里有一大片杂树林,槐树、楝树、桑树、榆树等树木相伴生长,一棵棵、一行行,郁郁葱葱,生机盎然。风一吹,树林哗啦啦地响。树林南面是生产队的养猪场,猪舍门朝南,共两排。我看到,有个男子汉斜着身子站在猪舍门前,仰着头,呆呆地望着月亮。父亲说,他是这片树林和猪场的看守人。他比我父亲年轻,不过身体有缺陷,是个腿脚不灵活的残疾人,走起路来一瘸一拐的。因为残疾,40多岁还是个单身汉。他来这儿护林、看猪,是生产队对他的照顾。我不知父亲带我出来走走,到这片树林前的养猪场干什么。大叔见我们来了,黝黑的脸上露出了笑容。"戴书记,你父子俩不在家里过中秋,来我这儿干啥?"我父亲拉住他的手说:"你一人在这里坚守岗位,我来看看你。"我知道,担任大队党支部书记的父亲,一直对他很关心。父亲把随身带来的两只冷锅饼,还有5块钱,交到他手中。大叔双手接过冷锅饼和钱,感动得不知说啥好。

圆圆的月亮挂在村东头的树梢上,月光透过树林,洒在父亲和大叔身上,依稀有一种朦胧、温柔的感觉……

后来,我才明白,当年父亲"走月亮"是关心老百姓生活。如今,在我们村里,中秋节"走月亮"还有另一种形式,即男女老少结伴赏月,在月光下的打谷场上,或在集中居住区的广场上唱歌、跳舞。

乡亲们"走月亮"和我在书中看到的"走月亮"情形差不

多。清代风俗画题诗《走月亮》写道："中秋木樨插鬓香，姊妹结伴走月亮。夜凉未嫌罗衫薄，路远只恨绣裙长。"可见，在古代，女性是中秋"走月亮"的主角。

村里的孩子们见大人在月光下游玩，也不甘寂寞。"月上柳梢头，人约黄昏后。"生产队仓库后面有个河塘，塘边有个柳树林，他们就到那儿走月亮、捉迷藏。我妈不放心弟弟，要我跟在他后面。我随小伙伴们钻进柳树林，犹如进入青纱帐。一排排柳树密密匝匝，一根根柳条拖在地上，垂到小河边。透过缝隙，举目一望，天上的月亮很亮，星星一闪一闪，似乎动着小嘴在品尝人间月饼……

去年中秋，我在月光下行走，感到眼前的月亮比我小时候看到的月亮更大更圆更明亮。乡村狭窄的弯弯曲曲的烂泥小路早已变成宽阔的乡村公路，路边树木成行，还有太阳能路灯。那座危险的小木桥也早已不见了，变成了能通行汽车的水泥桥。村里开展环境治理，实施雨污分流，河水变清了。如今，月光下的小河是那么柔美，河水静静地流淌着，月光浮在水面，闪闪烁烁，恰如一河繁星。小河环绕村庄，村庄依偎着小河，一任月光尽情挥洒诗意，恬静而幽美。我陶醉于乡村的一轮明月，月光如水一样倾泻，身边的树、眼下的河、远处的村庄，都成了一幅多彩的水墨画。

在月光下行走，美景尽收眼底，心旷神怡。

原载 2020 年 10 月 11 日《盐阜大众报》

豌豆花　蚕豆花

我每年种蚕豆，喜欢在田边点些豌豆。清明前，田野四周的豌豆花抢先开放，有纯白色的，也有紫色的，给碧绿的田野镶嵌上多姿多彩的花边。

白色的豌豆花，宛如用纯洁无瑕的汉白玉雕刻而成，晶莹剔透。一朵朵脉脉含情的紫色豌豆花，犹如一只只美丽的蝴蝶伫立在两片墨绿色的叶子上，有的已经完全舒展开了翅膀，释放出优美的舞姿，几只蝴蝶好像把豌豆花也当成自己的伙伴了，在花间欢快地飞舞；有的似乎正从蛹蜕变成蝶，在半梦半醒中一点一点打开娇嫩的翅膀。我喜欢豌豆花，看久了，眼也花了，已分不清哪是真蝴蝶，哪是豌豆花，仿佛有上万只白色蝴蝶、紫色蝴蝶在眼前翩翩起舞。

豌豆花开得正艳时，蚕豆花也不示弱，在豆秆上含苞待放。春风乍起，在和煦的阳光下，蚕豆花开得密密麻麻、热热闹闹。蚕豆花的主调是紫色，紫中带白，紫而油亮，色泽光鲜，讨人喜欢。我由蚕豆花的紫，联想到"紫气东来"，颇有一种祥瑞的气氛和感觉。蚕豆花由三个花瓣组成，紫色的大花瓣呈扇形，大花瓣上附有两个娇小的白中带黑的小花瓣，像一双眼睛，它们盯着我，仿佛要说什么，我也凝视着它们，不知说什么好。这一刻，我的内心充满了无限宁静。我蹲下身子，一阵甘爽宜人的清香从绿叶中散发出来，鼻子贴近花瓣，一股素雅的暗香浸润了我的心脾。这种清香和暗香，还有绿叶上的蚕豆花，蚕豆花上无数只蝴蝶、蜜蜂盘旋飞舞，使我心旷神怡、流连忘返。

豌豆花、蚕豆花，各自在田边、田间躲在绿叶的背后，不争春，不争艳，默默地开放，开得安安静静、平平淡淡。

原载 2021 年 4 月 25 日《盐阜大众报》

草堰古镇

我去过周庄、同里等中国著名江南古镇，但从未去过离家乡不远的盐城市大丰区草堰古镇。久闻草堰古镇古朴醇厚，极富文化底蕴，可与江南古镇媲美。百闻不如一见，今年初春，我因编写《草堰镇志》来到草堰古镇寻访。

走进古镇，就下起了雨，置身于绵绵春雨中，目睹古色古香的竹溪盐街，便有了一种新鲜的感觉。我撑着伞，站在永宁桥上极目远眺，发现草堰古镇的雨，是有色的。

是淡灰？一排排临水而筑的民宅，延伸于水面的青石板码头，流淌着千年的墨韵；鱼鳞状的黛瓦在屋脊上连绵起伏，雨珠滴落，轻弹着古老的音韵；还有大转河上的渔舟，竹篙一点，便流动在水上。那一抹抹的淡灰，俨然是一幅幅经典的水墨画。

是青绿？夹河边的杨柳亭亭玉立，满目的柳条排成诗的行列，在水面上飘拂，雨滴在柳叶上轻滑，弹着春天的音符；青色的明代钱氏瓦楼，自上而下挂满了青青的藤蔓，藤上的叶子在细雨中抖动着身子，曼舞着婉约的古风。还有青砖缝中细密的小草,黛瓦上冒出的瓦花,墙角柔软的青苔,不就是一首首唐诗、宋词?

草堰古镇的雨还不停地变幻着色彩。古街旁的红叶石楠,红得悦目;古宅前的野菊,白得赏心;还有瘦长的青石砖街巷,游人撑起的斑斓花伞……

对了,草堰古镇的雨也是有记忆的。

这记忆属于宋代名臣范仲淹。北宋天圣二年(1024)秋,县令范仲淹征集4万多民夫开工筑堤。后人追念范仲淹首创之功,故称之为"范公堤"。

这记忆属于盐民领袖张士诚。元至正十三年(1353)正月,盐民张士诚率兄弟及盐民李伯升、潘原民、吕珍等18人在草堰场起义,北极殿承载了煊赫的历史辉煌。

这记忆属于泰州盐运分司运判汪兆璋。清康熙十二年(1673),他主修、王大经主纂《淮南中十场志》,留下包括草堰场在内的各场许多宝贵历史资料。

这记忆还属于清代文学家李汝珍。清嘉庆六年(1801),其兄李汝璜赴草堰场任盐课司大使,他随兄来到草堰。李汝珍住在草堰场盐课司署东侧玉虚观的楼上。玉虚观前有一口古井,叫"义井",李汝珍以井为镜,用此井水磨墨写就《镜花缘》前五十回。

我喜欢江南古镇,但对故乡的苏北草堰古镇更情有独钟。我是寻找历史的记忆来到草堰古镇的。

"烟火三百里,灶煎满天星。"草堰古镇盐文化源远流长,1800多年的盐业史,印证了草堰文明的滥觞。草堰春秋战国时成陆,南北朝有"堰"之名,古时又称"草埝""草埝场"。草堰东汉始产盐,唐、宋趋于兴旺,北宋《太平寰宇记》载,"草堰场岁产盐六十五万六千石",盐产量之高,盐品质之好,冠于全国各场,是两淮(淮南、淮北)盐场的主要生产地和集散地。

南宋咸淳五年(1269),两淮制使李庭芝开凿串场河,使各盐场的盐运河相通,方便了淮盐的集散交易。

明洪武二十五年(1392),草堰(竹溪)、丁溪、小海3个盐场始建盐课司署(衙署),配备场大使,分管盐务,三场盐课司石碑至今仍遗存。三场相隔不远,足见草堰海盐产销的繁荣。

堰古代有"七十二庙"之说,现有谱可稽的就有60余座,其中有建于唐代的义阡禅寺、北极殿、龙王庙等。

草堰古镇地处范公堤西,串场河(大转河)东。串场河在草堰境西侧转了个大弯,呈月牙(半圆弧)形,故这段又称为"大转河",草堰古镇就躺在范公堤与大转河的怀抱中。纵横交错的小转河、玉带河、夹河均与大转河相通,为古代盐运河。夹河又名"夹沟",古称"龙溪",南北两头都与串场河相连,与串场河形成一回转通道。同时又与东侧盐运河形成另一回转通道。夹河的两端河口成为东侧盐运河和西侧串场河的必经通道,成了盐课司署控制东侧盐灶送缴原盐、西侧原盐外运到扬州等更大集散地的咽喉通道。

境内有古桥庆丰桥、永宁桥、卧龙桥、龙门桥,主要集中在草堰夹河和丁溪河上。古盐运码头、埠头集中在夹河两侧,河岸800多米长有古盐运码头遗存18处。

草堰有古石闸5座,分别为丁溪闸、小海正闸、小海越闸、草堰正闸、草堰越闸,均为明、清时建造。横跨在宋代范公堤上的小海正闸和小海越闸,又称"鸳鸯闸",相距20米,像一对忠贞不渝的鸳鸯。

以青砖小瓦木结构、飞檐翘脊为主要特征的民间传统建筑,有袁家巷、太平巷、钱家巷、朱家巷等，青砖和青石板铺设的古巷道到处可见。明代钱氏卷瓦楼，张氏、朱氏、袁氏古民宅，宗氏六陈行，木石雕刻精湛，云饰、龙凤、麒麟，栩栩如生，呈现出两淮独特的盐文化与江南典雅灵动的吴文化。

古镇留下了丰富的历史文物遗存，在发现的60多处文物中，有省级文物保护单位1处，盐城市级文物保护单位6处，大丰区级文物保护单位12处。1995年，江苏省人民政府公布草堰镇为"古盐运集散地保护区"，昭示该镇昔日的重要历史地位和独特的文化内涵。

草堰古镇灵动温馨，人文荟萃，素有"风水宝地""十家九书生"之美誉。据史料记载，明清时期，草堰产生了进士32名、举人28名、朝廷重臣17名、名贤22名。如高谷，明永乐乙未科，历任工部尚书、宰相；杨果，明弘治壬科，历任太常寺、工部侍郎。又如明代理学家朱恕，明代学者袁三余著《古愚斋贱言》，有《草堰八景》诗传世，泽被了一代又一代后生。

原载2022年1月8日《大丰日报》

菜花蜜

又到菜花盛开时节，我和往年一样，到盐城市大丰区南翔路东首买菜花蜜。帐篷前，老李头戴防蜂帽在蜂箱旁忙碌着。我之所以每年到这里买菜花蜜,是因为老李卖的菜花蜜是现摇现卖,没有丝毫作假。还有在油菜盛开的季节,到郊外观赏油菜花,看蜜蜂采蜜,更是一件十分惬意的事。

我来到帐篷背后的油菜地里观察蜜蜂采蜜,只见一群群蜜蜂在一串串菜花间飞来飞去,忙碌不停。菜花遍地开,蜜蜂嘤嘤唱,身临其境,我不由想起唐代耿湋写蜜蜂的诗句:"带声来蕊上,连影在香中……"

我喜欢品尝家乡的菜花蜜,还因为故乡的菜花蜜纯天然,味道醇厚,吃一口满嘴生津,回味无穷。

老李是山东平度人,名字很有意思,叫李发展。每年春天,他自驾卡车,载着蜂箱、帐篷、灶具和行李来大丰养蜂。他和妻子常年追赶着花儿盛开的地方,在缤纷繁华的季节,酿造甜蜜的生活。初春,追赶大丰的油菜花、槐花;夏天,追赶山东的枣花;初秋,追赶大连的椴树花。然后,由大连折回山东,这就是他们每年放蜂的路线。

蜜蜂的一生是忙碌的,放蜂人更是辛苦。清晨,老李揭开蜂箱,小精灵们嘤嘤歌唱,"纷纷穿飞万花间"。他和妻子也像蜜蜂一样,"终生未得半日闲"。白天,他俩戴一顶防蜂帽,夜间提一盏马灯,照护着蜂箱,观察着蜂儿,忙时啃一块干粮、喝一口温水,栉风沐雨,含辛茹苦。他和妻子风餐露宿、起早摸黑,却不感到苦。他说:"用勤劳酿造甜蜜的生活,虽辛苦,但很幸福。"是啊,他俩每天与花儿和蜜蜂打交道,让每一天的日子都流淌着蜂蜜的甘甜、美好和芬芳。

老李卖的蜜品种多,纯天然,有现产的菜花蜜,还有从家乡带来的槐花蜜、枣花蜜、枇杷蜜、椴树花蜜。他为人厚道,讲求信誉,卖蜜分量足,不掺水和糖,蜜醇厚、甘甜,原汁原味,颇受顾客青睐，四面八方的人都来买他的蜜，遇到老顾客和老人买蜜，还会多送蜂蜜。

"老李，一箱蜂能产多少菜花蜜？"

他一边清理蜂箱，一边说："大丰生态环境好，油菜花、槐花多，花期长，蜜源广，两期花，一箱蜂能产蜜 80 多斤。"他指着包装好的菜花蜜告诉我，"这些蜜卖给经销商，销往北京、上海、哈尔滨等地呢。"

上午 9 点，我离开养蜂地点，回望着油菜花丛中老李的背影，深深地思索着。我想，油菜花纯洁无瑕，养蜂人老李勤劳致富、守法经营，酿造甜蜜的生活，其心灵不也像油菜花一样美好吗？

原载 2022 年 4 月 16 日《大丰日报》

诗人笔下的草堰八景

有史以来，草堰镇就有好多诗人和著名学者，出于对草堰自然景观的欣赏和热爱，写下了许多脍炙人口的咏景诗文，如明代袁三余著的《草堰八景》诗，读之如临其境、耐人寻味。

袁三余，一名长白，字汉清，草堰场人，明季诸生，著有《古愚斋贱言》集，已散佚，袁氏文集存诗 10 首。

草堰八景诗之一《东梵晨钟》："仙梵遥串自赤乌，别岩疏树听钟呼。道人莫入非非想，也学皈依金粟胡。"

诗中东梵指东林庵古庙，遗址在草堰供电站之东，流传古时寺僧晨昏按时击钟礼佛，钟声远传数十里的盛况。当时民间尚无钟表计时，海边渔民均按寺庙中礼佛钟声作息。听到晨钟响起则肩背渔具去海边捕捞，晚钟响则踏上归途。

据考察，元末明初之际，丁溪、小海、草堰、白驹、刘庄场治一带，范堤仅距海岸线约15华里。因此明初时，东林庵礼佛钟声传10多里外的海边，是确有可能的。

草堰八景诗之二《西原夕照》："几家村落树千行，处处归鸦带夕阳。水近金乌成锦浪，翻疑赤壁满横塘。"

草堰小转河至大转河（串场河），现为草堰村一组，旧时称之为"西原"。明代南部有一处高地，住有少数渔户，北部地势低洼，为一大片红柴田（新中国成立后这里垦熟）。每当夏秋之际，积水数尺深，迎着夕阳，波光粼粼，日暮鸦雀归巢，煞有一派美丽的自然风光。

草堰八景诗之三《南浦春云》："春色晴熏柳欲迷，莺声初过百花溪。游人买醉长堤上，一派轻云护鸟啼。"

南浦指九龙口（后改称"八甲沟口"，现204国道红旗桥北一带）。古有九条支流汇集于此，诚如九龙像，故称"九龙口"。每当春季，春色晴熏，杨柳摇曳，鸟语花香，云霞掩映，景色十分迷人。

草堰八景诗之四《北桥秋月》："飞虹长拱石梁秋，一片水壶万壑流。银汉月明天似洗，御风人拟弄珠游。"

北桥，位于草堰夹河北端，是一座古老的石拱桥，民国初年曾由民间捐资修建。新中国成立后已经拆毁，20世纪80年代初还有残石在草堰村一组机耕桥上，石上明显镌着"古北高桥"四字。20世纪80年代后期,草堰镇政府在北高桥的原址上修复了一座石拱桥,且以"永宁桥"冠名。这是用被拆后的永宁桥和北高桥的部分石块组装而成的桥,桥顶石栏,一南一北,分别安装了"永宁桥"和"北高桥"原来的石匾。

昔时月夜登临远眺,水光秀美,景色宜人,想见古人之遗爱。相传月夜登桥,可见桥底水中有双月出现,民间谓之"水照双月"。

草堰八景诗之五《天池鱼鸟》:"一鉴方平绕翠微,风波不到洗云衣。濯婴孺子歌还隐,无数鸢鱼写化机。"

查阅古小海场治图,天池在大坝塘,明初近海,沙鸦翔集,别有一番景色。虽已变迁,尚有洼塘可辨,遗址在草堰农具厂东北面。

草堰八景诗之六《望海山亭》:"地缺埏垓渤海滨,官亭翘首是洋津。东南财赋于兹甚,苦煞东南煮海人。"

望海山亭在草堰古盐仓墩上,盐仓墩又称"望海山",年久倾圮。至清雍正时,小海场大使林正青重建,因海岸东迁,不能再称望海山亭,故改名"采桑亭"。

草堰八景诗之七《朱泊渔灯》:"沽鱼换酒碧云西,众艇垂阴万柳齐。野爨滩烟波细细,沧浪一曲醉如泥。"

此景在草堰大转河西北隅三叉港,河阔水深,北岸对面是朱家舍。昔时沿岸绿树成荫,晚来渔舟麇集,一时灯光远射,炊烟袅袅,蔚为大观。

草堰八景诗之八《范堤牧笛》:"啼鸟飞花碧柳垂,郊原草绿正葳蕤。儿童短笛横牛背,谁是青精饭后吹。"

范堤即现在的通榆公路(204国道),堤与串场河靠近。入春后,绿草肥茂,牧童坐牛背上吹起短笛,嬉戏放牧,风光迷人。

诗人远去，八景永存。草堰八景诗给后人留下了宝贵的精神财富，保护生态环境，与大自然和谐相处，是每个公民应尽的责任。

原载 2022 年 7 月 9 日《大丰日报》

古盐运集散地

早就听说盐城市大丰区草堰镇是古盐运集散地，2001 年 2 月 19 日，江苏省人民政府命名江苏盐城市大丰区草堰镇为"古盐运集散地保护区"。百闻不如一见，阳春三月，我慕名来到草堰镇，观赏寻觅古盐运集散地的遗迹。

寻访中，原草堰镇文化站站长姜鸿愚告诉我，历史上的草堰与"盐"字紧密相连。古代草堰的人口绝大多数是盐民（灶丁）。古代草堰的经济，主要是海盐的生产、运输和集散。草堰集镇的形成和繁荣，靠的是草堰、丁溪、小海三大盐场的支撑。

宋代史籍记载，草堰、丁溪、小海三个盐场呈"品"字形，位于范公堤两侧，紧靠海滩，南北距离不超过 6 公里，足见草堰海盐生产、运销的繁盛。

范公堤的修筑成功和串场河的逐步疏通，为草堰盐运集散地的发展奠定了基础，至南宋时期三个盐场逐步增加了对新发展盐灶的管理职能。为了实施有效管理，在该地区疏浚了串场河，挑浚了夹河，并逐步建成当地重要集镇，从而形成独具特色的海盐集散地的雏形。

明、清时期，随着朝廷对海盐生产、运销管理方式的变革，许多盐商直接来到海盐产地从事生产、运销，草堰更是成为当地海盐集散重地和重要集镇，也带动了当地经济文化的繁荣和发展。

草堰、丁溪、小海三场均于明洪武二十五年（1392）始建衙署。草堰场署建于今草堰老镇区内北端，清咸丰年间向东迁至西团。丁溪场署在现草堰镇南，范公堤西，串场河东，清乾隆年间向东迁至沈灶。小海场署建于今草堰老镇区内东南端。清雍正十三年（1735），白驹场归并于草堰场；清乾隆三十三年（1768），小海场撤并于丁溪场；民国元年（1912），刘庄场撤并于草堰场。三场盐课司署人才济济，据《草堰乡志》记载，先后有195人任三场大使，他们大都是来自全国各地的监生、贡生和举人，官阶七品、八品。

在长达近千年的历史空间里，草堰古盐运集散地为苏、湖、荆广大地区输出了大量海盐，为朝廷创造了巨大的税赋收入，同时也为当地的经济繁荣、文化交流、社会发展提供了重要的平台和条件。

三场盐运集散的基本方式是运输，而河流是海盐运输的主要通道。散布于海滨广袤地域上的团、灶，盐民们将辛苦煎熬出的海盐用蒲包包装，过秤后捆扎起来，再把盐包或肩抬或挑上船。满载的盐船顺着一条条盐河运往丁溪、小海、草堰场署。

场署所在地东侧设有四面环河的空间，即所谓的包垣，其西边的便是夹河。东面上来的盐船循序进入夹河及其连通的其他三个方向的河道。靠岸后在场署官员的验收监督下，盐民们将盐挑到岸上指定包垣处堆放好，再到指定地点领取报酬和生产资料。其间盐民们亦可顺便上岸，在夹河两侧街市上购买生活用品，回到船上，再按来时的盐运河道返回。

草堰古镇地处范公堤西、串场河东。串场河在草堰境西侧转了个大弯，呈月牙形，故这段河面又称大转河，草堰古镇就躺在范公堤与大转河的怀抱之中。纵横交错的小转河、玉带河、夹河均与大转河相通，都为古代盐运河。夹河是盐课司署控制东侧盐灶送缴原盐、西侧原盐外运到扬州等更大集散地的咽喉通道，这便是古代盐运集散的全景。

古盐运码头是古盐运集散地的重要枢纽。我来到夹河边码头，寻找古代盐民的运盐足迹。

现存古码头遗迹，集中在草堰夹河两侧，并以西侧河坡为主。夹河西侧河岸800多米长有码头遗存18处。有一座保存尚好的古码头，由褐色花岗石和青灰色石板混杂铺设，码头宽2米，上下17阶，每阶面宽0.4米，高0.18米，静卧于现代集镇的河边。由于年深日久，许多条石阶已磨成明显的凹状，有一部分已变成古代条石与现代水泥混砌的码头。在龙门桥以南东西两岸也均设有盐运码头，沿古盐运河两岸的码头有10余处。

傍晚，夕阳照在古盐运河上，泛起一道道金光。我站在古盐运码头上，极目远眺，仿佛看到了当年古盐运集散地的熙攘和繁忙……

原载2023年6月11日《盐阜大众报》

桃花盛开的地方

"在那桃花盛开的地方,有我可爱的家乡……"每当听到这美丽动听的歌声时,我的心情就格外激动,总感觉这首歌就是在歌唱我的家乡,赞美我的家乡。

我的家乡在江苏盐城市大丰区大中街道恒泰河畔,这里就是桃花盛开的地方。实行家庭联产承包责任制后,好多农户在家前屋后、池塘河边、竹园四周栽种桃树,还有不少农户连片栽植,一望无际的桃林环抱着秀丽的村庄,令人心旷神怡。每年桃花盛开的时节,我总是禁不住诱惑,走进桃林,与多彩多姿的桃花来一次亲密的接触。

清晨,我沿着田间小路进入一片桃园,一股淡淡的清香扑面而来。我看到,每棵桃树的树枝摆着不同的姿态,有的弯曲、有的挺立、有的舒展,给人以一种奔放的美、时空的美、自然的美。树枝上层层叠叠的桃花宛若朝霞,不知是桃花的胭脂染红了朝霞,还是朝霞染红了桃花。

走进桃园深处,有一条小溪,桃树倒映在清澈如镜的水中,一朵朵桃花漂在水面上;小溪边长着几棵碧绿的竹子,小溪中有几只鸭子戏水,像一幅多彩的水彩画,那《桃花源记》所描述的武陵源也不过如此吧。我在花中行,又仿佛进入了苏轼笔下的"竹外桃花三两枝,春江水暖鸭先知"的仙境。

身在桃园中,方知桃花艳。远看桃花似乎都一样,近看却是千姿百态。花苞有刚拱出的,嫩嫩的、粉嘟嘟的;有含苞欲放的,欲开欲合的。花瓣有单瓣的、多瓣的、重瓣的,花朵有浅红的、深红的、粉红的、大红的、紫红的、洁白的。有的花开在树干上，有的开在树枝上，有的开在树叶下；有的朝下开；有的朝左右开，有的斜着开。河边向阳的花朵开得大，有的颜色深红，神态端庄；路边的花朵开得稠密，有的颜色雪白、神态浪漫；桃林深处的花朵开得温柔，有的颜色浅红、神态温馨。满树的花散发淡淡的香，惹来无数的蜜蜂嗡嗡地叫，它们在为春天歌唱。

我在桃园中穿行，一片片桃花像春雨一样纷纷落在头上，落在衣服上，落得田野像铺满了花地毯。我弯下腰拾起几片桃花，看了又看、闻了又闻、亲了又亲。这散落的桃花也许是不结桃的花吧，但也惹人喜爱、令人赞美。落地的桃花默默无闻，更富有奉献和牺牲精神，能制成桃花酒、桃花茶，供人们养生、养颜。它们投入大地怀抱，还可养护、滋润土地……

正当我聚精会神观赏桃花时，不远处传来了女子的谈笑声。随声望去，几位裹着头巾的妇女正在桃花丛中来回走动。她们手执着小瓶和毛笔，不停地在一朵朵桃花上轻涂细点。

"她们这是在弄什么呀？"我好奇地问。"为桃花授粉。"一位脸色和桃花一样红润的女子告诉我。她说，一般的桃树都能自花授粉，而水蜜桃需要人工授粉，授粉后的水蜜桃品质更优，产量更高。这位女子说，桃花盛开期不足10天，授粉又必须在晴好天气进行，所以家家户户都趁着晴天突击授粉。她家种了3亩桃树，一家人要花4天时间才能完成授粉作业，经手工授粉的花有上万朵。一天下来，眼花缭乱，腰酸手麻，疲惫不堪。看似"人面桃花相映红"的乡村美景，其中却包含着果农的千辛万苦。然而，在农民眼里，这一片片桃园、一朵朵美丽的桃花，是他们致富的希望所在。

如今，桃树不仅成了乡亲们致富的"摇钱树"，桃园也成为旅游胜地，吸引了城里游客来观光尝桃。乡亲们还培育桃树幼苗，作为风景树卖到城里，绿化美化城市。桃花把乡村万紫千红的大自然景观带进城市，在市区的公园、社区的楼间绿地、道路两旁的绿化带，烂漫多姿的桃花改善、美化了生态环境，为城市增添了勃勃生机。

原载 2023 年 4 月 1 日《大丰日报》

张謇治理王家港

1920 年 7 月，苏北连降暴雨，江、淮、沂、泗诸水并涨，又值飓风过境，海潮大涨，下游王家港宣泄不及，上游水位猛涨，客水过境，泛滥成灾，百姓处于水深火热之中。

在这紧要关头，民族实业家张謇心系百姓，顶风冒雨，乘船来到王家港。他走港串户，问计于民，调查灾情……

张謇视察归来，思索万千，夜不能寐，连夜撰写了《先治王家港商榷书》。他写道："治标急策，唯有先治王家港，以消积水，作此商榷书，广征意见。"

王家港是民国时的旧称，因流经下游王家舍出港而得名，明朝称"小海灶河"，现称"王港河"，系天然港道，位于江苏盐城市大丰区南部。嘉靖《两淮盐法志》载，该河"发于官河（即串场河），潴于盐澳，东流于北胜团港，由北胜团折而东南流于大庆港（即小海镇北街市）达于钩蛏港而入海"。王家港地理位置特殊，自古以来是"输赋于仓，载薪于团"的重要河道，是苏北沿海中部垦区泄洪入海的主要干河。

张謇年轻时就胸怀大志，关心民生与水利。清光绪二十年（1894年）五月，张謇参加殿试。策论的题目有"河渠""经籍""选举""盐铁"等要旨。此次殿试唯独张謇一人选择"河渠"命题，他从容应对，策论治水，立意新颖，别具一格，荣获一甲第一名。

张謇曾任全国水利局总裁、导淮督办、运河督办、江苏新运河督办、扬子江水道讨论委员会副会长等职。治水为上德，疏河道，改山川，疗民生，此乃张謇的为官之道。

《商榷书》对王家港上下游易涝原因做了精辟分析。"王家港兼泄兴、东、泰之水，则淤而几塞。此港下起海口，上至草堰河，宽平均约六丈，上下游无甚区别，河底真高均与零点（海平面）相近。自马家湾以上，河底极平，微有东高西下之势；马家湾以下，则河底忽高四五尺不等。上游既平，下游反高，安得不淤？不塞？而三坝倾下之水泄出无路，注入无穷，兴、盐、东、泰等四县安得不沦在泽国？又安得而不上下汛于江都、高邮、宝应之东乡？使茫茫八万里之地具沉浸于大泽之中也。"

《商榷书》通报了苏北里下河地区灾情损失情况。"鄙于前月下旬与韩会办，派员分勘盐城、阜宁外，复偕同省委胡道伊以四日之程周勘高、宝、江、兴、东、泰各县被水区域。舟所经过，节次测量平地水深，自四五尺至七八尺不等，平望则极目稽天。嗟乎，灾深，祸酷矣……无论今年冬麦断无播种之望，若听其自然，明年夏秧亦无可幸。民生厄苦，奈何？奈何？"

《商榷书》提出把"裁湾取直""斗龙、王家港外口建九门单层大闸"作为"先治王家港"的主要措施。"鄙人在兴、东时，询兴、东人救急之策，佥称须开王家港。按之局图，审之水势，诚非先开王家港不可……""按志，王家港在小海闸下八十五里，自港至海口九十里，就水弯曲共长一百七十里，湾为水道之病湾，则泄水不畅，易塌易淤，故中外治水家皆主裁湾取直。"

就在张謇发表《先治王家港商榷书》的第二年，即1921年秋，上年大水尚未泄完，又暴雨成灾，"江苏水灾之剧烈，为前百数十年所未有"。张謇又冒雨来到王家港沿线，调查灾情，实地考察，测算工程所需资金。《大丰市志》大事记载，1921年11月16日，张謇集东台、兴化、泰州人士商谈治理王家港筹款之事，由三里涵闸回船即行小海，小海民众数百人执香夹道欢迎。

是年冬，张謇偕江苏省省长韩国钧、东台县县长金衔海，巡视王家港，顺道来小海看望百岁老人康翁并祝寿，张謇为小海百岁老人作寿联："九如欲使川方至，百岁还看日正中。"并赋诗一首："突兀今年大水凶，咨舨海上得康翁。九如欲使川方至，百岁还看日正中。识分有田能自保，摄生无药可居功。惟闻晨扫昏犹浴，支柱聪明一枝红。"

1922年，张謇亲自领导了王家港疏浚工程，使大丰及淮南淮北20多个县免受洪涝灾害。至1934年，江苏运河局集资兴工，先后三次疏浚、裁湾取直王家港。

新中国成立后，人民政府先后六次疏浚、扩浚王港河，为该流域的引淡、灌溉、排涝、保港等提供了有利条件，确保了该地区农业旱涝保丰收，老百姓称王港河为"幸福河"。

没有昔日的王家港，哪来今天的王港河。张謇不图虚名，科学严谨，为民造福，治理王家港，永远值得我们学习和怀念。张謇的《先治王家港商榷书》是一部科学治水巨著，充分反映了张睿治理河道、为里下河百姓做出的贡献，给后人留下了一笔宝贵的治水财富。

原载 2023 年 8 月 12 日《大丰日报》

走进草堰古村

我去过好多江南古村，真不知苏北家乡也有个古村。前不久，我走进中国传统村落草堰村，被村内的古巷、古宅、古桥、古闸迷住了。草堰村位于盐城市大丰区南端，西临串场河，与兴化市灯塔村隔河相望。

草堰村春秋战国时期成陆，古称草埝、草埝场。到了明清时期，这里成为淮南、淮北盐场的主要盐运集散地。2014 年 11 月，草堰村入选中国传统村落名录；2020 年 4 月，又入选江苏省传统村落名录。

范公堤在传统村落东面，在草堰村境内长约 3.5 千米。北宋天圣二年（1024），范仲淹出任泰州西溪盐仓监时，目睹捍海堰久废不治，风潮泛滥、田庐淹没、饿殍遍野，便上书朝廷，招集兵夫 4 万余人修筑捍海堰。后人为纪念范仲淹，便把捍海堰叫作"范公堤"。

建于明清时期的 4 座古石闸横跨在范公堤上，小海正闸和小海越闸，又称鸳鸯闸，相距 20 米，像一对忠贞不渝的鸳鸯，流传着动人的爱情故事。

穿过范公堤，随着行人指引的方向，我沿着新街路向西缓缓而行。跃入眼帘的是纵横交错的古河道，大转河、小转河、夹河横穿南北。夹河亦称"龙溪河""古盐运河"，南北走向，形成于明代之前，夹河北通串场河口，南接草堰镇南端串场河口，长约800米，与串场河形成一回转通道，同时又与东侧盐运河形成另一回转通道。

古巷道分布在夹河两边，用青石板铺设而成，有明清时期的袁家巷、太平巷、钱家巷、朱家巷等。

古民宅沿巷、傍河而建，以青砖小瓦木结构、飞檐翘脊为主要特征，有明代钱氏卷瓦楼、张氏古屋；有清代宗氏古六陈行、朱氏古民居、袁氏古民居等。修缮后的钱氏卷瓦楼，轩敞堂皇，木制的镂空窗棂，闪现旧时的奢华。

在钱家大院，我看到一口唐代古井，井盖和井边的石板保存完好。听村民说，古村有72口古井，宋代关岳庙井、义井，明代真际庵井、西方庵井，至今村民仍在使用。原玉虚观前一口义井，据说清代文学家李汝珍曾居住于玉虚观，用此井水磨墨写成《镜花缘》前五十回，从而赋予义井又一深厚文化内涵。

在夹河西侧有一条龙溪古街，又名跑马街，建于唐朝。龙溪古街由青石板道、古河房和沿街店房组成。青石板道为明代遗物，夹河沿街店房为清代早期建筑。

徜徉在夹河两岸，享受传统村落的宁静、安逸，感受岁月静好，仿佛穿越了时空，回到了明清时代。

站在夹河边，即可看到古盐运码头。河岸800多米长，有码头遗存18处，静卧于夹河两岸，见证了当年码头运盐的熙攘。

传统村落境内有4座古桥。永宁桥建于明万历三十六年

（1608），横跨夹河中段。永宁桥用锁石、全石垒孔，整体由数千块青石砌成，不失明代拱曲桥风韵。

卧龙桥建于魏晋南北朝时期，是盐城市境内有史记载的最古老的石桥，位于草堰夹河北段东侧。遗存的石头上雕刻的石龙饮水的图案还清晰可见。

走上青砖铺设的踏坡，站在永宁桥上远眺，杨柳依依的夹河两岸，仿佛呈现着当年古盐运集散地盛景……

据当地村民介绍，历史上，这块风水宝地还走出了许多名人志士……

看惯了江南古村落的繁华、灵动，面对静谧、凝固的中国传统村落草堰村，我流连忘返……

原载 2023 年 12 月 19 日《盐城晚报》

二卯酉河风光

二卯酉河是一条普通的河，是大丰人民的母亲河。二卯酉河开挖于 1919 年，是民国实业家张謇在苏北大丰主持开挖的五条卯酉河中的第二条入海河。

二卯酉河穿城而过，丰山桥、人民桥、银都桥、常新桥等 9 座大桥横跨城区二卯酉河上。

二卯酉河静静地流，它诉说着大丰一百多年的文明和历史，讲述着大丰城市的变化和辉煌。

我出生在二卯酉河岸边,是喝二卯酉河水长大的。那时,我家住城东二卯酉河与恒泰河交界处,紧靠一座小闸,恒泰河由南向北拐了个弯,经小闸流入二卯酉河。

记忆中的二卯酉河是美丽诱人的:二卯酉河宽而直,河水清澈甘甜,河里的鱼、虾、蟹、蚬子、河蚌特别多。站在岸边,河中的水草、小鱼、小虾看得清清楚楚。河边的蒿草、树枝随风摇曳着,倒映在如镜的水面上。

20世纪70年代,家乡还没有自来水,乡亲们的饮用水主要依靠二卯酉河。河两岸,居民住宅傍水而建,家家户户建有水码头。居民在河中取水饮用,在河边淘米、洗菜、洗衣服。我家的房子离河边不到5米,开北门即可踏上通向水面的青石板码头。

平时,我喜欢面朝北而坐,目光跳过敞开的北门和围墙空格,再跳过河堤和几棵槐树,便看到了波光粼粼的二卯酉河。

每到星期日,我喜欢坐在河边,看木船上的白帆,看拉纤的纤夫;看鸬鹚捕鱼,看一河春水静静地流向大海。望着望着,二卯酉河便成了我少年岁月的一部分。

水是生命之源,河流是一座城市的命脉。据《大丰市志》记载,新中国成立后,组织民工对二卯酉河进行了9次疏浚扩宽。为了保护河流,保护生态环境,1979年、1982年、1984年冬,大丰县政府3次组织民工开挖、疏浚了从城区工农桥至施家湾(四卯酉河)的新河道——大四河。1997年后,又疏浚了西子午河、恒泰河,使城区的水源得以循环畅通。还先后新建了城东、城西、城北、城南4座防洪闸,有效抵御了洪涝灾害发生。

2015年后,大丰区政府立足保护生态环境与美化生态环境并举,对二卯酉河进行了综合治理,实施河道清淤、驳岸和河岸风光带景观工程建设,新建了河滨公园。实施雨水、污水分流工程,污水通过净化处理后流入河道,二卯酉河水质和生态环境得到了有效改善。同时,实行河长负责制,对城区河流实施长效保洁,有效保护了水资源和生态环境。

也就是十几年的光景吧,二卯酉河两岸,一座座高楼拔地而起,一条条公路纵横交错,一座座大桥横跨南北,一座座花园色彩斑斓,街道宽敞、商场林立、街市繁华,大丰城日新月异,发生了巨大变化。二卯酉河治理和风光带建成后,我常去河滨公园散步,欣赏二卯酉河沿岸一年四季的风光——

春天的二卯酉河,岸上碧草如茵,柳丝依依,柳絮飘飘,香椿吐芽,绿荫满道,树下蝶舞蜂飞,花香诱人;河里流淌着清澈的春水,鱼翔浅底,河面倒映着洁白的玉兰花、粉红的桃花。每天清晨或夜幕降临,市民们聚集在河滨公园,欢快地跳着广场舞,幸福的歌声飞满了二卯酉河两岸。

夏天的二卯酉河,清晨,一轮红彤彤的太阳冉冉升起,在宽阔的河面上投射出耀眼的金光。河边的银杏树、香樟树、桂花树撑起浓浓绿荫。夜晚,"呱呱"的青蛙声此起彼伏,响成一片。明亮闪烁的流萤划出了一道道光线,使月光下的二卯酉河显露出一种神秘的氛围。

秋天的二卯酉河清风徐徐,薄薄的晨雾里,河面升腾起一缕一缕水汽。当太阳升起、雾气散开的时候,水面上流动着蔚蓝色的光影,白絮般的云朵。岸边,树木落叶、层林尽染;天空,大雁南归、白鹭飞翔,不时传来鸟儿的叫声。

冬日的二卯酉河,河面上偶尔结冰,河岸的雪松、香樟树仍一片葱绿。下雪天,河滨公园白雪皑皑,鸟儿在雪地上留下了如诗如画的印迹;林间小道,休憩木亭,披上了银装,千姿百态,分外妖娆，二卯酉河沿岸变成了一个粉妆玉砌的世界。

一百多年了，二卯酉河经历了战乱和变迁，依然一河清水静静地向东流，依然风光无限，它经历了几代人的奋斗，见证了大丰城市的变化和发展。

一年四季，二卯酉河让人如痴如醉。这条家乡的河，哺育了我生命的河，愿它唱响一曲新时代的生命之歌，滋润大丰、造福人民……

原载 2023 年 12 月 23 日《大丰日报》

家乡的牛湾河

我的家乡有一条河，叫牛湾河。牛湾河不仅是一条古老的入海河，还是一条有故事的河。牛湾河西起白驹串场河，与兴化海沟河相通，向东北流经大龙至西团镇，长 15 公里，下接老斗龙港入海。

今年菜花盛开的时节，我骑电动自行车沿牛湾河一路前行，看牛湾河美丽的风景，听沿途老人讲述有关牛湾河的故事。

传说中的牛湾河，是牛和龙在海边相斗形成的湾湾海沟，其实是一条天然港汊。明朝弘治二年（1489）秋，淮安分司孙进委、白驹场大使张秀、副大使徐腾率民夫并督工，疏浚牛湾河。明万历十一年（1583），兴化知县凌登瀛率民夫，重开白驹海口，由牛湾河至冯家桥15公里，故又称"三十里河"，是下河（串场河）的第二期工程之一。

清朝康熙二十五年（1686）的初冬，著名剧作家孔尚任随工部右侍郎孙在丰督察里下河水利。

孔尚任乘船沿牛湾河向东北前行。船刚泊岸，孔尚任便迫不及待地走近盐民渔夫。他驻扎在海边渔村——大丰西团，整天泛舟于港汊河道，考察河道淤塞情况。

一年后，白驹至西团的入海河道牛湾河疏浚工程开工建设。

孔尚任不久离开了西团，但他途经牛湾河，在西团治水和作品《夜宿白驹场》《西团海上村》《西团记》永远留存了下来，成为水利建设和地域文化中的重要文献资料。

新中国成立后，大丰人民政府多次组织民工对牛湾河进行裁湾疏浚，该河成为里下河地区高邮、宝应、兴化、泰州四州县的泄水要道，也是大丰西部地区引排灌溉的主要河道及交通主要航道。牛湾河水清澈，犹如母亲甘甜的乳汁滋养着两岸平原的一代代儿女和农田。

1976年春，我乘挂桨船去白驹砖瓦厂运砖，看到牛湾河上的桥梁大都是破旧木板桥，好多河面上没有建桥，设有渡口。河面上长着一望无际的水花生，还有漂浮物，船航行受阻，我感叹，牛湾河怎么成了"牛汪河"？

今年4月，我由西团镇沿牛湾河去白驹镇，被牛湾河风光迷住了。早晨的阳光透过淡淡的云层照在牛湾河上，水面折射出粼粼波光；一只只白鹭轻盈地掠过芦苇和菖蒲丛，在水间翩翩起舞；河岸田野上麦浪滚滚，一望无际的油菜花一片金黄，淹没了岸边的村庄。

河岸村民李大伯告诉我，2000年后，河面上所有渡口先后建造了钢筋混凝土大桥,结束了村民摆渡过河的历史。所有危桥都拆建成钢筋混凝土大桥,可通行大型农用机械和机动车辆。

我站在牛湾河大桥上远眺,形状不一、各具特色的大桥跃入眼帘,有的桥与电灌站连成一体,有的桥与涵闸贯通,有的桥连接灌溉渠。一座座桥两侧绿树成荫、芳草萋萋,犹如碧绿的彩带系在河边地头……

近年来,沿河各村依靠群众,坚持年年疏浚、清淤,疏通、清洁水源。实施河长责任制,配齐保洁员,长效保洁,及时清理水面漂浮垃圾。在沿河两岸植树种花,保护牛湾河生态环境。每天清晨和傍晚,村民们聚集在牛湾河畔,有的散步,有的欢快地跳着河边舞,幸福的歌声飞满了牛湾河两岸。

故乡的牛湾河是美丽的,但也是悲壮的。那天我寻访牛湾河,正好是清明节,我随学生队伍来到了牛湾河畔的西团烈士陵园。这里长眠着一位新四军文艺战士,他就是剧作家、《黄桥烧饼歌》词作者李增援,还有一位是新四军民运队队长唐克。

1941年2月21日,日军出动3艘汽艇从兴化经牛湾河偷袭西团新四军卫生部驻地,敌人先是在艇上用机枪对着岸上疯狂扫射,然后登陆搜查。李增援、唐克等人用手枪和手榴弹射击敌人,掩护大部分重伤员迅速转移。李增援、唐克等5名战士与敌人展开了殊死搏斗,终因寡不敌众,在牛湾河畔乌家场壮烈牺牲,李增援时年28岁。

寻访牛湾河和瞻仰烈士陵园后,我陷入沉思。在回家的路上,我想起了《我的祖国》这首歌:"一条大河波浪宽,风吹稻花香两岸……这是美丽的祖国……到处都有明媚的风光……"

原载2024年6月1日《大丰日报》

丁溪八景诗

丁溪位于东台、兴化、大丰的交界处，是大丰文明史的发源地，曾是大丰境内盐业发达、街市整齐、市场繁荣的最古老的集镇。

据清代雍正年间小海场署大使林正青编撰的《小海场新志》记载，早在南唐时期，就在丁溪修筑了捍海堰，名曰"丁渚"。北宋的《太平寰宇记》就有"丁溪场"的文字记述，可见，丁溪是大丰区境域见之于史书最早的古镇。

张儒教，明代嘉靖年间丁溪场学士，生平不详。他出于对丁溪自然景观的欣赏和热爱，写下了脍炙人口的《丁溪八景诗》，今天读来如临其境，意境犹在。

其一，《鹤厅留月》："古署无哗夜正悠，中庭月色一轮秋。琴声鹤唳皆清籁，疑泛仙槎向斗牛。"

仙槎，神话中能来往于海上和天河之间的竹木筏，典出晋张华《博物志》卷三。斗牛，指二八宿中的斗宿（南斗星）和牛宿（牵牛星）。丁溪的建筑首推盐课署。司署是场大使办公之所，官绅府第，富丽堂皇。鹤厅，为丁溪场公署衙门内的建筑。丁溪的盐课司署为明洪武二十年（1387）场大使董孝先所建。弘治年间（1488—1505），明代盐运泰州分司运判官徐鹏举将其葺为憩堂，题曰"鹤鸣亭"，环境典雅、堂宇轩昂，成为丁溪八景之一。鹤厅夜深人静，月光透过窗户洒满中庭，多么幽清明净的秋夜啊！在这幽静的月夜，诗人仿佛在琴声鹤唳中乘坐仙槎飞向银河。

其二，《凤井鸣琼》："翯凤嶷然地眼成，源泉混混发双清。辘轳响彻梧桐日，疑是雍雍献瑞声。"

著名的双凤井为北宋范仲淹任西溪盐仓监时所开凿。此井又称"通圣泉"，旧址在丁溪古街道庆丰桥东三贤祠左，两井东西相隔二丈余。"翯凤"，形容展翅飞翔的样子；"嶷然"，形容面貌端庄。"翯凤嶷然"，寓意祥和美好。凤井富丽、端庄，井里的水清醇可口。当年街坊邻居挑着水桶，纷纷来到双凤井，用辘轳吊水，欢声笑语，一片祥和。阳光、梧桐树、双凤井、取水人背影，交织成一幅美丽多彩的市井风俗画。

其三，《蓼渚摇金》："西风萧瑟碧云低，红蓼花开入望迷。斜日半天回晚照，却疑宫锦乱霞披。"

蓼，草本植物，花淡绿色或淡红色，果实卵形、扁平，全草可入中药。蓼种类很多，有水蓼、蓼蓝等。丁溪场盐课司使署建在水中的一块陆地上，水中生长着蓼。西风萧瑟，蓝天白云，水蓼花开，多姿多彩。当如火的晚霞映照在"蓼渚"之上，化境摇金，恍若锦宫，一片勃勃生机。

其四，《仙掌悬壁》："仙掌高擎北地灵，宛然环壁奠中令。千秋闲气当年发，曾捧圭璋赞大庭。"

"仙掌"，相传汉武帝为求仙，在建章宫神明台上造铜仙人，舒掌铜盘玉环，以承接天上的仙露，后称承露铜人为仙掌。"宛然"，仿佛，好像。"奠"，奠定，建立。"令"，古代官名，如县令。"圭璋"，指贵重的玉器，比喻高尚的品德。丁溪盐业发达，人杰地灵。仙掌高擎，曾捧圭璋，诗人尽情赞美丁溪这块风水宝地。

其五，《金钩晚翠》："半亩牛眠状玉瓶，金钩斜控气含灵。晚来烟雨笼芳树，疑是遥山叠翠屏。"

诗人把丁溪比作"玉瓶""金钩"，赋予灵气。傍晚，烟雨中的树木一片葱茏，远看像重叠的翠屏。丁溪名胜，犹如一幅水墨画。

其六，《玉带春流》："曲曲涟漪市作垓，江淮余润自天来。三春雨露波涛急，应有鱼龙听震雷。"

丁溪玉带河与草堰玉带河一南一北，遥相呼应，相映生辉。玉带河环绕街市，曲曲涟漪，江淮余润，三春雨露，涛声依旧。林正青在《小海场新志》中这样描绘丁溪街景："东西大市，百货所集，玉带河环其中，为一场气所聚。"

其七，《胜驾轻帆》："一派溪光绕市廛，垂杨低映自涓涓。锦帆箫鼓春游暇，恍惚乘槎向日边。"

"廛"，古代指平民所住的房屋。太阳照在丁溪河上，泛起粼粼波光，溪水环绕街市和民宅，杨柳下垂，在流动的水面上飘荡。人们乘船春游，锦帆箫鼓，热闹非凡。

其八，《义阡晓磬》："曙色微茫烟雾蒙，梵宫尚在有无中。疏竹阵阵闻清籁，应是金声逐晓风。"

"义阡"，即义阡禅寺。"磬"，古代僧侣所用的打击乐器。"梵宫"，即佛寺。义阡禅寺为唐代武则天敕建，号称"苏东名刹"。元朝至正年间（1341—1368）重建，明洪武年间修缮，为当年丁溪最有代表性的佛教道场。破晓时的天色烟雾蒙蒙，义阡禅寺在灰白的曙色中时隐时现，悠扬的磬声伴随着风吹疏竹的响声，悦耳动听，寺院景致美不胜收。

诗人已远去，八景诗永存。张儒教的"丁溪八景诗"与袁三余的"草堰八景诗"、单一凤的"小海八景诗"，描绘了古代丁溪场、草堰场、小海场的生态美景，给后人留下了一笔宝贵的精神财富，成为盐城地域文化中的重要文献资料。

2024 年 7 月写于大丰吾悦华府

"梨"花源记

　　古有武陵桃花源，今有大丰梨花源。陶渊明笔下的桃花源"中无杂树，芳草鲜美，落英缤纷"。大丰的梨花源小溪环绕，绿树成荫，花草芬芳。与桃花源不同的是，一个在深山，一个在平原。大丰梨花源在大丰市区东南的恒北村，离大丰城区行程不到8里，是靠大丰市区最近的一个乡村旅游景区。

　　说起大丰梨花源，乡间还有一个美丽的传说。相传乾隆年间，斗龙河畔有一个以捕鱼为业的人，名叫沈家富。有一天，他划着小渔船沿着小溪由西向东到下游捕鱼，至大中集又沿着小溪向东南行。河道弯弯曲曲，他边捕鱼边划船，忽然遇见一片梨花林，在河的两岸，有好几百米，林中无杂树，芳草鲜美，梨花纷纷落了满地，并随风飘向河面，落到小渔船上，渔夫非常惊异。又往前划行，想探寻那片梨花林的尽头。

　　梨林的尽头正是溪水的源头，他发现南边有一座圩子，圩上长满了槐树。站在圩上，他看到不远处有一大片湖面，湖中间有一座孤岛，岛上绿树成荫，看不到有人居住。渔夫沿着湖边寻找通往小岛的通道，前面隐隐约约好像有座木桥。他又往前划了几百米，果真是一座狭窄的小木桥，能容一个人通过。他进入湖中小岛，看到小岛四周长着高大的槐树、楝树，还有桑树。里面是一片片梨树林，梨树林中间住着好几户人家。房屋也很整齐，家前屋后有肥沃的田地，鸡鸣狗叫声到处都能听到，里面的人来来往往，种田干活，男女老少穿着像外面人一样，老人小孩都高高兴兴、自得其乐。

他们见到了捕鱼人,都大吃一惊,问他从哪里来,渔夫详细告诉了他们。渔夫感到这世外梨源的农夫可亲可爱,便回船取了好多活鱼分给他们。有位老大爷拉住渔夫的手,邀请他到家做客。老大爷杀了鸡,做了饭,桌上摆上酒。梨源人听说来了个捕鱼人,都来聊天。渔夫问他们怎么来到这里的。他们说,祖辈为了躲避战乱,带着妻子、儿女来到这与世隔绝的地方,以后没再出去,就和外面的人断绝了往来。他们又问渔夫现在是什么朝代了,竟然不知道有个清朝,更不用说元朝、明朝了。渔夫把自己所听到的也一一告诉他们。渔夫提出把家人带到这里居住,得到了长老的同意。过了几天,渔夫告别离去,梨源人对他说:"不要对外面的人讲啊。"后来,渔夫一家人来到这里,以捕鱼、种地、种梨树为生,和岛上人一样,过着怡然自乐的"世外梨源"生活。

秋天,他到集市上卖鱼,有时也顺便带些梨去卖。一次,有位官人要买他的梨,先尝了一只,满嘴汁水,又甜又脆,连道好梨,问他梨的品名,渔夫答:"黄金梨。"官人说:"梨子好,名字更好。"他把所有的黄金梨买了下来。

几天后,他上集市,又遇到这位官人。官人说,上次买的黄金梨是作为御品送到扬州府,给下江南的乾隆皇帝品尝的。乾隆皇帝品尝后龙颜大悦,欣然提笔,写下"果中极品黄金梨"七个大字。

渔夫到的这个地方就是今天恒北村的梨花源,他种的梨树就是今天村民种的黄金梨树。

今年4月,我骑电动车,由大丰市区向东南行驶约8里路,探访现代版的梨花源。

到恒北村,我沿着小溪边的一条小路进入一片梨花林。人在梨园行，花在头顶飞。我惊叹不已，缓慢前行，去探寻那片梨花林的尽头。可溪水有源头，梨林没有尽头。

恒北村梨花源与清代那位渔夫遇见的梨花源，自然美景有相似之处，但又超出了几分。

在梨林，我遇到正在修剪梨树枝的村民沈大伯。我想，这个沈大伯可能就是渔夫沈家富的后代。他说，他栽种的梨树品种就叫黄金梨，是曾祖父留下来的。1943年3月，日本鬼子下乡扫荡，烧毁了所有梨树。好在他爷爷先前冒着生命危险，丢掉全部家产，只剪了几根梨树枝条逃往外乡，这才把黄金梨保存了下来。

从清代到现在，村里家家户户都种黄金梨。改革开放后，恒北村因生产黄金梨，一跃成为享有"世外梨源"之称的国家级生态村、全国十佳小康示范村和江苏省四星级旅游景区。

大多数农民靠黄金梨发了财，建了小别墅，买了小汽车，过上了富裕生活。好多村民为了方便在城里做生意和孩子在城里读书，还在城里买了商品房。

沈大伯告诉我，分田到户，农民种植有了自主权，但离不开市场引导和技术指导。黄金梨品质优，但易生病，需要科学治理。恒北村农民致富，有一个人不能忘记，他就是指导村民种果树发家致富的高级农艺师老杨。

我与老杨相识是在1990年。这年春天，我下乡搞调查，经过恒北村。4月，恒泰河沿岸的原野早已绿得发翠。蓦然，远处铺展着一片又一片梨花盛开的梨树林。一树树梨花雪白如玉，犹如仙女飘落的洁白羽纱，又如无数玉色蝴蝶从天外飞来，落满枝头，芬芳不绝。我惊喜不已，被梨园的景色和梨园中的一个人吸引住了。

他高高的个子，戴着眼镜，手拿一把剪枝刀，一身农民装扮，看上去就像一个土生土长、普普通通的农民。

老杨长期深入恒北村，把帮助农民科学致富当作自己的天职，因地制宜，指导农民种果树，为农民致富架金桥，使昔日的盐碱地长满了"摇钱树"……

"前人栽树，后人乘凉。"老杨已去世多年，但他指导农民栽培的一片片果树仍枝繁叶茂，每年果实累累。

如今，走进恒北村，一股清新的气息扑面而来。只见楼房鳞次栉比，果林成片，村前村后、路口桥堍、河塘四周，到处是梨树，香甜四溢的恒北村仿佛裹在梨花坞里。

今年4月，我参加恒北村"梨花节"，又一次被梨园美景打动。眼前，一望无际的梨树林在春风的拂动下仿佛一片绿海。一簇簇梨花宛如蓝天中洁白的云朵，却比云朵更纯洁；又像落在树枝上的皑皑白雪，却比白雪更富有生机和美感。金灿灿的阳光洒在梨园四周的河面上，泛起碧碧波光，并穿过梨树的缝隙，在草地上投下一道道斑驳的光影。雪白的梨花，青青的草地，散发出沁人心脾的清香。

在梨园漫步，突然听到叽叽喳喳的鸟啼声，抬头一看，河对面有一对白鹳，还有四只喜鹊在树林中翩翩起舞，各得其乐。鸟语花香，人、鸟、树与自然如此和谐，景致十分怡人。

眼前那绿色的田野、澄碧的小河、散淡的村庄，俱因梨园的点染和鸟鸣的渲染而平添了几分动态的明丽，使我流连忘返，产生一种返璞归真回归大自然的美感。在恒北"梨花源"，能享受到一种林茂树幽、临水而居的清静，一种大自然的美。隐身在四周环水的梨花园中，宛若进入了仙境"世外梨源"。

村部西南侧是中华农耕民俗文化园，园内有民俗文化长廊、游船码头、水车风情、紫藤绿道等18个景点。曲径小路、小桥流水、凉亭矗立、绿树成荫、花卉芬芳,令人心旷神怡。村部东侧是原乡温泉度假酒店。村部河南,是楼房林立的恒北新村康居小区和一排排环境优雅的民宿别墅。

由村部向东行不到一公里,梨园生态长廊跃入眼帘:长廊全木结构,错落有致,又有能工巧匠将"梨"元素融入雕栏,由中国红勾勒出外形,伴以扇形、梨花花瓣形的镂空图样,古色古香,远眺宛如虹桥架于碧海之上。曲折的长廊让人仿佛穿越世纪,来到曲调悠悠的梨园深处。

慢慢穿过生态长廊,踏上两层楼高的梨花亭,亭柱上题有"梨花淡白柳深青,柳絮飞时花满村"的诗句。极目远眺,千亩梨花尽收眼底,大片大片的梨树铺陈开来,绿叶随风摇曳,发出沙沙的响声,绿叶上的梨花争先恐后地吐蕊欲放,似一片片翡翠中点点白玉……

初秋时节,我再次来到梨花源。黄金梨熟了,好多游客和城里人扶老携幼,合家来到梨园摘梨买梨,品尝收获的喜悦。在梨园买的梨又大又圆,全是"出手鲜"。大人们把孩子放在肩上,让孩子亲手采摘。孩子拿着两只大梨送给爷爷奶奶品尝,老人接过梨笑得合不拢嘴。我买了十斤黄金梨,有一只足有半斤重,咬了一口,又脆又甜,满嘴生津。观赏梨园风光,摘梨买梨品梨,令人感到美不胜收,快乐无穷。

村民种果树收入连年提高。去年产果品3万吨,实现产值3000多万元,农民人均纯收入1.7万元。全村现有成龄梨树面积3800亩,占耕地面积的92%,成为全国优质梨生产基地。黄金梨、早酥梨上市早,品种优良、色泽鲜艳、口感脆甜,堪称果中极品,获得国家绿色食品认证。产品畅销深圳、上海、香港等地，还远销国外。

每年4月，恒北村举办梨花节，外地的游客纷至沓来，饱览"千树万树梨花开"的梨园美景。恒北村放大生态梨花源特色，充分挖掘农耕文化、梨园文化、乡土文化、民俗文化、饮食文化，致力于开发生态旅游产业。"锦绣果园"成为恒北村颇具特色的景点之一。这里种植了梨、桃、柿、葡萄、枇杷、石榴等果树，四季里有花有果，吸引着城里人到这里体验一把亲自采摘果实的田园生活，品尝丰收的快乐。

梨园、温泉、农家乐、生态餐厅、度假农庄、农耕文化园等旅游景点，魅力非凡。每年，前来恒北村旅游、休闲的游客络绎不绝，上海、浙江游客来恒北村度假、游玩，一趟接一趟。他们说："恒北梨花源生态环境美，景点多，好玩呢！"

2024年9月写于大丰吾悦华府

大丰古代五大盐场

大丰地处黄海之滨，制盐历史悠久，早在汉代，范公堤以西就有盐业生产活动。唐、宋、元、明、清各朝都在大丰境内设置盐场，大规模地发展盐业生产。盐业在漫长的历史时期成为朝廷的主要税赋来源。

由南向北，大丰境内的古代五大盐场分别是：丁溪场、小海场、草埝场、白驹场、刘庄场。其中丁溪、小海、草埝三盐场在草堰镇境内。

明弘治《两淮运司志》载：盐城监所辖南北9盐场，其中有丁溪场，此为大丰境内盐场有文字记载之始。丁溪场始建于唐代，南宋初盐业生产已初具规模，"丁溪场三十六灶，绍兴二十七年（1157），岁煎盐三十三万零八百五十六石"。丁溪场北至小海场7里，南至何垛场18里。

小海场始建于五代，北宋《太平寰宇记》中称小海场为"竹溪场"，元代改称"小海场"。清乾隆三十三年（1768），小海场并归丁溪场。《扬州府志》载：小海场有虎墩，范仲淹筑堤捍海经虎墩即此地。雍正《两淮盐法志》载：小海场南至丁溪场7里，北至草埝场。

草埝场建于唐、宋时期，《太平寰宇记》中称"南八游"，元代改称"草埝场"。明弘治《两淮运司志》载：草埝场北至白驹场，南至丁溪场8里。清光绪《两淮盐法志》载：草埝场东至海，西至串场河兴化县界，南至丁溪之小海旧场，北至刘庄界。

白驹场始建于唐、宋时期，北宋《太平寰宇记》中称"北八游"，到元代称白驹场。明弘治《两淮运司志》载：北驹场东南至草埝场30里，北至刘庄场18里。清乾隆元年（1736）并归草埝场。

《太平寰宇记》中的"紫庄场"，宋绍兴十八年（1148）改称"刘庄场"，到民国元年（1912）并于草埝场。明弘治《两淮运司志》载：刘庄场北至伍佑场50里，南至白驹场18里。

古代盐政管理机构称"盐课司署"。大丰五大盐场盐课司署均始建于明洪武二十五年（1392）。各场盐课司署，设大使、副使，直接管理盐场产销及督收盐税等事宜。

有史以来，丁溪场、小海场、草埝场出了许多诗人和著名学者，他们出于对自然景观、盐场的欣赏和热爱，写下了许多脍炙人口的咏景诗文和盐场志书，如明代草埝场学士袁三余文集存诗10首，他著的《草堰八景诗》，读之如临其境。明代嘉靖年间丁溪场学士张儒教，写下了脍炙人口的《丁溪八景诗》，今天读来意境犹在。清代雍正年间小海场署大使林正青编撰的《小海场新志》，详细记载了小海场、丁溪场的演变过程，是大丰最早的志书。

　　今年4月，笔者去草堰镇实地考察古代盐课司署，站在小海桥上，看到波光粼粼、静静流淌的疆界河，仿佛看到了当年两岸盐民在码头运盐的繁忙景象。当地老人告诉我，疆界河是丁溪场与小海场的分界河，丁溪场在河南，小海场在河北。丁溪、小海、草埝三场盐课司署位置呈"品"字形，位于串场河东，范公堤两侧之间距离不超过6公里，足见古代大丰海盐生产、运销的繁盛景象。

原载2024年10月20日《盐阜大众报》

乡里乡亲

秋和的不幸

1985年5月11日早晨，苏北盐城汽车站人群熙熙攘攘。在川流不息的人流中，有位撑着双拐杖的青年和一位手拎旅行包的小伙子，着急地踏上了开往徐州的客车……汽笛声声、车轮滚滚，汽车风驰电掣般地向西北驰去。

那位残疾青年名秋和，虽然下肢瘫痪，却有致富的雄心壮志。1979年夏，他初中毕业后，目睹城乡用自动伞的人日益增多，就选学了适合自己干的修伞手艺。几年来，他早出晚归，驾着手摇三轮车，进城办起露天修伞铺，他修伞讲究质量、收费合理，受到了城乡顾客的欢迎，并被镇团委评为"青年致富能手"。4月1日，某报介绍了他修伞生财的消息后，在短短的几天内，他就收到了新沂、如东、邳县等地寄来的数封信，有的要拜他为师，有的要通过他联系购买修伞配件，他都一一回信答复。在这些来信中，唯有邳县滩上乡旗杆村一位自称"残疾姑娘"魏某的来信写得"情真意切"。她在4月10日的来信中写道："高二下半学期，在一个星期六回家路上，汽车轧断了我一条腿……我要向你学习，身残志坚，成为一个有用的人。我想在县城办个修伞门市部，自谋出路，希望得到你的支持——一个女青年的央求。"信中还说，自己爱好文学，是业余通讯员，"偶尔写些通讯、杂谈、小诗在《徐州日报》上发表"。魏某的来信牵动了小伙子的心，他深感同情，也很敬佩这位"残疾姑娘"好学上进的精神，当天就回了信，表示愿意教她学修伞手艺，共同走勤劳致富道路。4月28日，这位"残疾姑娘"又捎来了信，再次表示愿和他交朋友，拜他为师，信中说："我家十几口人，生活一直很困难。不久前爷爷有病，又负了债。上次去信求援，就是为了自谋生活出路。"并同时寄来了一张照片，反面写着："这是我的近照。"还拜托秋和先邮一部分配件去。

秋和读完信后，同情心倍增，那张俊俏的"近照"更使他对"残疾姑娘"一见钟情，产生了爱慕之心。他考虑再三，决定请堂弟护送，携带一百多件配件赴邳县，一是相亲，二是帮助这位"残疾姑娘"学修伞技术。

"这姑娘，命好苦啊！"车上，他又一次翻阅着她的来信。汽车颠簸，他的心情久久不能平静，内心深处一直同情、思念着这位远方的"残疾姑娘"。

经过八个多小时的旅程，汽车驶进了徐州车站。初夏的徐州风和日丽，绿树成荫，耸立的高楼、宽敞的街道，使这座古城显得格外多彩多姿。秋和虽然首次来徐州，可这些景色对他来说并没有多大的兴趣，而路旁那些做手艺的人对他产生了极大的吸引力。

"这里修伞生意肯定不错，我可一面做生意，一面帮助魏姑娘学手艺……"他仔细观察了一番，暗地想着，心里顿时感到甜滋滋的。

在旅馆，经过一番打听，才知道邳县离徐州还有180里。翌日，他俩踏上途经邳县的列车。经过两天多旅行，三次转车，终于到达了邳县。列车服务员说，他们找的那村离县城还有50多里，真远哪！因行走不便，秋和决定由堂弟租一辆自行车先去找这位"姑娘"。

几经寻问，终于找到了她。谁知，这魏某不是残疾姑娘，而是一位身体健壮的男青年。堂弟愣住了。

魏某搪塞一番，才承认是闹着玩的，并说想以此写篇有关残疾青年的小说。所以，伪装成残疾姑娘，两次写信诉说身残、家穷之苦和提出要配件的要求，还寄了假照片——一张女演员的翻照。由于魏某残酷的作弄，导致秋和弟兄俩来回行程两千多里，花去差旅、食宿费近百元。更残忍的是，由于他的作弄，深深刺伤了秋和的心，他痛苦不堪地向当地镇团委反映。

残酷作弄伤残青年的魏某受到镇团委的批评和社会舆论与道德的谴责！

原载 1985 年第 5 期《青年一代》

育花姑娘与"聚芳铺"

江苏省大丰县百货商场东侧，有一座古色古香、只有 20 平方米的草绿色小屋，门前的棕色木牌上写着三个大字："聚芳铺。"铺虽不大，屋内的金橘、月季、石榴、菊花……却引得行人驻足；柜旁，一位女青年正笑吟吟地招呼着顾客。

这女主人叫唐翠莲，今年 29 岁，是大丰县大中镇泰丰村的花木专业户。在村里落实农业生产责任制时，唐翠莲喜获两亩半责任田。她随即从扬州引进花木母本 30 余种，又从县陵园买回 1000 多棵常绿树苗，在承包地上砌了围墙，办起了花木苗圃。不久，又新建了冬季育花温室和夏季养花池。经过几年的精心管理,花圃内的仙人球、玫瑰花、月季、吊兰……千姿百态,争芳斗艳;一排排翠柏、花柏、雪松……郁郁葱葱、生机勃勃。

1983年,正当唐翠莲花木上市的时候,花卉市场犹如群芳争艳。面临同行的挑战,她想,有竞争才有活力,才能比高低。她决定以优质服务在顾客中树立信誉,搞薄利多销,打开销路;发展常绿树和名贵花卉,以品种多、品种新取胜。

为了产销便当,1984年春,她在县城建了这座小店铺。

"聚芳铺"成了花木经销站,赏花买花的顾客纷纷前来。她既卖花木,又卖科技书和报纸杂志,生意十分兴隆,去年纯收入3000多元,成了远近闻名的富裕户。

唐翠莲卖花,为顾客想得周到。卖花时,她总喜欢把养花经验告诉顾客,遇到有人不会栽花,她还带上花苗,上门帮助选土、定株、浇水。县城有几位退休老工人,体弱不能出门,唐翠莲得知他们爱花,特意挑选了粉红的月季、金黄的菊花和翠绿的君子兰送去,老人们很高兴。

唐翠莲眼观市场行情,耳听四方信息。她看到新建设的街道两旁绿化需要大量雪松、翠柏等常绿树,就重点栽培这类树苗,直接与本县和外省机关、学校、工厂和城镇建设部门挂钩,签订预购合同。

原载1986年2月13日《中国青年报》

奶 妈

哺育之恩，当永世相报。多年来，我到处打听，一直在寻找我小时候的奶妈。她今在何方，有无子女，家境如何，我全然不知。但对奶妈的思念之情和报恩之心绵绵不尽……

我刚生下来不满3个月，母亲便患重病住院，不能哺育我，于是外婆便多方托人给我找了个20多岁的奶妈。商定后，奶妈抱着我离开了县城，在斗龙河畔的她家度过了一年多的时间。

我知事后，常向母亲打听奶妈的形象和当时哺育我的情况。母亲告诉我，奶妈叫李香娟，中等身材，长得很秀气、甜蜜，见人一脸笑，常穿一件花布褂子，浓眉双眼皮，温和而红润的脸蛋像初升的太阳。这便是母亲向我描绘的奶妈。母亲告诉我，奶妈家庭多灾多难，25岁那年，她经人介绍，从兴化老圩嫁给河口村一位青年木匠，结婚后生了一个男孩，但孩子不满4个月夭折。不久，丈夫又抛弃她，后来她靠做奶妈和保姆谋生。

奶妈没有亲人，我是她哺育的第几个孩子，母亲也不知道。母亲说，奶妈是把我当作自己的亲生儿子一样哺育的。据母亲回忆，我一到奶妈家，她就为我添做了一身小衣裳和一条抱我的小抱被。晚上，她总是把我搂在怀里睡觉。一次我半夜发烧抽筋，她用小抱被裹着我，顶着凛冽的寒风步行10多里到县城医院就诊。我的病好了，而奶妈却因劳累病倒了……

当我会吃东西后，奶妈对我的关心更是无微不至。她用新米磨成米粉做成米糕喂我，每天炖一只鸡蛋，还常用自己节省下来的钱买鱼烧汤喂我，这在当时来说，是很了不起的。

早上或傍晚，奶妈常背着我，去斗龙河畔乡亲们常聊天的老槐树下，让我呼吸新鲜空气。奶妈时而把我举过头顶，时而把我搂在怀里，惯我、亲我、逗我："宝宝叫奶妈""奶妈最爱小宝宝"。过路的陌生人说："这个女人真有福气，养这么个胖儿子。"奶妈则微微一笑，把我搂在怀里，哄我吃奶……

我家每月给奶妈的工钱只有25元，有时给不了钱只能给她一些粮食或衣物抵补工钱。而奶妈却从不计较这些，反倒是用自己节省下来的钱给我添衣和买营养品。她跟我母亲说："宝宝在我身边，就足够了，你们就是分文不给，我也满足。"

听了母亲这些回忆，我热泪盈眶，才真正懂得：母爱是无私的！

奶妈教我说话、唱歌，拉住我的小手，教我迈开人生第一步……把爱全部倾注在我身上。在我会叫人后，我天真地喊奶妈"妈妈"，自那以后她对我也更加关心和疼爱了。然而，这般关心和疼爱反而给奶妈带来了无穷的痛苦。

据母亲回忆，在一个秋天的早晨，她康复后来看我时，奶妈说我会叫"妈妈"了，让我喊母亲"妈妈"，可我不认识母亲，把头藏到奶妈怀里，怎么也不愿喊……中秋那天，母亲突然来到她家，提前与奶妈结算工钱，提出要领我回家。奶妈愣住了，含着热泪恳求说："嫂子，我不要分文工钱，只求你让我再带几个月宝宝。"而此时的我紧紧抱住奶妈，哭着不愿离去。

是啊，在孩子面前，母爱又总是自私的！

我离开了奶妈，离开了斗龙河畔那个温暖的小屋。再后来，奶妈也离开了当初住的地方。村里人介绍，她到苏南去做奶妈了。临行前给我留下了她亲手缝做的花布肚兜和那条小抱被。这么多年过去了，每当我看到花布肚兜和小抱被，抚摸它们时，仿佛还能闻到奶妈甘甜的乳汁味……

原载 1996 年 3 月 14 日《华东电力报》

乡野趣事

大黑猪惧死犯怪

去年腊月初八早晨,我在喂猪时,母亲说:"后天把大黑猪运到食品站卖掉吧。"

站在一旁的小妹快嘴快舌地说:"妈,快要过年了,这猪就留着家里杀吧。"

说者无心,听者有意。中午,我竟目睹大黑猪站在一旁垂泪,食槽里的食几乎一点未动。下午,它又偷偷地将食槽翻了个底朝天,圈底还扒了个大坑。

次日上午,它又越过圈墙往外逃。众人急忙追捕,它竟凶狠地将我的手咬伤了。经过半个多小时的奋战,众人才将它绑上了平板车。

平时,这头大黑猪肯吃肯睡,十分温顺,今天它怎么了?难道是听懂了主人的最后"宣判"?

三脚癞蛤蟆不是宝

前不久，我弟弟文忠在屋前的菜地里捉到 1 只只有三只脚的癞蛤蟆。这只癞蛤蟆重约 60 克，皮质呈黄色，后肢着地有力，行走平稳，与四只脚癞蛤蟆一样快。

消息不胫而走，村民们像看西洋景似的前来围观，都感到十分稀奇。有的说："两只脚媳妇好找，三只脚蛤蟆难寻呀。"有的说："三脚蛤蟆是个宝，此地肯定有金银财宝。"还有的说："把三脚蛤蟆放在米坛里，米就会越来越多。"

当天下午，村里王大爷和几个村民真带着大锹来到我弟弟家门前，挖起金银财宝来。不过挖了半天，只挖出几块碎砖和一些树根。

更可笑的是，翌日清晨，本村李老太手拿 50 元现金，恳求我弟弟将三脚蛤蟆卖给她，并说："这蛤蟆是个宝贝呀，放在家中，钱用不了，粮吃不了。"

我弟弟笑着说："这只蛤蟆就送给你，钱我分文不要。如果你家米坛子里的粮越吃越多，到时给我 100 斤大米就行了。"

老人高兴地用红纸包住三只脚蛤蟆，拿回家后小心翼翼地放在米坛子里。

几天后，李老太揭开坛盖一看，米还是那么多，可三只脚蛤蟆却闷死在坛子里。

原载 1996 年第 6 期《乡土》

有仇人亦成眷属

6月10日是苏北斗龙河畔某村李芳女儿小艳的周岁生日,她和男人王宝忙得不亦乐乎。生日喜庆,本应热热闹闹,但今天客人寥寥,出现了冷淡场面。李芳的母亲眼泪汪汪,嘴里嘀咕:"小芳啊,你和王宝结婚对不起已故的外公外婆呀!"王宝的大婶亦闷闷不乐、心事重重。是什么造成这样的氛围呢?

俗话说,"有情人终成眷属",而李芳和王宝可谓"有仇人亦成眷属"。村里人都知道,李家和王家过去是冤家,有着深仇大恨。新中国成立前,李芳的外公是穷得叮当响的佃农,王宝的祖父则是横行乡里的大地主、伪保长。1947年10月,李芳的外公因抗交佃租被残害致死。新中国成立后,为给贫苦农民报仇,王宝祖父王保长被枪决……

4年前,经媒人介绍,王宝认识了李芳。王宝家住城郊,在镇办企业工作。李芳虽长在农村,但天生一张讨人喜爱的脸蛋,且天真烂漫。他俩一见钟情,相见恨晚,很快坠入了爱河,双方父母看了也很满意。

几天后,李母到城郊村打听王宝的家庭情况,得知自己未来的女婿竟是杀死自己父亲的大仇人的孙子,顿时目瞪口呆。回家后,她想起已故的父亲,哭得死去活来,并坚决责令女儿要与王宝断绝恋爱关系。

年迈多病,身患心脏病、高血压等症的外婆听说外孙女与大仇人的孙子谈了恋爱,更是气得直抖,随之病情恶化,不久身亡。众人都说老人有骨气,是被李芳的婚事气死的。

李芳外婆被气死的消息不胫而走,王宝的父亲获知此事呆若木鸡,并把利害关系悄悄地告诉了儿子。

王宝深知这桩婚事非同小可,决定晚上找李芳谈谈。

初夏的夜晚,凉风习习。月光下,他俩来到斗龙河边,久久沉默不语。半晌,王宝才开了口:"李芳,我知道你的心情,也知道你家里的人很痛苦。我没见过你外公,你也没见过我爷,祖辈的仇是过去的事了,我们小辈是无辜的……"两人谈到很晚很晚。

几天后,王宝和媒人一起来到李芳家,李母看到他们来了,既讨厌又痛恨。她想从后院躲出去,但已来不及了。王宝主动热情地喊了一声:"姨娘!"她转身看了王宝一眼,火冒三丈:"一个刽子手的孙子竟然到我家门上求婚?快走、快走!"王宝和媒人吃了闭门羹,只得悻悻而去。

尽管李母再三阻止女儿和王宝接触,但王宝还是坚定不移地牢牢盯住李芳。为了求得李母的同意,王宝特地写了封信给她。信中写道:"李芳妈,祖辈的仇是过去的事了,把这仇结在我们小辈身上是不合情理的。我理解您,但您也要理解我和李芳。只要相互理解,就能化干戈为玉帛……"

经过王宝和李芳两年多的努力,李母才有所回心转意。王宝抓住机遇,常到李芳家做家务、干农活。他做事利落、举止文雅,终于赢得李母好感。就这样,两家人的往来亦逐渐频繁起来。王宝的母亲是个贤惠、勤劳的农村妇女,她对李母说:"我没有女儿,以后李芳就是我的女儿。"一席话说得李母暗中激动不已。

瓜熟蒂落,王宝和李芳终于结了婚。婚前,王宝的大叔到他家大吵大闹、纠缠不休,坚决反对侄儿和李芳结婚。回家后,他就头晕目眩，口吐鲜血，倒在床上。后经医院诊断为绝症，不久便身亡。

有仇人亦成眷属，奇婚事气死两人。尽管双方的某些亲人至今仍没转过弯，这桩婚事却是很美满的。

原载 1996 年第 9 期《乡土》

心中的月亮

今夜特别幽静。月亮悄悄地升起来了，透明的月光把我们的家园映照得如同裹在水晶里一样。

我和妻子在田埂上散步。抬头望明月，举目看妻子，往事涌上心头……

那是 1988 年秋天，正是棉花采摘季节。我骑车进城，在离红花桥不远时，目睹一位青年妇女拉着一平板车棉花拼命地往桥上拉，车子进进退退，难以上桥。突然，"砰"的一声，平板车滑入桥下。

拉车的妇女惊呆了，一下子瘫坐在桥上。她脸颊涨得红红的，上身的花格衬衫被汗水湿透了，长长的辫子弯弯地搭在胸脯上。哦，她是我初中的同学巧玲。我奋不顾身跳入河中，帮她捞棉花，并使尽全力把平板车拉上岸，又帮她把棉花运回家晒在场上。

"不是遇到你,我真不知该怎么办呢。"她含着热泪,忍不住低声哭了起来。

5天后,巧玲做了一双新布鞋,带着洗净晒干的衣服来到我家,约我到她家吃晚饭,我答应了她。

记得那天晚上天气特别好,天穹深处,星星闪烁,圆圆的月亮鸟瞰着大地。那夜色,把树林、村庄、田野以及所有一切都拥抱了起来。

那年我已28岁,曾谈过一个对象,并订了婚。后来她与另一位青年搭上了,以我家穷和没有共同语言为借口,与我解除了婚约。母亲为我的终身大事很着急,一定要我找个心地善良的人。我是独生子,早年丧父,和多病的母亲一起生活。因家境不好,初中毕业后回乡种地,农闲进城打工,日子还算过得去。

过了一座小桥,巧玲家到了。月色中,那高大槐树下的两间住宅看上去虽矮小破旧,但显得很有生机。她见我来了喜出望外,和我点了点头,两只眼睛闪闪发光,脸上露出了微笑……

晚饭后,她把我领到门前的那棵老槐树下,向我倾吐自己的命运和不幸。

她命真苦,结婚第二年,男人患绝症离开了人世,丢下一个男孩和两位年迈老人。因给丈夫治病,家里债台高筑,处于困境之中。两年后,王家村一位丧偶青年到她家"倒插门",生一女孩。人生在世,变化无常。不久她的第二个男人骑摩托车进城做生意,酒后骑车不幸身亡,又丢下一屁股债,真是雪上加霜。

命运为什么这样不公平地对待她呢?村里讲迷信的人说:"巧玲命恶,谁跟她结婚都活不长的。"

家庭的不幸,使她第一次结婚时那漂亮的脸蛋变了,变得有些憔悴,那瘦弱的体态和一双失去神色的眼睛,使人看上去不免生出几分怜惜……

夜深了。一轮明月挂在门前的树梢上,透明的月光射进了她家小屋。月光和灯光融合在一起。夜是那么清凉、寂静、明亮。

她把我领进屋,给我倒了一杯糖茶。她低着头,咬了咬嘴唇,泪流满面。忽然,她抬起了头,那双泪汪汪的眼睛亲切地紧紧地盯住我,仿佛想说什么,又难以启齿。

"像、像我这样的女人,世上还有男人敢爱我吗?"她颤抖地说。

"有。"我话音未落,她一下子倾倒在我身上。

她的身体紧贴着我,泪水滴在我身上。

"不,我怎能爱她,她是死了两个丈夫的寡妇呀……

"不,人有悲欢离合,月有阴晴圆缺。巧玲家有不幸,急需人帮助,我不能见危不救……"

我的心理矛盾终于向爱的一边倾斜。我同情巧玲的不幸,但更敬佩她的坚强和善良。

"巧玲,你不要伤心,今后我和你一道……"

她用衣袖揩了揩脸上的泪水,慢慢地站了起来……

几天后,她给我母亲做了一身新衣服,并带来新麦种,帮我家种了一天麦子,中午又给我妈洗衣服。打这以后,我三天两头就到她家帮助做事。我舍不得她,她更舍不得我,我俩成了一根藤上的苦瓜。她勤劳、贤惠、朴实,对我关心备至,把一生都交给了我。我俩心心相印、同甘共苦,成了相濡以沫的恩爱伴侣。

我和巧玲相爱的事不胫而走,果真惹来村里一些好事者窃窃非议:"堂堂童男子,竟然与一位死了两个男人的寡妇不三不四。"还有人说巧玲是"不守贞节",是"不要脸皮"呀,非议不堪入耳,越来越多,我俩却愈爱愈深。我们冲破世俗的偏见,不听闲言碎语，领取了结婚证。巧玲家靠近县城，我俩商定，我把房子卖掉，到她家结婚。

我们的家是一个特殊的家庭，一家7口人，3位老人，两个孩子，还有我们夫妻俩。从结婚那天起，巧玲又多了个婆婆。为了让老人安度晚年、食有营养，我养了20多只鸡和10多只鸭，还常上街买些肉和鱼，改善伙食。两位老人说，自从我来以后，家里的日子越来越好了。他们把我当作自己的亲儿子待，都亲切地喊我"儿子"。而我对他们也特别关心。一天夜里，天刮着大风，下着暴雨，老爹肺心病发作，我冒着瓢泼大雨到村卫生室请来大夫，他激动得热泪盈眶……

两个孩子天真可爱，我几乎天天接送他们上学，每天晚上坚持查阅他们的作业。有事进城总忘不了带些好吃的东西给老人和孩子。平素两个孩子都亲切地喊我"爸爸"。他们常告诉村里人："我爸对我们可好啦！"

我和巧玲承包了12亩地，种棉花、粮食和果树，还栽桑养蚕，农闲时进城打工，年收入上万元。因我是独生子，村里同意巧玲再生一个孩子，结婚第三年她生了一个男孩。我们砌了5间新瓦房，还买了1台彩电，我们家的日子过得比蜜还要甜。

去年中秋，我和巧玲领着3个孩子去探望她另外两位旧公婆。在和煦的阳光下，她两颊浮起了红云，前胸微微挺起，踏着矫健的步子，显得很丰满、俏丽。我手里拎着月饼、白糖和猪蹄肉，还有巧玲给老人织的毛衣。村里人都跷起大拇指把巧玲称赞一番："哎呀，看人家巧玲真好，改了嫁，还时常来看望、伺候两位老人，过去谁见过？"他们都感到很新奇。

……

不知不觉我俩已跑到了村东头。天上的月亮挂在村东边的那棵柳梢上，那圆圆的是我心中的月亮。

（李启才口述，戴文华整理）
原载1996年第10期《中国农村青年》

妻子当家比我强

女人不能当家，这是家乡自古以来的旧风俗，至今还流传着"女当家必冲家"的说法，我母亲是个"老封建"，自己大半辈子没有当过家，还不让媳妇当家。我结婚后的第三天，她就召开家务会，大谈特谈女人当家的弊端，并明确提出要我当家。妻子表态说："谁当家都可以，但要把家当好，不能败家。"妻子并不想当家，但反对我妈重男轻女的思想。

遵照母亲的"圣旨"，我承担了当家任务。一开始，我当家还算称职，每月还能结余两三百元。可是，当家不久，出现了滥用权力、奢侈浪费问题，用手中掌握的钱买酒喝、买烟抽，家里财政出现了严重赤字。尤为严重的是双休日整天泡在麻将桌上不能自拔，有时输赢达几百元。月终，妻子"审计"我的支出，向我提出疑问，在强大的攻势和事实面前，我不得不低头认错，老实交代……

夜深了，我翻来覆去，久久不能入睡，妻子一边织毛衣，一边轻声细语地对我说："你当家很不称职，你滥用家权，奢侈浪费，家里财政严重赤字，你这样下去是要败家的。从今天起，你自觉交出财权，由我当家理财，我有不当之处，你可监督批评。"

妻子一席话，说得我脸上火辣辣的……

第二天，一贯主张男人当家的老娘知道了此事。她气愤地指着我脸骂道："你这个不争气的败家子，给我丢脸呀！"

然而，江山好打，本性难改。几天后，几个"麻友"又来约我晚上搓麻将。我想，上次输了，这次一定要赢回来。可是，身无分文怎么办？我就偷偷地从箱子里取出存单，到银行取了500元现金。中午，妻洗衣服时，发现我衣袋里鼓鼓的都是钱，惊讶地问："好啊，你还有小金库，老实交代，钱是从哪里来的？"在妻子的不断追问下，我交代了500元现金的来龙去脉。她没收了现金，并从我钥匙扣上取下了那把箱子锁的钥匙，说："从今以后，罢免你的存折保管权。"

就这样，我的财权和保管权全部被罢免了。

10日，是单位发工资的日子，我便小心翼翼地将钱用工资单包扎好，如数上缴。中午吃完饭，妻子当即拿出400元钱存银行，开了个零存整取户头。她的这一招是够狠的。我想，两个人的工资还剩400元，这够全家一个月的开销吗？

妻子当家精打细算，月初，她根据吃、穿、用拟订生活开支计划，将"统筹学"运用于家务理财之中。平时根据市场变化情况购物，春天还未过，她就买了夏季服装和皮凉鞋。她说，反季节消费，购物最便宜。在油菜籽收购旺季，油票大跌价，她一下子就买了50公斤低价油票，少花100多元。住房翻新，是我家的重大安居工程，1992年，妻子看到基建热，预料建筑材料价格要猛涨，于是，她把家里的8000元存款全部取出购买砖瓦、木材和钢材。果真不错，第二年我家建房时，砖瓦、钢材等建材价格翻了一番还拐了弯。居民小区10多户人家建同样款式的房子，我家建房只花了人家一半的钱。

我的妻子精明能干，过日子勤俭节约，从不奢侈，她当家几年来，家里经济、生活稳定。尽管家里建了新房，还买了彩电，但财政没有出现赤字。我一心扑在工作、学习和写作上，取得了自学考试大专文凭，每年在报刊上发表文章20多篇，稿费也拿了不少，妻子通情达理，她说："稿费来之不易，无论多少，全不用上缴，留着买些书籍。"并随手拿出自己的60元加班工资塞到我手上，"留着买稿纸、邮票和老酒。"

站在一旁的老娘见此情形，笑得合不拢嘴……

原载1997年第11期《人生》

用爱抚养孤儿的残疾青年

天，下着大雨；路，泥泞不堪。在江苏大丰市新团镇龙福村的乡间小路上，一位残疾青年一瘸一拐地推着自行车。车上坐着一个背书包的男孩。男孩叫刘存宝，是一个孤儿。推车青年叫王汉路，小时候因患小儿麻痹症，失去了一条正常的腿，靠着另一条好腿，他在人生的旅途上艰难地迈过了35个春秋。他没有妻子和儿女，但有一颗充满爱的心。

一

1992年7月18日,王汉路拖着残疾的腿来到大丰市团委,他对工作人员说:"我从广播里听到团市委开展'手拉手、献爱心'活动,我是来报名参加这项活动的。请给我一张'希望工程——百万爱心活动'的结对登记表吧。"

团市委领导发现站在面前的是一位拖着一条腿的残疾青年,便劝他说:"你的心意我们领了,钱就不用给了。"可王汉路说:"我虽是一个残疾人,但我心灵很完善。我要用爱心去温暖贫困地区失学孩子的童心,为希望工程添砖加瓦!"

几天前,王汉路在《中国青年报》上看到一篇题为《"希望工程"纪实》的报告文学。他被文章中讲述的贫困地区一些家庭"熬一锅粥,全家人喝一天"的现实和失学孩子们渴求知识的情景感动了,于是慕名来到团市委,报名参加了"献爱心"的活动。团市委的领导被他的精神深深地感动了,就这样,王汉路与边远贫困地区的3个失学孩子结成了资助对子。一个是陕西孤儿刘存宝,另外两个是新疆哈萨克族的赛里克和努尔达尔。

千里爱心一信牵。王汉路和三位孩子因书信往来,成了未能见面的亲人。他每年定期向3个孩子各寄去60元钱,直到他们念完小学。远方的孩子怎知道资助他们读书的,竟是一位残疾叔叔呢?

60元钱,只能让"大款"买几包"红塔山",可就是这微不足道的60元钱,却能改变贫困地区失学孩子一生的命运!在王汉路的资助下,一度失学的刘存宝、赛里克和努尔达尔又重新走进了学校。

180元钱,在寻常人的眼里可能算不了什么,但是对身有残疾，又没有固定收入的王汉路来说，是多么的来之不易啊！

王汉路6岁时丧母，家庭十分贫困。他从12岁起，就跟姐姐学会了织毛衣的手艺，自食其力了。为了资助这3个孩子读书，他每天起早睡晚，拼命地织毛衣，织啊织，他觉得自己织的不仅仅是毛衣，而是在编织一个金色的希望……

二

自从和3个失学儿童结成帮扶对子后，王汉路的心一直牵挂着千里之外的孩子，萌生了去陕西看望孤儿刘存宝的念头。为了看望刘存宝，他省吃俭用，节省了一些钱以做盘缠。1994年6月底，他踏上了西去的旅程。

经过几昼夜的火车和长途汽车的颠簸，他终于来到了刘存宝的家乡——陕西省丹凤县寺家河区南石门乡观音堂村。

观音堂村坐落在秦岭的南坡上，四面环山，高高的山坡上很荒凉，只有稀疏的野草和树木。村里虽有一条简易公路，但经常被滑坡的山体或大水阻断。王汉路先后三次去观音堂村，就有两次受阻返回。

刘存宝的家坐落在山坳里。当王汉路来到刘存宝家时，眼前的一切把他惊呆了：这哪像个家？屋子是用石块垒成的，只是里边糊了一层泥巴，上面盖的是茅草。屋里的地面坑坑洼洼，仅有的家当是一口支在地上的火灶和供晚上睡觉的石板。大白天，屋内光线也很暗。12岁的刘存宝身高只有1米多一点，瘦得像根"芦柴棒"，黄巴巴的小脸上，一双无神的眼睛深深地凹了进去，黄黄的头发像枯萎的茅草蓬在头上，竟有六七厘米长。王汉路简直不敢相信自己的眼睛，可这偏偏是活生生的现实！面对此情此景，王汉路的眼泪禁不住往下流。小存宝搂住他的脖子，哭着喊"叔叔"。这天晚上，王汉路和小存宝一起睡了一夜，床上仅有一条破旧的床毯……

第二天，王汉路来到观音堂村小学。这所学校坐落在离村子大约3里路的一座破庙里。这儿没有像样的课桌和板凳，好多孩子都没有书和笔。目睹这一切，王汉路震惊了……

王汉路躺在丹凤县一家旅馆的床上。虽然这几天非常疲劳，但他久久不能入睡。小存宝那破漏不堪的房子、那瘦弱的身躯、那失神的眼睛、那黄黄的蓬头散发……像电影镜头似的，不时浮现在他的眼前。

下午，王汉路来到丹凤县团委，当董夏林书记看到和自己通过信的王汉路是一位残疾青年，非常感动。他打电话到刘存宝所在的区、乡政府，告知了王汉路来看望刘存宝的消息。

王汉路受到当地政府领导的热情接待。丹凤县寺家河区党委的冯书记和石门乡党委的彭书记也前来看望王汉路，对他助人为乐的精神表示感谢。

晚上，冯书记请王汉路吃饭时，试探着对他说："你这次回去，能不能把娃子带到你们沿海去见见世面？"小存宝更是围着王叔叔身前身后转，他多么希望王汉路能带自己走出山沟沟，看一看外面的精彩世界啊！

孩子的渴求、异乡干部群众的期待，王汉路不忍心拒绝。冯书记随即跟乡里取得联系，乡团委和乡妇联很快帮助他办好了有关手续。

1994年7月26日，王汉路拖着残腿，挽着虚弱的小存宝越过了秦岭，走出了深山，踏上了南去的列车……

三

从此,大丰的新团镇就多了一个由一名残疾青年和一名孤儿组成的特殊家庭,这里没有父亲、没有母亲,但充满着温馨……小存宝和王汉路一起生活着,他俩相依为命,生活充满着阳光。

一次,王汉路试探着对小存宝说:"叔叔是个残疾人,自身都难保,打算过些日子就送你回陕西去。"其实,他是考考小存宝是否懂事,是否爱惜这个特殊的家庭。

小存宝的脸色一下子从晴转阴,两眼泪汪汪的,他哭着对王汉路说:"叔叔,我的好叔叔,求求你别送我回去。我没有亲人,你是我唯一的亲人。我要和你在一起,我会做饭,我要读书……"

王汉路凝视着小存宝渴求的目光,听着孩子撕心裂肺的哭声,不禁泪水簌簌而下。他呜咽着说:"叔叔是试探你的,叔叔永远不会送你回去。"

小存宝一下子扑到王汉路怀里,喊了一声:"爸爸!你就是我的亲爸爸!"

要抚养一个孤儿并供他上学,对一个没有职业、下肢残疾的单身汉来说,是多么不容易啊!社会上有些好心人劝他说:"汉路,你是泥菩萨过河自身都难保的人,犯什么傻,揽这个苦差呢?还是多想想你自己吧!"王汉路说:"我好歹还能自己养活自己,可小存宝是个孤儿,我能保他一时是一时,等他成人了,一切不就好了吗?"

为了能让小存宝到学校接受正规教育,王汉路拖着残腿四处奔波。终于让小存宝在一所乡村小学就读。王汉路的家离学校足足有15里路。小存宝不会骑自行车,上学、放学全要王汉路接送。他靠着一条好腿，天天踏自行车接送小存宝。腿踏酸了，就一瘸一拐地推着自行车前进。每逢阴天下雨，困难就更大了……

四

王汉路抚养孤儿的消息不胫而走，来自四面八方的关心和支援共同汇入这爱心之河。浙江省的一位武警战士，先后汇给王汉路300多元钱，大丰市工人子弟小学主动吸收刘存宝为该校3年级学生，并为他免去3—6年级的全部学杂费，老师和同学纷纷捐衣送物和赠学习用品给小存宝。学校特地为他设立了"特别捐助基金会"，以保证他能完成学业。

王汉路是靠织毛衣来维持生活的，尽管他拼命地织，每月最多也只能挣100多元。但为了让小存宝能有个良好的生活、学习环境，他还是咬着牙，抽出部分钱在学校附近租了一间房子。他每天到图书馆看书看报，看到好文章就复印或摘录下来，然后向报刊荐稿，每月也能挣点荐稿费；他又在一家玩具厂找到一份工作，每月工资300多元。

小存宝在王汉路的精心关怀下茁壮成长。去年下半学期已读6年级。为了给小存宝增加营养，王汉路宁可自己省吃俭用，也要保证小存宝天天有鸡蛋吃，每个星期基本上两顿荤菜。在日常生活中，王汉路无微不至地给予小存宝关怀，又当爸又做妈，洗衣、买菜、煮饭、缝被、接送上学……全是他一个人。经过王汉路的悉心照顾，小存宝的体重由刚来的20多公斤增加到40多公斤。

在小存宝的学习上，王汉路更是严格要求，悉心指导。每天晚上，他总是抽些时间查看他的作业，遇到难题，耐心辅导。来大丰的第一学期，小存宝的数学只考了5分，现在每门功课成绩都在90分以上。

在小存宝的记忆里，在来到王汉路身边之前，他没有吃过一顿饱饭，没有穿过一件整洁的衣服，没有盖过一条像样的棉被，更没有享受过童年的父爱和母爱。他刚满两岁时，母亲便抛下了他不知去向。7岁时，与他相依为命的父亲又患绝症去世。从此，成了孤儿的他仅靠村里几个热心人接济着。是"希望工程"牵线搭桥，身残志坚的王汉路才把小存宝从困境中救出来……

王汉路在刘存宝身上倾注了满腔的情、全部的爱。有人问王汉路："你吃这么大的苦，到底图个啥？"王汉路说："我以自己力所能及的力量抚养一个孤儿，是为了唤起更多的人献出一片爱心，洒向贫困地区的失学儿童……"

原载1998年第2期《乡土》

常回家"忙忙"

每年，我们总是到乡下父母家过春节。去年除夕夜，全家吃过年夜饭后，高高兴兴地看电视台的春节联欢晚会。一曲《常回家看看》亲情动人。母亲听了这首歌，双眼湿润了。我们透过这首歌找到了自己的影子。母亲语重心长地对我们说："你们平时不但要常回家看看，而且要常回家忙忙……"

"常回家看看,常回家忙忙。"听到这些话,我心里十分惭愧。过去,尽管我们也"常回家看看",但不过时常回家玩玩。兄妹四人,四家十二口,坐下来满满一桌,不是打牌就是搓麻将,玩得不亦乐乎。老爸老妈从早到晚为我们服务,冲茶倒水、烧菜煮饭,还要帮助照应孩子,里里外外,不亦忙乎。晚上,我们还要把许多土特产带走,又吃又玩又带,满载而归,一走了之。一个月下来,老两口光在开支上就难以负担,体力上更是吃不消。"常回家忙忙",这是母亲发自肺腑的呼声啊!

去年大年初一的早晨,母亲把我领到田埂上,凝望着自己种了大半辈子的一亩地,深情地对我说:"妈老了,你爸又患病,不能种地了,这田该退了。"我看着母亲,又凝望着这一方养育我长大的土地,对这一亩地产生了眷念之情。妈妈望着我,脸上露出了微微的笑容。

打这以后,我们经常利用双休日回家忙忙,给生活增添了许多乐趣。去年初夏,我带孩子一起下乡种花生。他虽喜爱吃花生,但还不知花生是长在树上,还是长在地里。他高兴地和我们一起参加了种花生劳动。我妈坐在田埂上指指点点,当上了技术顾问。我挖田,妻平地;我开行,儿丢种,一家人忙得热火朝天……

花生地北侧沟边有一块长着杂草的荒地亦可垦殖,于是一家人"晨兴理荒秽,带月荷锄归"。辛勤了几个双休日,一畦平整的菜地里,悄悄地钻出了嫩绿的新苗。

那一亩地犹如一块磁铁吸引着我们。孩子生得娇嫩,以前怕吃苦,现在却不然,他经常跟我们一块儿下乡学种瓜种菜。为了让他在劳动中磨炼意志,培养他自强、自立和吃苦耐劳的品格,我们在地中划给他一块小小的"责任田",让他在辛勤耕耘中得到收获，使他懂得了"粒粒皆辛苦"的道理。几个月来，他不但学会了锄草、间苗、松土，还学会了种南瓜、西红柿。当他尝到自己亲手栽培的红红的西红柿时，高兴地告诉我："爸，将来我要当一名农业专家。"我们也在常回家忙忙中得到了锻炼，身体比以前结实了许多。

盛夏的一个夜晚，我来到一亩地里的葡萄架下，躺在竹席上纳凉，仰着头，透过小小的叶缝，欣赏那筛落、洒满我周身斑斑点点的月色。我不觉入梦，恍恍惚惚，梦见我孩提时跟着母亲后边学种瓜的情形……蓦地，从绿叶中滴下几滴露珠，恰巧落在我的脸上，凉飕飕的，我从梦中醒来，月色、露珠、菜畦、葡萄架与我融为一体……

啊！多么美好的一亩地，它像一本书，仿佛有非凡的魅力，给我们以启迪。常回家"忙忙"，给老人减轻了负担，也给我们的生活注入了新的活力。

原载 2000 年 1 月 19 日《中国纪检监察报》

我参加"八六"海战

我叫单德平，今年 73 岁，是盐城市大丰区航运公司退休干部。2012 年 10 月，我收到中国人民解放军总政治部寄来的"二等功奖章"，编号"9009656"。目睹补发的这枚闪闪发光的金质奖章，我激动不已，心情久久不能平静。我家里还收藏着一张发黄的老奖状，奖状上写着："单德平同志在一九六五年八月六日击沉蒋帮'剑门'号、'章江'号军舰的战斗中，功绩显著，荣立二等功，特发此状，以资鼓励。"落款是"中国人民解放军海军南海舰队司令部、政治部"，时间是"一九六五年八月十二日"。老奖状常使我回想起48年前参加的那场"八六"海战的经历。

1959年12月，我在江苏省大丰县小海公社杨树村应征入伍，到部队被分配到南海舰队汕头水警区某大队某号护卫艇，当上了一名航海舵手。我文化程度不高，只有小学文化，就充分利用业余时间刻苦学习文化知识。我下定决心，要当一名合格的水兵，坚决保卫祖国的海疆。我刻苦钻研航海技术，熟记大量航海数据，熟练掌握操舵技能，成为一名优秀航海舵手。1964年5月，我加入中国共产党。1964年11月，我被部队评为二级技术能手。我在南海舰队服役整整19年，年年被评为五好战士，在部队历任战士，航海班长、副艇长、艇长，舰艇大队航海参谋，汕头水警区司令部航海业务长等职。

1965年8月5日，国民党海军巡防第2舰队大型猎潜舰"剑门"号和小型猎潜舰"章江"号当日傍晚驶至福建省东山岛东南兄弟屿海域，企图破坏我渔业生产，威胁我渔民安全。中国人民解放军海军南海舰队即令汕头水警区以鱼雷艇11艘和护卫艇4艘做好战斗准备。21时，我所在艇接到上级命令，鱼雷艇编队和4艘护卫艇立即出航，22时30分，到达广东省南澳岛和福建省东山岛附近海域待命。

我时任护卫艇航海班长、操舵手。我的战友麦贤得任某号护卫艇机电兵。23时13分，我海军4艘护卫艇和6艘鱼雷艇奉命出击。6日1时42分，护卫艇群发现敌舰目标。国民党海军大型猎潜舰"剑门"号和小型猎潜舰"章江"号，都是美国建造的"海盗"军舰，火炮射程远，口径比我方火炮口径大。我方指挥员根据上级要求，先选择敌方小型舰艇"章江"号为打击目标。2时51分，我方开始集中火力攻击"章江"号。在艇长吴广维指挥下，我谨慎操舵，紧追敌舰"章江"号。敌舰的炮火非常猛烈，一颗炮弹落在护卫艇指挥台附近爆炸，艇长吴广维头部中弹，壮烈牺牲；信号班长许文华身负重伤。我不顾个人安危，紧紧握住方向盘，紧跟指挥艇，紧追敌舰不放。"开火——开火——"战士们斗志昂扬，口号声响彻云霄，一发发炮弹从不同方位射向敌舰。3时33分，"章江"号弹药库爆炸，油仓起火，火光照亮了一片海空……

"章江"号被击沉后，指挥部随即下发了歼灭"剑门"号的战斗任务。我方舰艇群采取避弹曲折航行，使敌方无法判断我舰航行方向。在接近敌舰有效射程时，我舰迅速向敌舰猛烈开火，瞬间上千发炮弹射向"剑门"号。5时22分，在"剑门"号基本失去战斗力后，我护卫艇编队让出阵位，由鱼雷快艇编队实施攻击，"剑门"号被击沉。这次战斗共击毙蒋帮第2舰队副司令胡嘉恒以下官兵近170人，俘虏"剑门"号舰长王蕴生及以下官兵34人。

"八六"海战创造了我海军小艇打大舰、高速护卫艇和鱼雷快艇协同作战打击敌人大型战艇的光辉战例。全军涌现出先进集体海上英雄艇和全国战斗英雄、钢铁战士麦贤得。

我在"八六"海战中，冒着敌舰的炮火，不怕牺牲，英勇奋战，从出航、作战到返航，坚守岗位操舵15个小时，出色地完成了战斗任务，荣立二等功，并从航海班长提拔为副艇长，所在护卫艇荣立集体一等功，受到国防部和中国人民解放军南海舰队司令部、政治部表彰。

（单德平口述，戴文华整理）
原载 2013 年第 6 期《银潮》

新邻居

星期天上午，我家邻居徐大爷家来了 20 多位背着行李的农民工，紧接着，车声隆隆，一辆卡车和一辆拖拉机驶进徐家后院，车上载着搅拌机，还有水泥、钢材、模板、钢管等建筑材料。徐大爷告诉我，他家的后院附房租给了一家建筑施工队做宿舍和伙房。从此，我家有了新邻居。

走进徐家后院，我看到几位农民工忙着卸运货物和行李，一位农民工口袋里放着"随身听"，播放着豫剧《朝阳沟》，他嘴里哼着同音曲调，悠悠扬扬，非常好听。听口音，他们是河南人。徐大爷告诉我，他们是承建商品房的瓦木工，工地就在离这里不到半里路的朝阳景都小区。

徐家在我家前面，后院离我家不到 5 米，平时他家的一举一动，几乎都能听到、看到。中午，妻子跟我讲，这些农民工每天从我家门前进进出出，人声鼎沸，还有机动车辆经过，噪声太大，够烦人的，往后没有安宁日子过了。

因天气炎热,清晨4时多,这些农民工就上工地了。他们说话的嘈杂声和拖拉机"突——突——"的响声,把我们一家人惊醒,小孙女醒后放声大哭。老太婆忍不住了,大发脾气,冲出门外,大声嚷道:"你们这些打工的,一大早就叽叽喳喳,拖拉机响声这么大,把我们一家人都闹醒了!"这时,一位农民工主动出面打招呼,他说:"我姓许,是施工队的队长。对不起,对不起,打扰你家了,以后我们一定注意。"老许中等身材,灰色的衣服上沾着泥土和砂浆,他黑里透红的脸上露出笑容,说话和蔼可亲,"往后,我们有什么不到之处,就找我。"

　　翌晨,我起床煮早饭,目睹6位农民工使劲地不声不响地把拖拉机推向西边大路,又推向北好远,才发动柴油机,驶向工地。其他农民工有的扛着铲锹,有的推着翻斗车,悄悄地离开了租居地。昨天的嘈杂声和拖拉机"突突"的响声没有了,今天清晨显得格外宁静。

　　中午,农民工回租居地吃饭,我遇见昨天与我打招呼的许队长,我说:"早上看到你们使劲地把拖拉机推到大路上,又向北推出好远,才发动柴油机,这样太吃劲了,不要这样,有点响声不要紧。"

　　许队长说:"我们往后是邻居,邻居好赛金宝啊。有什么不到之处,请多多指出,我们会及时改正的,并且做得更好。"我被许队长的通情达理和文明举止所感动。

　　晚上,我走进农民工租居地,看到四间宿舍已安装了空调,空调是旧的,是从另一住地移机过来的。有一间宿舍还安装了电脑并接通了电信网线,办公桌上放着一堆图纸。每间宿舍都有电风扇,还有"小电视""随身听"(收音机)。

　　他们正在吃晚饭。许队长见我来了,拉我喝酒,我说刚吃过晚饭。他们有的喝白酒,有的喝啤酒,菜肴有粉皮、凉拌黄瓜、水煮花生、西红柿炒鸡蛋、鸡大腿、鲤鱼烧豆腐等,主食有面条、大米饭。他们边吃边聊,谈笑风生。我看到徐大爷也坐在桌上吃晚饭,他说:"儿子儿媳都在外地打工,一人在家,许队长不让我煮饭,跟他们一起吃便饭。"

许队长告诉我,他们当中有10位瓦工是河南周口人,负责景观工程的路牙、围墙、凉亭、喷泉水池造型施工。他们当中还有两名大学生,小崔是园林专业毕业,担任项目经理和园林设计,兼管财务与用工;小曹学的是土木工程专业,负责河岸景观和休闲凉亭的施工;小翁是水电工程师,负责路灯、喷泉、给排水系统的施工。

这些年轻的大学生与农民工同吃住、同劳动,不怕吃苦,艰苦创业,难能可贵。大学生与能工巧匠融合在一起,成为知识型打工团体,是新时代农民工团队的特色。

许队长还告诉我,他们的公司总部设在苏州,在苏州、常州、盐城、宿迁都有工程项目。大丰朝阳景都景观工程建造面积3万多平方米,施工期一年半。公司员工由总部按各地工程进度统一调配。工资按季发放,亦可提前支付。他们每年回家两次,麦收季节和春节各一次。长期务工的农民工,公司缴纳养老金,享受医疗保险。

晚饭过后,他们洗好澡,有的洗衣服、有的看电视、有的听豫剧、有的在月光下与家人通电话……为了不影响他们休息,我起身回家,老许送我到门外。

周末下午,我家空调坏了,我去农民工租居地借"人字梯",见炊工小琴正忙着蒸包子。夏天闷热,厨房更热,在灶前忙碌的小琴衣服都湿透了。她拿了一个热气腾腾的包子给我:"这是俺河南口味的包子,你尝尝。"我尝了一个,馅有肉丁、粉皮、韭菜,香喷喷的,味道真好。然后,小琴把梯子递给了我。

一转眼到了冬天。一日深夜，天刮着寒风，下着小雪，我透过窗户，看到门外的灯亮着，就起床看看。原来房东徐大爷心脏病复发，老许和小崔正在平板车上铺棉被，然后把徐大爷扶上平板车，躺在棉被上，再用棉被盖好，上面用塑料薄膜遮挡，立即把徐大爷送往医院……

　　这些外地农民工，个个都很热心、厚道。第二年春天，我儿子买了一辆小汽车，需在门前西侧浇筑停车场地，我买回水泥、黄沙、石子。那天早上下雨，他们没有出工。9点多钟雨过天晴，许师傅和3位农民工主动帮我家浇筑场地。完工后，我给工钱并留他们吃饭，他们既不肯收钱，也不肯在我家吃饭。许师傅说："我们都是好邻居，这点小事，不要这么客气。"时下瓦工工资不低，他们这么辛苦，我怎能亏待他们。为了感谢他们，我买了一条南京香烟，两瓶酒，还有两盘对虾、30个肉圆，送给他们。反复劝说，老许才勉强收下。

　　一天中午，邻居周家因煤气灶未关闭失火，火焰冒上屋顶，10多个农民工听到"救火"的呼声，立即丢下饭碗，直奔周家，不顾生命危险，奋力扑火，火势很快得到了控制，可许队长和小崔脸部烧伤了……

　　这些建造小区景观工程的农民工成年累月在外地打拼，为了建设城市优美的人居环境，不怕吃苦，顽强拼搏，其精神难能可贵。他们团结友爱、为人厚道、助人为乐的品行，更值得称道。他们租住在徐大爷家一年多时间，好事做了一大堆，本身不也是一道亮丽的"景观"吗？

　　与农民工做邻居真好！

原载2013年8月27日《大丰日报》

夜幕下的拾荒者

晚上加班回家，路过一家饭店时，看见一位头戴矿工帽的老人正在垃圾桶里翻捡垃圾。紧接着，他将几个饮料瓶和易拉罐装入编织袋，然后点了一支烟，蹲着休息。借着灯光，我才看出他原来是租住在我侄子家的拾荒者陈相民。

我随口问了他一句："老陈，县城晚上有多少人拾荒？"他答道："晚上的拾荒人可多啦，少说也有二三十人，还有70多岁的老人拾荒呢。"正说着，前面来了一位一瘸一拐的拾荒大爷，他与老陈打了个招呼，便迅速走向了另一个垃圾桶。无论寒冬还是酷暑，无论刮风还是下雨，在城市的夜幕下，总能看到这些忙碌的拾荒者。

老陈是兴化市合陈镇人，今年61岁，40岁丧妻，10多年前外出打工，因老板赌博欠薪欠债外逃，老陈一气之下来江苏大丰县城拾荒。老陈告诉我，他每月拾荒的收入有1000多元，并不算多，但拾一个就多一点收入。

老陈租住的房子离我家不到100米。他刚来这里时，邻居们看到他在路边空地上分拣垃圾，都冷眼相待，嫌他不卫生。不过，老陈每次都很自觉，他捡垃圾时会先将垃圾倒在地上，然后用药水喷洒灭蝇，分拣完之后还会将地面打扫得干干净净。

老陈是个热心肠，邻居老周家装修，他主动帮助搬运家具；老徐家浇筑场地，他主动帮助拌水泥砂浆；邻居方大妈病了，身边无子女，他主动送方大妈去医院就诊……现在，邻居们都很尊敬他、喜欢他，都把他当亲人相待，每到端午节、中秋节、春节，邻居们还纷纷送东西给他，但他总是客气不接受。

周末的时候，我常去找老陈聊天。他在空地上分拣垃圾，见我到了，连忙搬张椅子让我坐下，并关闭"随身听"，与我拉家常。我问老陈："你拾荒为什么选择在晚上？"他说："晚上城里垃圾多，11点前后，酒店、超市、歌厅、浴室关门前要清扫、倒垃圾，有好多垃圾如饮料瓶、易拉罐、包装袋可捡；况且，晚上捡垃圾，白天分拣、晒荒货，不浪费时间。"

他说，他每天晚上捡垃圾，到深夜两点后"满载而归"，第二天9点起床后，将荒货倒在场上晒干，并分拣装袋，下午5点左右分拣结束，吃饱进城拾荒。一般6天至7天就有人上门收购废旧塑料，每次卖荒收入三四百元。废铁、废铝、易拉罐、黄板纸等荒货，分类装袋或捆扎，积少成多，集中到废品收购点出售。老陈拾荒最多能赚两千多元钱，但这钱很重，付出的代价也很惊人——每天工作达15个小时，这钱赚得真不容易啊！

因长年"夜间作业"，白天又都在日光下曝晒，老陈又黑又瘦，满脸皱纹，满头白发。不过，他看上去很精神。老陈不怕吃苦，也很精明，熟悉城里大小酒店、超市、娱乐场所摆放垃圾桶的方位。他的拾荒"装备"很齐全。一辆"永久"牌自行车，车的后座两旁挂着两只方形用钢筋焊接的铁筐，筐内放着编织袋，边上几把铁夹把袋口夹住，用于放置不同的垃圾。在自行车龙头上还挂着一只工具箱，里面放着香烟、打火机、水壶，外面横放着一把铁钩。

老陈有好几位拾荒的朋友，都是60岁上下的老人，他们经常聚在一起谈拾荒的路径和荒货的收购价钱，也谈些家长里短、奇闻趣事和国家大事。他们苦中有乐、忙中有闲，常买些老酒、菜肴，中午聚在一起会餐，他们活得很快乐。

近日，还有一位拾荒的老人引起我的关注。她是位年逾六旬的老人，常在傍晚的时候，坐在镇政府的大门前右侧的石阶上一边抽烟，一边用手机与人通话。如果不是旁边三轮车后厢放着编织袋和铁钩子，她一身干净利落的装扮，怎么看都不像一个拾荒者。

那天，我因突击写材料，晚上7点才下班，走到镇政府大门前，目睹这位老人手拿电筒，正在垃圾桶前翻捡垃圾，旁边还站着一个秀气的小姑娘，手里拿着编织袋，接过老人手中捡拾的硬纸板和饮料瓶。

我好奇地问："大妈，这小女孩是你家什么人？"大妈笑着说："她是我的孙女，读大学，放暑假回家，陪我一起晚上拾荒。"我说："这孩子真懂事。大妈，你等一会儿，我办公室有装电脑的包装盒，还有些旧报纸送给你。"她随我到办公室取废品，连声道谢，要算钱给我。我说不要钱，这一点东西不值几个钱。我随口问道："你这么大年纪，还……"她明白我的意思，向我诉说了实情。

原来，她住在郊区，儿子患癌症病故，老伴中风卧床，儿媳改嫁，全家仅靠老伴的退休金生活，还要供养孙女念大学。看到别人捡废品能赚些钱，就晚上出门捡垃圾。她告诉我，每天这样辛苦地捡垃圾，就是为了供养孙女念大学。孙女非常懂事，寒暑假回家都帮奶奶捡垃圾……

这些夜幕下的拾荒者，为了生活，他们不辞劳苦地捡拾垃圾，默默地支撑着生活，也为社会创造了财富。我时常想，这些不被困难所屈，通过自己的艰苦劳动努力度过人生坎坷的人，值得称道。

原载 2013 年 8 月 1 日《新华每日电讯》

扁担和铁锹

担任村支部书记的父亲病重期间,要我把家里墙角落的那根扁担和那把铁锹拿给他看看。父亲躺在床上,用颤抖的长满老茧的双手摸着那根扁担,语重心长地说:"我没有什么贵重的东西留给你们,这扁担和铁锹是传家宝,不能丢。靠劳动吃饭,不要做不劳而获的丢人事。"父亲的话我一直记在心里。

那根弯弯的扁担是桑木做成的,枣红色,很光滑;铁锹已生锈,槐木柄已有裂缝。这扁担和铁锹沾满了我的汗水,掠过了我的青春。

1974年7月,我高中毕业回乡,庄重地接过了父亲手中的扁担和铁锹。从此,生活的担子压到了我软弱、稚嫩的肩上,使我尝到了劳动的艰辛,阅尽了四季的变迁。

记得读小学时,个子还没有铁锹高,就常渴望自己有一天长大,能和大人一样挑担、挖地。当这天真正到来的时候,沉重的扁担压在肩上,沉甸甸的铁锹拿在手上,却对劳动产生了厌烦和畏难情绪。我深知,我的人生艰苦岁月到了。

日出而作、日入而息的劳作,弯酸了腰,晒黑了皮肤,手上、肩上磨起了血泡。有一次挖地,因体力不支晕倒了,躺在白云悠悠的蓝天下起不来。有一次挑玉米,天气闷热,重担压在肩上,气喘不过来,放下担子,咳了几声,发现痰中带有血丝。劳动辛苦,但我无悔,我家祖祖辈辈种地,作为农民的儿子,我要用自己的双手创造幸福的生活。但时间不久,我又迷失了航向。多少个夜晚辗转难眠,摸着疼痛的身子,默默地自卑、流泪,种地的日子看起来诗意、浪漫，可做起来累人、伤人。夜深人静时，我一人站在月明星稀的月光下，默默地想，难道我的青春就这样系在一根扁担和一把铁锹上吗？我的未来在哪里？我的希望又在哪里？种地太枯燥、太累人、太伤人了！那颗疼痛、躁动的心始终不肯安分下来，一刻不停地狂跳于劳作的间隙。舒适的工作和安乐的生活一直充斥着我的梦。我要离开黄土地，甩掉这沉重的扁担和铁锹，去寻找那把开启新生活的钥匙。

命运之神终于使我离开了那片黄土地，我进了一家镇办企业，当了一名机床工。但整天穿着沾满油污的工作服，还有机声隆隆的车间生活，与种地一样，使我十分厌烦。每天站在机床旁8个小时，弯着腰，聚精会神地不停操作，加工每一个零件，眼睛一刻也不能眨，一不小心，高温发红的铁屑像蛇一般咬住铁件，飞到脸上，滚烫滚烫的……

我毕竟是半农半工的农民工，乡下还有责任田和自留地。每个星期天回乡同父母一起种地，还是对扁担和铁锹产生了一种眷恋之情。扁担、铁锹虽不是现代的农具，而是世世代代传下来最为普通、最为落后的传统农具，也许若干年后，有新式的小型农具能代替扁担和铁锹，但扁担和铁锹那种默默无闻、孜孜不倦、无私奉献的精神不会因岁月的流逝而被抹去。一担一担地挑，一锹一锹地挖，不断地弯腰、蹬脚、翻土，脚踏实地一步一个脚印，一步一步向前，不就形象、生动地说明了乡亲们勤劳、朴实的品格吗？一年一年的丰收，城里人吃的粮食和果蔬，不都是农民在扁担上和铁锹下创造的吗？企业破产后，我又回到了故乡，扛起了那沾满我汗水的扁担和铁锹，义无反顾地走向黄土地……

原载 2013 年 11 月 16 日《大丰日报》

服侍晚娘如亲娘

夜深了，江苏大丰区大中镇泰西村五组方学勇家的灯还亮着。灯光下，方学勇和妻子高春芳正在用温水为一位中风卧床老人清洗，给老人换衣服、换垫被，帮老人翻身，用热毛巾擦身。

卧铺老人叫朱养英，今年76岁，7年前因患脑溢血昏迷不醒。经抢救，命保住了，但瘫痪、痴呆、大小便失禁，已很难医治，老人长期卧床，几乎成了植物人。

朱养英是方学勇的晚娘（继母）。方学勇出生6个月时母亲病故，由姑母领养。姑母单身，是个残疾人，一条腿截肢，为了抚养方学勇，姑母帮服装店做针线活，起早睡晚、含辛茹苦、省吃俭用，把方学勇拉扯成人。方学勇成家后第六年，姑母去世。

方父与晚娘结婚后生一男三女，结婚时晚娘带来一个女儿。他的父亲和晚娘不仅对他的弟弟和姐姐妹妹关爱有加，而且对方学勇也不另眼看待，平时有困难都能尽力帮助，还帮助方学勇建了三间瓦房。2003年，方父去世，晚娘住在弟弟家隔壁，一人生活，还能种两亩多地。平时儿女经常来看她，帮助种地，老人能自食其力，生活过得很自在。天有不测风云，在一个寒冷的早晨，老人中风住院了。出院后，老人完全卧床不起，由护工照料，逢年过节护工回家，儿女轮流照应。

2008年，晚娘和弟弟的住宅拆迁，晚娘随儿子生活。2010年，其弟患癌症动手术，方学勇主动把晚娘接回家服侍。先前的那位护工，因老人护理难度大，出钱再多，也不愿意服侍了。

方学勇和高春芳都是镇办企业下岗职工。下岗后，方学勇在一家私营企业做电工,高春芳在一家织布厂上班,两人每月工资加起来只有3000多元。方学勇跟妻子商量:"照料老人是我们应尽的义务。弟弟病故了,弟媳在一家事业单位上班,不能长期请假,你从今天起就不要上班了,在家专门照料晚娘。"高春芳一口答应。

那年,方学勇的儿子在南海舰队服役,也时常打电话回家问奶奶身体状况,要爸妈好好服侍奶奶。为了服侍好老人,高春芳把家里所有的旧衣服全找了出来,又从姑娘家找来好多旧棉衣,剪成一块块方布,作为床上的垫布。高春芳还到医院向护士请教,学习怎样给老人喂药,如何帮助老人翻身、清洗、擦身、消毒等护理知识。

老人一天要换数次尿布和衣服,方家门前每天晒着好多尿布、衣服,还有床单。方学勇一边晒尿布一边对我说:"晚娘中风后就不认识人了,平时我喂她吃饭,她只是吃,不知道饱。我问她我是谁,她不说话。这么多年来,我与晚娘交流很少,晚娘患病到我家,是我与她接触最多最亲密的一段时间,可惜晚娘不认识我了。我从小没有母亲,失去母爱,晚娘就是我的亲娘。于是,我静下心来,守护在晚娘的床前。面对重病、痴呆、卧铺的晚娘,我用心说话,默默地祈祷,愿她能活下去。"

高春芳服侍老人精心周到,每天早晚按时给老人喂降血压药、降血糖药;早上为老人梳头,晚上为她洗脚;每天按时按顿喂茶饭。方学勇下班后协助妻子帮晚娘翻身、换衣服,用温热毛巾反复为她擦身活血,这样护理,老人不易生疮;用手轻轻拍打晚娘的后背以帮助畅通呼吸。刚结婚的儿媳也主动帮助奶奶换洗衣物。

高春芳说:"婆婆虽没有抚养过学勇,但也常关心我们,她把五个儿女抚养成人、成家,把公公养老送终,她的付出够多了。重病的婆婆长期卧床,不认识人,不知道饿和饱,不知道大小便,不知道欢乐,这样的晚年是十分痛苦的。虽然老人对我们所做的一切并不知道,就像母亲在我们幼年时为我们喂奶,帮我们拉屎拉尿,我们能知道多少呢?正是这个缘故,我们才精心照料老人。尽管有人说老人活的时间不多了,但是,我们绝不放弃。病重老人的生命一样重要,更应该倍加呵护、珍惜和尊重!"

方学勇和高春芳几年如一日精心服侍晚娘的消息不胫而走,在当地传为佳话。

原载 2014 年 9 月 17 日《盐阜大众报》

启海移民的衣食住行

2017 年是张謇先生创办大丰盐垦公司和启海移民大丰开垦 100 周年。吃粮不忘开垦人。为了弘扬和传承启海移民艰苦创业精神,我采访了大丰区大中镇泰丰村三组几位启海籍老伯,他们记忆清晰,向我介绍了当时启海移民的创业和生活情况。

老人说,民国六年(1917),草堰场垣商周扶九、刘梯青,推戴和邀请民族实业家、海门人张謇出面,组织创办了草堰场大丰盐垦股份有限公司,由张謇之兄张詧出任董事长。随后,通济、遂济、通遂、泰和、裕华等盐垦公司相继创办。在废灶兴垦的高潮中，启东、海门等地的移民，成了大丰垦区开垦种植的主力军。

20世纪初，大丰产盐区域地广人稀，劳力缺少，本地灶民不懂农业生产，更不会种植棉花。各盐垦公司成立后，开垦种粮、植棉的主要劳力来自启东、海门等地的移民，约占总垦户的80%以上。据资料显示，大丰6家盐垦公司共招佃移民21606户，128453人。启海人纷纷到大丰滩涂开垦种植，这样大规模的移民兴垦，在历史上极为罕见，是空前创举。

启海移民初来时，首先要解决住房问题。经济情况稍好的一部分启海人，有的从老家将旧屋拆来重建，有的则就地买些毛竹、茅草，建简易草屋两间或三间，中间砌灶，两间做房间。四面用芦苇编制的芦笆当墙，或单砖到顶，屋面上用茅草苫盖，并用芦苇编成箔子（俗称"芦搁浪"），用草绳绷网加固，以防大风大雨。这些垦户一般都是全家迁移，或是一房儿媳迁移，终年坚守在垦地。

还有一部分移民因资金短缺，一时无条件建像样的房子，就在承种地上用芦苇打笆，卷成半圆形，一头用芦笆堵住做后墙，另一头在朝阳面的芦笆上开个门口。屋面上铺盖茅草，再用芦柴编成箔子加在上面，用绳网加固。这种半圆形草房，启海人称为"滚龙厅"。

还有的移民暂住在亲戚家中，每年春天来播种棉花，秋天收棉花后即回老家。他们来回都是步行，推着装载家产的独轮小车，披星戴月、日夜兼程，一年来回几趟，辗转多年才在垦区落户定居。

启海移民饮食简单，在通常情况下，以黄穄、玉米、大麦、南瓜等为主食，习惯于两干一粥，农忙季节三餐干饭加盐齑（咸菜)、盐齑豆瓣汤。夏天喜食醋茶泡冷饭,以此防暑热。常年备有盐齑、小蒜、咸瓜等小菜。如遇自然灾害,岁歉之时,垦户们则以海滨盐蒿、野菜作为食粮。

启海移民生活节俭,衣着朴素。妇女纺纱织布,自制衣服,服饰多见青布或花布大襟短衫,小圆高领,有绫纽头,绣以花边。下穿肥腰长裤,外加褶裙,中年妇女腰部系青布或花布围裙(俗称"辗裙")。在冬季,中老年男人上身穿粗布棉袄棉裤,外加青布围裙。

启海移民的交通工具也很有特色,以独轮车为主,用较为结实的槐木、桑木制成。车轮有一直径约八九十厘米的圆轮,两边车架连成"凸"字形,大轮在车架中间,两旁车架可以坐人,亦可装载货物。还有一种小型独轮车,俗称"狗头车"。车轮低于车架,车架上面是一平台,这种车辆车身小,制作用材少,使用方便,可推土,可运粮运棉运草,用途广泛,启海移民几乎家家使用。

垦殖是大丰的根,拼搏是启海人的魂。从启海移民的衣食住行,可以窥见当时他们废灶兴垦的艰辛。他们用勤劳、智慧和汗水开挖的一条条河流,开垦的一片片良田,为大丰做出了巨大贡献,为大丰创造了巨大财富。启海人勤劳朴实,种田精、懂科学、能吃苦、善创业,讲团结、顾大局,也给我们留下了一大笔宝贵财富,值得发扬光大。

原载 2016 年 4 月 9 日《南通日报》

老伴的隔代亲

俗话说，隔代亲。我和老伴都打心眼里疼爱小孙女。一次，老伴问我："你知道隔代亲的含义吗？"我说："爷爷奶奶喜欢惯着孙儿女，就是隔代亲。"老伴笑着说："你只说对了一半，隔代亲有两层意义，一是亲下一代；二是亲老一辈。"

老伴对"隔代亲"的理解更富有内涵、哲理和亲情。

在家里，老伴承担着多重角色。在儿媳面前，她是贤惠的婆婆。在孙女面前，她是称职的奶奶。在我80多岁患有精神病的老母亲面前，她是一位孝顺的媳妇。在她自己的老母亲和外婆面前，她又是一位尽孝的女儿和外孙女。

老伴今年61岁，退休前是一名中药师。退休后，多家药店要高薪聘请她，但她因要照护三位老人，将这些工作机会都推掉了。退休9年来，她含辛茹苦地服侍着她的外婆、母亲和婆婆。

20世纪60年代，她全家下放农村。她的外婆外公身边无子女，怕日后无人照应，就把出生9个月的外孙女领回身边，跟外公改姓吴——这就是我的老伴。我们结婚那天，她外婆就跟我说："小萍是我从小带大的，我身边没有其他亲人，日后我和她外公就靠你们养老送终了。"外公是一位离休干部，1986年去世。外婆患有糖尿病、高血压、心脏病。20多年来，她精心服侍外婆，外婆的晚年过得很幸福。2012年秋，外婆突发心脏病，3次住院治疗，她日夜照护。外婆享年94岁。

老伴的母亲家住农村，年迈多病，没有生活来源。老伴无微不至地关心着母亲，经常送钱送物送药上门，后来常常把老母亲接回家养老。

老伴的婆婆，也就是我的母亲，患有高血压、脑梗、老年性精神病等多种疾病，近乎瘫痪，大小便常常失禁，服侍这样的老人很不容易，我经常唉声叹气，老伴却说："家有一老，如有一宝。"

家里有这样的老人，意味着家人要吃好多苦，承受很多委屈。我的母亲经常对我不满，甚至辱骂、冤枉我，还经常哭闹，说自己的东西被人偷了。有时吃过饭，她说没吃，说我不给她吃饭，不让她吃饱。她常常只知道饿，不知道饱，有饭菜只管吃，吃得桌上、地上到处洒落饭菜。有一次，我看到母亲将大小便弄在身上和床上，便冲她发火。老伴忙劝我说："你不是说隔代亲吗？妈妈现在最需要子女的照顾。她是个病人，所有的表现都是一种病症，她自己也不情愿这样，你怎么能跟一个病人生气呢？"老伴的一席话使我惭愧不已，也感动不已。

老伴每天按时给我母亲服药。经过一段时间的治疗和护理，母亲的病情有了好转。老伴在母亲床旁不到一米处并排放了一张小床，晚上睡在身边，帮母亲翻身、换衣、拍后背。每天早上，她给母亲端上两个鸡蛋加营养燕麦片，或加一杯牛奶。每天晚上，她把母亲搀到淋浴房，让她坐在轮椅上，然后把水温调好，给她洗头、擦身。

一天中午，老伴把母亲搀到轮椅上，推到阳台下，并端来一盆温水，给母亲泡脚。浸泡后，她把母亲的脚放在自己的腿上，一丝不苟地修剪起来。母亲的脚面上老皮粗糙，脚后跟布满了一道道裂口。左脚掌中还有一个鸡眼，有一粒黄豆那样大，硬硬的，怪不得母亲走路时常说脚疼痛钻心。

看到母亲青筋突起、趾甲老化变形的脚，我想到母亲在没有生病前，是一位勤劳忠厚的农民，到了 76 岁还能种地卖菜。母亲是为了呵护我们才变得这样的。老伴说，晚辈给长辈修脚，就是给自己修心。隔代亲，不但要对孙辈亲，更要对老人亲。这话说得何等好啊！

原载 2018 年第 5 期《银潮》

退休种地乐陶陶

我家东侧有块空地，面积不足 40 平方米，多年来一直堆放杂物。妻子对我说："平时家里吃的蔬菜样样都要到市场上买，每年花费不少，还担心买回的蔬菜有农药残留。现在你退休了，有的是时间，何不把这块空地利用起来，自己种植蔬菜，丰富家中的菜篮子。况且，自己种的蔬菜吃了放心。"我采纳了妻子的建议，清除空地上的杂物，捡拾碎砖、瓦片，然后翻地，浇些粪肥，晒干，耧平，撒了菜种。几天后，一畦平整的菜地里，悄悄钻出了嫩绿的新苗。

每年春天，栽上几棵黄瓜、香瓜、番茄、茄子、大椒，在围墙脚下种两棵丝瓜、扁豆。一方田园，生机勃勃。到了秋天，这些植物都完成了自己的使命，我为来年选留种子，又整地栽种大蒜、葱、萝卜和小青菜。

多么美好的一方田园。不到 30 平方米的地盘，种植面积是有限的，但有限的面积拥有无限的空间。我在围墙外的小河边上用竹子、铁丝搭成架子，丝瓜、扁豆在墙内生根，叶蔓沿竹架往墙处爬，一直爬到河边上，水汽养分足，生长快，丝瓜盛开了一朵朵五角形小黄花，不用几日，碧绿的长长的丝瓜挂满了架，摘了又长，取之不尽。丝瓜落叶了，扁豆接着爬上了架……

2018年春天，我栽了两棵香瓜，成活后只施了一次粪肥，几个星期后，瓜藤爬满了地。初夏，在阳光的照射下，香瓜由小变大变圆，瓜色由青变白，在田边就闻到一股浓郁的清香。赤日炎炎的夏天，吃一口香瓜，满嘴生津，既清香，又解渴、消暑。

初次种植番茄，由于缺少经验，番茄虽生长快，但果实又小又少，全以为肥料不足，就反复施粪肥，结果一棵番茄长得像一棵小树，就是不结果。我请教一位菜农，他告诉我，番茄长到一定时期，主干与果枝下就会不断出现杈枝（公枝），根部也会出现枯叶，影响果枝生长，要及时抹芽整枝，才能多结果。我按照老农的指点，不断剪掉这些杈枝和枯叶，果枝营养充足了，枝叶密度降低了，既通风，阳光又能穿透田间，番茄越结越多，果实也越长越大。

退休种地其乐无穷，一年四季，不但天天能吃上新鲜蔬菜，既丰富了餐桌，又增强了体质，还给退休生活注入了新的活力，增添了无穷乐趣，尤其难得的是在种地中得到好多启发，感悟到好多人生哲理，真可谓活到老、学习到老、劳动到老、感悟到老。

原载2019年4月9日《老年周报》

大丰两廉吏

江苏盐城市大丰区草堰古镇历史悠久，人文荟萃，素有"十家九书生"之美誉。据《大丰市志》载，草堰古镇有两位本地出生的明朝名臣、廉吏，一位叫高谷，一位叫杨果。

高谷，明太祖洪武二十四年（1391）出生，字世用，大丰丁溪场人。高谷自幼聪慧，承家训嗜读不倦，且资质厚重、举止端庄。

永乐十三年（1415），高谷登进士第，年方25岁，被选为翰林院庶吉士，又授中书舍人。1425年，明仁宗即位后，改授高谷为太子春坊司直郎，旋即调任翰林侍讲学士。

宣德十年（1435），明英宗朱祁镇即位。不久后，经由内阁首辅杨士奇荐拔，高谷与苗衷、马愉、曹鼐4人均充任翰林侍读，成经筵，为英宗讲读经学。

正统三年（1438），参与修《明宣庙实录》，升翰林侍读学士。正统十年（1445），高谷以侍讲学士职荐升为工部右侍郎，入内阁参与机务。

高谷入阁，清廉正直，且不避权要。在高谷执掌阁务之际，内阁7人，言论多龃龉，贪赃枉法、以权谋私屡见不鲜。高谷坚持正义，不与之同流合污。

高谷持议公正，遇事无偏私。景泰七年（1456），给事中（官名）林聪，得罪权贵，被构罪廷讯，将处以"重辟"。高谷得知，竭力营救，陈其冤情，使其得以免死，并官复原职。是年，顺天乡试，大学士陈循因自己的儿子未能中试，遂攻讦考官刘俨、黄谏等人阅卷不公。高谷受命复阅，力言刘、黄无私，且仗义执言云："贵胄与寒士争进，已不可，况不安义命，欲因此构考官乎？"英宗复位后，陈循被杖击一百，发往铁岭戍边（充军）。

高谷鄙视浮华，乐于俭素。官任侍读学士时，每赴公宴，总是用布头剪成新花样补缀在破锦袍上，以至有人嘲笑为"高学士锦上添花"，高谷不以为意。位至台阁，也仅"敝庐瘠田而已"。明、清方志都载，其故居今犹在，低檐小室，无异民居。高谷自永乐十三年（1415）登仕，在明永乐、洪熙、宣德、正统、景泰年间为官，历经成祖、仁宗、宣宗、英宗、代宗（景帝）5个皇帝，前后计43年，特别是英宗时，执掌内阁机务，位至台司，想来一定是"黄金满箧"了。高谷虽高官显爵，但谨勉从事，清直公正，不谄不渎。高谷历仕五朝，为官廉谨、处事公允，被尊称"高阁老"，享有"五朝元老"之誉。

高谷年迈回归故里丁溪，杜门绝宾，专心著述，以度晚年。生活俭朴无华，衣食住行，悉如旧日，敝庐薄田，仅足衣食而已。天顺四年（1460）正月初十日，高谷病死在丁溪家中，享年69岁。

大丰另一位廉吏叫杨果（1473—1529），字实夫，号鸥溪，居丁溪场杨家舍（今草堰镇三元村）。少年时天资聪颖，可日记数千言。明弘治十一年（1498），经乡试入国子监读书，后又就教于蔡虚斋（礼部主事），深得其启发，与同里胡献、陆弥望并称为"三杰"。

弘治十五年（1502），杨果会试第二，廷试二甲（榜眼），赐进士出身，授户部主事，凡重大奏章，多出其手。继而升任吏部稽勋司员外郎，南京刑部广东清吏司署员外郎事主，主事南太通政摄刑部事,他执法不避权贵。

杨果提倡"主静持志,思索义理"。后因母老四次请求归养,但又四次被起用。后任南太仆寺少卿、太常寺卿、南工部右侍郎。最后任南户部右侍郎,兼尚书职责。

杨果办事公正,执法如山。任户部右侍郎兼尚书时,遇到一件颇为棘手的案子,即宦官的家人违背朝廷规矩,将朝廷内部用纸擅自买卖。朝廷的宦官比较得势,并多次斡旋,杨果不避权贵,秉公而断,将宦官的家人置之于法。

杨果生活俭朴,清正廉洁。他恪守祖训"操耕读两行,守清白二字",所留下的也只有几间破旧的房子和几亩薄田。他居官不求厚实,赢得清官之美誉,垂范于后世。他不畏权势,与贪官、奸佞刘瑾坚决做斗争。郑板桥在一首诗中写道:"去佞艰难似拔山,用贤翻覆等波澜。武宗不得亡天下,多谢青松敌岁寒。"这首诗正是对杨果品格、操守和才能的真实写照。

嘉靖八年(1529)八月,杨果因病归故里而卒,享年57岁。

原载2022年2月20日《盐阜大众报》

靠海吃海,大丰海边原住民生活

考察大丰地理成陆,"沧海桑田"一词最为形象。

唐以前,自泰州至淮南阜宁一线,捍海堰内,先民煮海晒盐；捍海堰外，则是汪洋一片。北宋天圣年间，担任西溪盐官的范仲淹"先天下之忧而忧"，不顾地位卑微，屡次上书，终于获得宋仁宗同意，领命修建了保民安境的范公堤。

范公堤筑成之后，由于黄河、长江、淮河泥沙冲积，海势东迁，遂由西而东日渐成陆，始有渔民陆续定居，居住点也由西向东缓慢迁徙。他们以渔业为生，从事盐业生产的灶民也有一部分兼营海滩小取和海洋捕捞。

筑舍墩子下　木帆向汪洋
——海边原住民的生活生产方式

到宋代，大丰海边原住民居住点在范公堤（今204国道）沿线，原住民大都是西乡（兴化）、盐城人。到了清代，海势东迁，原住民居住点在西团一带。到了民国时期，原住民大都在斗龙港、王港一带以取鱼为生。

据海边老人讲，海边原住渔民的住舍很简陋。民国初年到20世纪60年代，大丰海边有王家舍、夏家舍、陈家舍、八百丈舍等舍子，这些舍子是渔民跑滩的住所。渔民们用沙土垒起挡潮墩子，舍子就建在沙滩的墩子上。舍子离大海很近，王家舍一亩多地大，高出滩面4米多，墩子四周长着芦苇、茅草，这些植物是渔民从草荡移植过来的，用来抵御海潮冲击和侵蚀舍子。

墩子上有一个直径四五米大的水塘，用来储存雨水，供渔民日常生活用水。墩子上的舍子都是垡头墙、草盖顶，"人"字形屋面，屋面用毛竹、绳网加固，四周有拉桩，以防大风。舍子上住有10多户人家，也有渔民集体居住。

每到涨潮时，海水滚滚而来，汹涌澎湃，不一会儿，舍子被海水包围，舍子高出水面，像一座孤岛。

小木船也是渔民居住的家。一般小木船长 4 米多，宽 2 米多，落潮时停泊在沙滩上，涨潮时漂在海上。还有一部分渔民居住在川场圩（今王港闸一带）外的草荡中，房子是垡头墙、草盖房，一般每户人家两间，东房是卧室，西面一间是堂屋，堂屋中间砌灶，靠墙也摆床铺。

渔民的饮食很简单，一天只吃两顿，以粗杂粮为主，蔬菜以盐蒿、青蔬、南瓜为主，平时几乎没有肉吃，鱼虾成了渔家的家常菜肴。

渔民的衣着较特殊，夏天男人只穿一条短裤，小孩赤脚、光屁股。到了冬天，大人上身穿一件破棉袄，不穿衬衫，下身穿一件单裤子，不穿袜子和鞋子。小孩穿着也是这样，只穿开裆裤，屁股撂在外面。冬天寒风凛冽，他们赤脚、光屁股，却不怕寒冷，老人说这是常吃鱼虾的缘故。

海边渔民的生产方式很落后，完全依靠劳力，生产工具也很原始。所有渔船都是木质帆船，罗盘定向。渔民下海往往凭经验，看星座、观物候、识天气、辨潮汐。海上风大浪急，天气变化无常，又没有通信设施，取捕风险大，渔民生命安全毫无保障，海难事故时有发生。遇到特大海潮，渔民更难以逃生。在海滩上，经常看到海浪把海难渔民的尸体推到港汊里。民国十八年（1929）8 月，台风袭击，连降暴雨，大潮漫溢，溺于海潮者达 106 人。

据《大丰市志》记载，20 世纪 40 年代，滩涂内河、小沟、小港里取捕鱼虾的连家船约 350 户，漂泊无定，白天取捕鱼虾，糊口度日，长年累月住在又破又旧又小的木船上，个别破船还要拉上岸过夜，以防漏水沉船。他们极度贫困，衣不遮体，一天只吃一顿，过着渔花子生活。

海边有挑鲜小贩300多人，走村串户，沿途叫卖鱼虾贝类。还有少数鱼贩子奔波于扬州、泰州、兴化、高邮、宝应等里下河地区，以谋生计。

海边小取以取贝类海鲜为主。退潮时，赶海人在海滩上挖蛤蜊（青蛤）、扒蚶子（四角蛤）、钩蛏、拾泥螺、捉小蟹。一般季节跑滩人数400人至500人，旺季多达1000人。

海边原住民崔元富，今年68岁，祖籍兴化老圩人，年轻时经常跟哥哥崔元宽下海捕鱼和取海鲜，不但会捕鱼，还会结网。崔元宽今年84岁，20世纪40年代，常住王家舍，跑滩、捕鱼经验丰富。崔元宽告诉我，滩上常有人迷失方向，掉进港汊里，他一生中救过好多人。崔元宽还给我讲述了渔民采取的方式。

钩蛏。每个钩蛏者手持着一根尖头木棍，四处寻找蛏孔。凡见有相距一寸左右的两个小孔，其间必有一蛏。用木棍在两孔之间锥一个洞，一手携铁丝钩傍洞而下，旋转90度，轻轻往上一提，一只鲜活的小米蛏便成为篓中之物了。钩蛏需要一定的操作技巧，亦可采用笨方法，挖洞取蛏。在海滩上挖一个1尺至2尺深的小坑，再向四周剥泥，则小米蛏显露在钩蛏者眼前。到外海的沙滩上钩蛏，需要用船。旧社会，穷人家没有船就得向船主借，于是二三十人拼一条船，船主依照生产量抽十分之一的佣金。

张篦子。用芦柴棒或竹片编作圆笼子，放在海滩上，利用潮涨潮落的时差，潮退尽了去倒篦子，有的坏了要修理，起大风时，篦子会跑掉。冬天结冰的时候也要下海，海货取回来以后，要动员老老少少拣货，全家都很忙碌。有的渔民也到海外沙滩上张篦子，虽然产量是多了，但是要交纳船租。

张罟、张抢（箍）网。都需要船只，生产的方式和张篦子差不多，利用潮汛的涨落。所用网具都是用最好的纱线做成，用牛血或猪血染过的，本钱较大，时时要补网。春天和秋天，渔民到近海港汊里张鲚鱼、胖头鱼、推浪鱼。落潮时，渔船停在滩上，渔民在港汊里支放箍网或滚钩。涨潮时，渔民站在船边上理箍网。箍网长达10多里，每隔几米有一根竖杆，箍网下面有网袋，涨潮时鱼随海浪游进港汊，落潮时鱼进入网袋，或被滚钩钩住。用这种方法取鱼既省力又安全。

打涨。到海滩小取的跑滩者来自四面八方，有原住渔民，也有来自西乡（兴化、盐城、宝应）等地的渔民。涨潮时，渔民们站在沙滩的海水中，由东向西，在潮头上撒网（又称"打旋网""打圈网"）捕鱼，俗称"打涨"。还有的渔民站在沙滩上，在盛有海水的港汊边撒网捕鱼。在海滩上，都是男人撒网，女人捡鱼。捡鱼的女人腰系青布围裙，头戴花色头巾，拎着鱼篓，紧跟在男人后面。渔民为了便于撒网，只穿一件短裤，或不穿短裤，围一块方布，撒网时还唱着拉网小调："头顶太阳晒哟，天空海鸟叫哟，海里大鱼跃哟，一网撒下满网跳哟——"

崔元宽说，渔民的生产方式很陈旧很原始，船只下海要有风，但天气不好或遇到恶劣天气，就要妨碍生产，甚至给渔民生命带来危险，所以渔民听天由命，很崇敬菩萨。正因生产方式落后，渔民是自管自地，就是在一条船上，生产也是各人分开的，甚至连吃饭也是如此，造就了渔民的自强与奋争。

张网一何苦　渔霸坐收利
——旧社会渔民受尽剥削和欺凌

在漫长的岁月中，大丰海边渔民遭受渔业资本家、渔霸、海匪、日寇的多重剥削、压迫和欺凌，生计维艰。

东海的银子齐腰深，海里的好东西是取之不尽的。然而，渔民们虽然天天劳动，还是年年贫苦。

据《大丰市志》记载，民国时期，大丰海洋捕捞被肖汉章、柏冠成、杨中书等渔业资本家和海匪袁国祥、孙二虎等14户垄断，他们互相勾结，操纵取捕区域，无恶不作，欺诈、剥削和压迫渔民。他们都拥有50吨至100吨的海船数艘，每船雇船工10人至12人。船工上船前，先缴纳30块银圆至40块银圆作押板金，获利三七分成，渔业资本家得七成，全体船工仅得三成，勉强糊口。

渔霸拥有生产工具，坐地收利，其剥削手段有两种：一曰"坐潮"，即渔民缴纳押金；一曰"拣潮"，就是渔霸在一个汛期中拣取鱼最多的一个潮水将鱼占为己有。渔民所取之鱼，均入渔霸所开的鱼行出售，行主任意压价。除行主剥削渔民外，奸商也千方百计榨取渔民血汗，他们趁捕鱼季节向渔民发放"子虾钱"，即以最低的价格预订渔民的鱼货，一元钱能买渔民100斤左右鲜虾，这种剥削超过一般高利贷。由于渔霸与地方官吏沆瀣一气，横征暴敛，贫苦渔民终年漂泊无依，生活十分困苦，人称"渔花子"。

据《川东乡志》记载，川东灶南枯树洋渔霸崔广成不择手段剥削渔民，不顾渔民死活，夏季天气不好，也要强迫渔民下海捕鱼，好多渔民出海无归。当时有人为这种凄惨情景写下了一首渔民谣："茫茫大海风浪滚，夏季鱼汛赛虎狼。渔民冒险去捕捞，船翻人亡丧天良。"

名目繁多的苛捐杂税使得渔民不敢生产。据《水舟共济》一书转载1944年8月26日《苏中报》报道，黄花鱼汛时渔民要缴纳十多种杂税：一、伪"通东办事处"征税5%。二、伪"船舶登记费"四千元、五千元、六千元三等。三、伪"所得税"5%。四、伪"检问所"征收"出入港税"每船4000元。五、伪"检问所""翻译捐"每船4500元。六、伪"政治保安队"（特工）每船2200元。七、伪"国民党"部征每船1500元至2000元。八、伪"牙帖税"每行6000元。九、同善堂"慈善费"每船500元。十、伪"盐税"每船收五千元、六千元、七千元三等。十一、伪地方"辅助费"5%。十二、伪"营业税"征收5%。十三、伪方收"旗税"计：黄河口敌伪每面11000元，福山仲逆兆奎每面8000元，浦东张阿六每面8000元，江南龚逆每面6000元，黄沙顾逆宝明每面不详。十四、船到江南卖鱼杂税占3%，行佣10%。渔民累计要负担全部生产量的三分之二，还有许多敌伪官长的征发、吃鱼、打秋风，敌伪不但放旗子还要下洋来，借"保护"名义，拖船、绑人、抢鱼。

龙王庙据点的伪军托人下来收沙租，一年四季，大船4000元、小船2000元、舢板子1200元、张簋子800元，拾泥螺、挖蛏收200元不等。这重重的剥削，使渔民们生活一贫如洗。

渔民所受的剥削还可分为船租、沙滩租、行佣、高利贷，老大及包头剥削。如张做网：一、船主拿盐鱼（或鲜鱼）28%。二、船主拿空份一份（全船15人生产，要算16份，船主要拿一份）。三、包头（同包工头一样）老大合拿一份。四、行佣值十抽一，渔民卖鱼给行里，每十元给行老板一元。

张抢网：一、船主拿佣25%。二、船主拿行佣10%。三、鱼捕得多时抽盈余，由船主另定。四、船主拣沟。张网在海滩时有二三里路长，有些地方是靠小汊港子里的，俗名叫沟，船主除抽25%外，在靠沟的一段，也是鱼最多的一段算船主的。五、老大、包头吃船夫的饭,拣沟。

取海蜇:船主所得船租计:一、海蜇头大小汛拣一天的量收取,收取量较多的汛潮海蜇。二、海蜇皮每百拿二十。三、老大、包头吃船夫的饭。船主收全部产量的四分之一,其余的四分之三,则是一条船十几个人平分。

除此以外,有时没有本钱下海,渔民们向老板借钱,或向订货的客商借钱,说明货要卖给他们,价格比人家低,这是高利贷剥削。还有沙滩主的收沙租,一季拣一潮收取,也是无理剥削。

渔民们有一首民谣,形容抢网的剥削:"二八拣篮,四六翻,千钱只得三百三十三。"这说明渔民们实际收入只有全部产量的三分之一,三分之二是被渔霸剥削去了。

渔民们替老板下洋捕捞黄花鱼,从正月过后就忙起,从修船、搓绳索、补大网,到出洋捕捞止,共三个月,昼夜不息地工作,所得的报酬却很低微。

渔民不仅要承受各种苛捐杂税、租金,还要遭受渔业资本家、渔霸和日本鬼子的欺凌。

据《大丰人民革命斗争史》一书记载,1938年6月,废黄河、潮河(灌河)的海匪谢汉臣、何少章部600余人,从斗龙港登陆,大本营驻龙王庙。这批海盗有恃无恐,奸淫烧杀,无恶不作,渔民的性命和财产毫无保障。

同年秋,国民党省政府派江苏省实业保安队指挥部张镇剿海匪,从斗龙港出海,一举俘获数十名海盗,送到龙王庙,当即枪毙了潘秀章、潘彩章等8个匪首。此后,谢汉臣、蔡冰等承认接受招安,被改编为江苏省实业保安队,张镇派大儿子张勃任海防总队队长,谢汉臣为第一大队长,沈月亭为第二大队长,何少章为第三大队长。后来,海防总队一度改名为海防团,张勃任团长，王维新任副团长。

海匪受降后，表面上成了官兵，又受到一些纪律约束，但实际上是官匪同流合污，从明抢转为暗夺，欺压渔民，强占有夫之妇，威胁利诱民间少女。龙王庙地区的张某、王某、徐某等20余人的妻子，被海防总队的长官占去为妾。甚至连少女也被抢去做姨太太，弄得人民群众有冤无处申。

1943年，日本鬼子盘踞裕华、龙王庙（今三龙镇）一带，在海边烧杀抢掠，无恶不作。这一年，日寇烧毁斗龙港渔民10艘25吨左右的木质渔船，水雷炸沉一艘，船上7人，炸死6人，1人重伤。海匪乘机打击，还抢走一艘渔船。

1944年2月的一天，渔民韩家父子、兄弟15人，驾驶两艘30吨的木质渔船，驶向渤海湾捕鱼，顺便带些皮棉去青岛出售。海上遇到日军汽艇，几十个小鬼子上了船，硬说他们是替新四军装运粮棉的，皮棉全部被抢走，当场杀死韩家14人，仅剩10多岁的小孩幸免一死，被日军带走，直至日本投降后，才被放回家。这个小男孩的名字叫韩学宏，家住斗龙渔业乡。

沙滩应公有　渔民翻了身
——民主政府组织渔民抗佣互助

自民主政府成立后，渔民们纷纷组织起来了，斗龙港、王港等地成立了海抗会、渔民互助会，他们为了改善生活，不断起来同老板斗争。

分红斗争。黄花鱼的分红是最不公平的，1944年黄花鱼市，渔民们就组织了渔民互助会，向老板提出加红的要求，开明的老答应加到4000元档次；尚有一些不开明的老板不愿加红，他们和老板说理，在上千名渔民面前，老板屈服了，也加到4000元档次。但还是不公平的，船老板得益仍然比船夫多几十倍。

沙滩斗争。露出海面的沙滩涨潮时淹没了，潮退时就露出海面，这种沙滩是张网的好地方。可是一些土豪劣绅勾结了国民党政府，把沙滩占为己有，坐收渔民的沙租。在抗日民主政府领导下，渔民纷纷向政府要求取消这无理的敲诈，成群结队地向滩主提起诉讼，面对群众的力量，滩主自动放弃了沙滩租。抗日民主政府也宣布："沙滩系海势东迁，冲积而成……"明文规定取消沙滩租，这是渔民在数百年来所想不到的事情，使渔民更加拥护政府，相信自己的力量。

行佣斗争。渔行老板只要在门口放把秤，坐在屋里抽抽烟，就要抽佣金一成，渔民要求渔行老板减少佣金，但是渔行老板不答应，渔民就不到渔行里卖鱼，大家罢市，但不能持续得太久，许多渔民要把鱼卖掉换成粮食带回家，因此他们自己就组织了公行（合作社），卖鱼的人到公行卖鱼，只要佣金二十分之一，还按户登记，等结算盈余时还可按照各户生产多寡分红，渔民们纷纷投资，鱼虾子都拥进了公行，渔民们说："到我们自己的公行去！"最后渔行老板不得不屈服了，也把行佣减到了二十分之一。

拣潮斗争。有些船老板把船租给渔民生产，他们就在大小汛中最丰收的几天中拣一两天算他们的租金，这种剥削粗看起来并不十分大，但是能抵得普通生产量的两三倍，渔民们认为太不公平，要求不拣潮，作为抽成的办法，至1944年，这一斗争未取得新进展。

新四军成立了海防部队后，救济渔民们粮食，在每年黄花鱼汛中派兵船保护渔民生产。在新四军帮助下，成立了渔民自卫武装，在海边来往巡逻，打击海霸，保护渔民生产。

1947年春,"中共盐阜海上工作委员会新洋港委员会"派以李天成同志为首的工作组,到斗龙港渔区开辟党的工作(当时斗龙港以北属盐东县),成立了船舶管理所,并相继建立了海员工会、渔民协会、海船协会。海员工会发动雇工、贫苦渔民,开展对渔霸和资本家进行减租减息和清算斗争,将原来获利"三七"分成,改为资本家得四八成,雇工得五二成,同时取缔渔霸,打击海匪,取消了高利贷剥削制度。

新中国成立后,渔民在中国共产党的领导下,翻身得解放,再不受压迫、剥削和欺凌,成了国家的主人。

在海边建立渔民组织。新中国成立初期,相继成立了5个渔民协会。1953年,建立了11个渔民互助组。1954年,建立了30个渔民互助组。1955年,建立了8个初级渔业合作社,其中海洋捕捞5个,淡水捕捞3个。1956年,全县从事海洋、淡水捕捞的渔民计423户,参加高级渔业合作社的961户,占67.5%。在体制上,先后建立了东方红、兴隆、东合、东升、东海、联东6个渔业大队。

1958年,大丰县人民政府帮助居无定所的渔民到陆上定居,渔民有了定量户口,吃国家供应的粮油。渔家之弟在岸上学校读书、寄宿。当兵退伍,与城镇居民一样,安排工作。首批东方红渔业大队150多户渔民,到王港闸附近陆上定居,将原大中渔民协会的8户渔民迁到水产养殖场落户。1959年,川东港口海洋捕捞渔民20多户,相继在川东闸西侧建房定居。定居在海边港口的淡水捕捞渔民大劳力转入海洋捕捞队,附代劳力从事农业生产,也有少数户仍然进行淡水捕捞。1960年,将王港从事浅海捕捞的10多户渔民定居在王港闸南侧。1965年,又将两百多户淡水捕捞渔民,分别定居在王港闸南侧和斗龙港口附近的东合、东升、东海 3 个渔业大队。至此，淡水和海洋捕捞渔民陆上定居共 418 户 1780 人。政府先后划拨土地 800 公顷，帮助渔民建住房 900 余间。

1965 年 2 月，组建东方红渔业公社。1973 年 10 月，东方红渔业公社改称斗龙渔业公社。1983 年 5 月，斗龙渔业公社改为斗龙渔业乡，所属渔业大队改称村民委员会。北片有下明、东海、东合、下坝、老港 5 个村，东临黄海。中片有王港、三灶村，位于王港河下游。南片有联东村，1984 年 9 月归川东乡管辖。

据《大丰市志》记载，1949 年以前，大丰海边原住渔民计 300 多户，其中有名的大户 28 户，以捕黄花鱼、响鱼、马鲛鱼为主，年捕鱼虾一般在 16 吨至 20 吨。滩上小取一般用木质小船，3 吨至 5 吨的罩网船、鱼翅网船、摇网船有 80 多户。有 2 吨至 3 吨的连家小鱼船 100 多户，收入除缴纳捐税，仅能维持生活。

人民政府引导渔民勤劳致富，海洋捕捞有了发展。1949 年至 1968 年间，从事海洋捕捞的专业渔民 1553 户 4960 人，30 吨左右的木质帆船 15 艘，5 吨至 10 吨的小型木质船 240 艘左右，平均年捕捞量为 2000 吨左右。

1959 年 5 月，县政府为了适应海洋捕捞渔船进出港需要，在斗龙港入海处建航标灯塔一座，为出海、进港渔船领航。

1969 年第一次改装了一艘 58.8 千瓦的机动船。1973 年，机动船发展到 15 艘。1975 年发展到 36 艘。

从 20 世纪 60 年代开始，海洋捕捞工具不断改造更新，淘汰了张网，采用大洋网、拖网等，并以船队作业为主，单船作业为辅。

1976 年至 1986 年全县海洋捕捞平均获量在 3000 吨左右，比前 10 年增长了 50%。

党的十一届三中全会后，渔业生产不断发展。1980年以后，全部淘汰了自行船，换为机动船。到1996年，全县拥有机动渔船804艘。从事海洋捕捞和近海捕捞的渔民1603户5160人。海洋捕捞作业范围，从近海逐步发展到远洋。捕捞产品有马鲛、鳓鱼、鲳鱼、带鱼、鲻鱼、鲇鱼、鲈鱼、黄鱼、凤尾鱼、铜头鱼，以及虾类等。

1997年，海蜇捕捞7000吨，获得大丰收。1998年，全市海洋捕捞22292吨。1999年、2000年，海洋捕捞一直稳定在20000吨以上。

渔民生活水平不断提高，不但吃得好，而且吃讲营养，早餐有牛奶、豆浆、油条、包子。中餐荤素搭配，一般人家都有几个菜。晚餐也十分丰富，白天出海忙，晚上回家总要忙几个菜，喝点小酒，酒的品牌也十分讲究，每瓶几十元。

渔民收入逐年增加，好多渔民家庭存款数十万元、上百万元，大多数渔民建了楼房，家里有空调、冰箱、电脑、无线网、小汽车，人人有智能手机，过上了幸福小康生活。

祈福迎吉祥　满载归家乡
——海边渔家风俗源远流长

前不久，我走访了几位大丰海边的原住渔民，他们都是近90岁的老人，向我介绍了海边渔家风俗。

旧社会时，大丰沿海渔民常年漂泊海上，苦度时光，他们生活在社会的最下层，无法享受文化生活和文明教育。在长期的生产生活中，形成了一些古老而有趣的渔家风俗。开网仪式、船俗、禁忌和渔村的风土人情，是大丰民俗文化中的一个重要组成部分。

开网。"开网"是大丰渔民出海前的一种"仪式",就是把渔网抬上船,然后扬帆起航,其间有许多程序,要求福迎吉祥等。每年谷雨季节,是海洋捕鱼的汛期。出海前,船主要举行开网祭祀仪式。举办贡会(亦称"满载会"),全船人开怀畅饮,以求"龙王保佑,满载而归"。船主用芦苇扎成一个柴把,名曰"财神把"。用猪头、猪尾各一个(象征整猪),公鸡一只,花鱼(鲤鱼)一条,干果、糕点、香烛,置于船头。祭祀开始,船主在船头把公鸡杀掉,让鸡血顺着船头往下淋成两行,并将沾着鸡血的鸡毛粘在桅杆根部,谓之"挂红"。猪头猪尾是敬"海龙王"的,干果糕点用来祭祀"娘娘",同时斟上几杯酒。准备完毕后,船主点燃财神把,从船头照到船尾,口里念叨"光亮发财",然后将烧得旺旺的火把丢下水。同时,香烛高烧,鞭炮齐鸣。礼毕,全船人跪下叩头,祈祷"平安发财"。祭祀结束后,渔民们背网上船,起锚出海。"开网"仪式是渔民对美好生活的向往、追求和期盼。

船俗。旧时渔民造船,从开工到下水,都很讲究吉利。备料齐全后,择定吉日,由木工大师傅带领十五六人,到齐后,吃过糕茶,在地上竖一根又粗又长的竹子,竹顶挂红布和一个小镜子,接着放鞭炮,动锯开工。完工前,背龙口上金头,领作师傅要讨喜钱。龙口位置在船中间太平舱底,正中线龙头口放置一枚铜钱(又称"太平钱"),铜钱陷在龙口缝里,上面抹油石灰。船头两旁刻龙眼,船头中间刻聚宝盆,盆两边刻"招财进宝"四个字。接着是"打排斧",从船头到船尾,左右两边排开十多人,领作师傅用斧头在钉眼上敲打,将麻丝塞进船缝。其他人随后应斧。叮叮咚咚,有板有眼。传说,排斧钉船,可兴船威、壮船胆。下水前，船头插摆头旗，中舱插大王旗，船尾插顺风旗。由领作大师傅来敬神。将猪头、猪尾、公鸡、鲤鱼、茶叶、大米盛在木桶内，放在船头，烧香，磕头，大师傅敲锣，从船头走到船尾，边敲锣边说喜话。船主点放鞭炮，众人拉船下水。

禁忌。常言道："行船走马三分险。"因而旧时渔家禁忌气氛十分浓郁。渔民最突出的是语言禁忌，如"翻、沉、破、离、散、倒、火"等字眼及谐音字眼。为忌"翻"讳，船帆一律称之为"船篷"。吃鱼也不许翻身掉面。锅盖因有反扣的意思，故称之为"捂气"。碗盆也不许反扣着放，如一定要反扣时，称之为"朝下放"。连番瓜（南瓜）也叫转瓜。为忌"沉"字，盛饭要忌讳"沉翻"，叫作"添食"。打麻将不能说"成了"，只能说和了。为忌"破"字，船上的碗盆多为木、铁、铝制品，而忌用陶瓷制品。船上的鱼卸掉了，不能说"卸完了"，而要说"卸满了"。海船上不允许称船主为"老板"，因为出事故才会"捞板"，故称"老大"。除了语言禁忌外，还有不少行为禁忌，如船上烙饼、煎鱼皆不准翻面。

老渔民张志礼，今年89岁，虽是耄耋老人，却脸色红润，身腰挺直，精神怡然。他年轻时常在海边跑滩，常年住在串场圩外的王家舍。

他老了，多年不下海打鱼了，可是故乡那片寄托着他少年心事的海，始终在他的心头潮涨潮落。他说，海鲜味美，但出海不易。旧社会生产力落后，穷苦的渔民手摇小木船，迎着风浪，在浩瀚的大海里漂流。看天、观风、听涛，凭经验，靠侥幸去捕捞。幸运时，网入水，鱼投网。背运时，鱼不见，狂风肆虐，船随风漂。一天两天，三日五日，风不停，船不归。岸上的亲人望眼欲穿，船上的人苦胆吐尽。

张大爷的叙述，让我明白了当地渔民为什么那么看重"开网"，也知道了出海捕鱼的艰辛与凶险，更体会到眼前美味可口的海鲜来之不易。

他还给我讲述了跑滩经验、潮汐谚语和海上气象谚语。他说："初三潮，十八水，二十一二冒失鬼。初一十五早晚潮，天亮白遥遥。二十二三，潮不上滩。二十两头空，潮满顶天中。初一、十六，两点一刻涨潮。初八、二十三，八点涨潮。"等等。气象谚语有："雁鹅（海鸥）洗澡，三天风到。""海鸟叫，风就到。""东岛（开山岛）站云头，早西风，晚东风。""早看东南（清亮为晴天），晚看西北（乌云接太阳，天将变）。""八月初一雁门开（东风多变）。"等等。他说，海滩港汊多、陷滩多，且天气和涨潮落潮瞬息万变，月半初一潮汐大，不懂潮性和跑滩的人，千万不能随便去海边取鱼、钩蛏、拾泥螺。

近日的一个下午，我去了一趟海边，正逢涨潮。在金黄色的海面上，漂浮着一艘艘渔船，远看像一片片叶子。夕阳下的海滩，黄海波光，滩涂翠色，渔歌唱晚，景色迷人，使我流连忘返……

原载 2019 年《家乡书》

/ 乡里乡亲 /

保洁员老赵

我经常到小区检查环境保洁工作，与保洁工接触较多，印象最深的要数清运垃圾的农民保洁工老赵。

夏日，保洁工上工较早。我有时清晨去小区，总是看到老赵站在垃圾箱旁，使劲地用铲锹将垃圾箱里的垃圾一锹锹铲到拖拉机拖厢里。

天刚亮，路上还没有多少行人，小区静悄悄的，只听到老赵扫垃圾的哗啦哗啦响声。他身穿印有"小区保洁"字样的淡黄色马甲，肩上披着一条湿毛巾，花白的头发和黑里透红的脸上沾着灰尘。他弓着身，聚精会神地铲垃圾，吃劲了，就用毛巾擦擦脸上和身上的汗水，然后蹲着抽支烟，歇一会儿，又继续铲垃圾……

清晨的阳光在老赵的身上闪来闪去，他一会儿扫垃圾，一会儿使劲地铲垃圾。我走近他，老赵没有抬头，仿佛没有看见我，依旧不紧不慢地铲垃圾。我靠近拖拉机，他才抬头看了我一眼。

老赵六十出头，4年前被社区聘为保洁员，每月工资4000元，承担20多个垃圾箱、桶的垃圾清运任务。

多年来，老赵每天天不亮或天刚亮就起床，吃完早饭后，带上铲锹、扫把、药水机，还有一条黄毛巾，开着拖拉机到包干区域清扫、清运垃圾。他工作认真负责，垃圾铲上车后，还要把每一个垃圾箱、桶和四周打扫得干干净净，然后喷洒消毒药水，消杀苍蝇。

小区附近工厂、市场多，夜间经常有人将大量的生产生活垃圾偷倒在垃圾箱、桶四周，有的地方垃圾堆成小山。老赵不怕吃苦，风雨无阻，披星戴月，每天要运10多车垃圾。

老赵爱护环卫设施像爱护自己的拖拉机一样，有的垃圾箱外表脏了，他坚持用水清洗，用石灰水刷白；有的垃圾箱门、盖坏了，他自带工具修理……

去年麦收季节，为了不耽误家里收麦，他天不亮就起床进小区运垃圾，拖厢装满后运往垃圾收集站。这时天才蒙蒙亮，他突然发觉脑后一阵冰凉，手一摸，是一条蛇从拖拉机后厢爬到了他后背上……

老赵除了运垃圾、清洁和修理垃圾箱，还负责垃圾箱、桶以及四周的消杀工作。他经常穿着下水裤，下河打捞漂浮物和水花生。他保洁的范围，常年看不到暴露垃圾，无杂草杂物，无乱堆乱放，达到垃圾日产日清，道路清洁、河水清澈，环境优美。

日月如梭，无数个日子，我在去小区的路上，总是悄悄地从老赵身边经过，我们相互热情地打招呼。我被他认真负责、吃苦耐劳的精神所感动，由最初的不在意，渐渐地注意起他来。他头上的白发在晨曦中闪烁着无数个光点，身上始终沾着灰尘，粗糙的双手紧握着铲锹，平稳地一锹一锹将垃圾箱、桶里的垃圾铲到拖拉机拖厢上。数年如一日，他从春天铲到夏天，从夏天又铲到秋天、冬天，风里来，雨里去，早晨出门，中午回家。老赵、黄毛巾、拖拉机、铲锹、药水机，整洁的垃圾箱、桶，成了我常看到的一道社区亮丽风景。这风景，让我从点滴的时光中领略了小区保洁工的艰辛。

前不久的一天早晨，我去小区，走了好长一段路程，竟然听不到路边的铲锹声和拖拉机的突突响声，看不到老赵运垃圾的背影了，感到很失望。

经打听,老赵病倒了。他到医院挂水,休息了两天。第三天早晨我到小区,又看到老赵运垃圾了。

原载 2023 年 8 月 13 日《大丰日报》

赶年集

小时候,总觉得日子过得慢,进入冬天就天天盼过年。每当问母亲还有几天过年时,她总是笑着说:"儿子别着急,过了腊八就是年了。"长大后,我才知道,腊八是个美好的节点,过了腊八,那带有古老醇香的年味就一天比一天浓了,赶年集的人也越来越多。

农历每月逢五、逢十,是家乡的逢集日。我 8 岁那年,腊月二十五,吃过早饭,父亲从衣袋里拿出一个褪色的手帕包裹慢慢解开,拿出一沓零钱递给母亲,说:"只有六元五毛,去赶年集,加上卖青菜钱,买几斤肉、鱼和花生糖。"

母亲接过钱,挑起两箩筐青菜往门外走。我用手使劲地拽住母亲的衣角,说:"我也要去。"

我要跟母亲去赶年集,是想买一个空竹(又称"嗡子")。曾经邻居家小宝在我面前玩嗡子显摆。我看到形如陀螺在地上旋转的嗡子,还发出悠扬的"嗡——嗡——"响声,觉得很好玩。当时我就想:过年一定要买个嗡子玩玩。之前跟母亲说过一次,她没答应。

人们成群结队地从乡间小路向通往集市的主干道汇聚。不一会儿,我和母亲就融入了赶年集的人流中……

赶到集市时,面朝太阳、背风的好摊位都被人占据了,母亲选靠近路边的位置,把青菜摊在塑料布上,不到两小时就卖完了。

接着,母亲挑着空箩筐东转西逛买年货。已到中午,我又饿又冷,被卖糖摊主的吆喝声吸引,伸手拿了一块花生糖,偷着望母亲,正欲把糖送到嘴里,母亲责备的目光扫了过来,还"嘿"了一声,我羞涩地放下了糖块。

母亲站在几个精明的妇女身后,等到她们讨价还价买好后,便说"给我也称3斤"。接着,她又到别的摊头买了肉、鱼、慈姑、爆竹、对联等年货。最后,母亲花了5毛钱给我买了个青竹唿子。

凛冽的寒风中,我抱着唿子兴致勃勃地往家赶。一路上,我饥肠辘辘,埋怨母亲为什么不准我尝一块花生糖,她严肃地说:"那是贪小便宜,会让人家瞧不起的。"

光阴如梭,一晃几十年过去了,许多被时间侵蚀的往事已经无痕,然而儿时赶年集的热闹场面和母亲对我严厉的样子仍历历在目,那温暖的画面一直滋养着我。

我所在的集镇早已取消了逢集日,如今,农贸市场、超市到处可见,人们可以天天去市场购物,购置年货十分方便。

前不久,我在手机上看到刘庄逢集的短视频,颇感亲切。现在刘庄逢集日已由农历改为阳历,每月逢五、逢十逢集。近日,我和几个朋友去刘庄赶年集,路上,各种轿车、小型货车、农用三轮车,还有摩托车和电动车,一辆接一辆,朝着集市方向驶去……

集市已从南闸口搬到了镇北振兴路两侧，十字路口东是家禽摊位，摊贩和自养自销的农民依着路边摆摊。一位从市区开车来买老母鸡的中年人，一边讨价，一边用手触摸着鸡的胸脯和大腿，选了4只体肥、正宗的老母鸡。摊主把鸡放在电子秤上称好报价后，男子掏出手机对准二维码便付好了款。随后，我也选了两只。"微信支付？"摊主看了看我说，"现金找来找去太麻烦，这多省事。"我环视四周，每个摊位上都挂着二维码。

集市摊位一个接着一个，年货的种类琳琅满目，吃的、用的、玩的应有尽有。新鲜的蔬菜、水果，猪肉、牛肉、羊肉；鲜活的家禽、水产品，大都由农民自产自养自销，不但纯天然无污染，而且没有中间贩运环节，价廉物美。刘庄农民种的韭菜，三圩、兴化水乡农民种植的水芹菜、慈姑、荸荠，鲜嫩得可以闻到春天的味道……

整个集市人多、货多、车多，虽有些拥挤，但热闹非凡，处处洋溢着欢乐和祥和。

如今，城市农贸市场、超市数不胜数，可人们为何还这么热衷于来刘庄赶年集呢？其实，人们赶年集，赶的是好日子、好心情，图的是集市上的货新鲜、货全、货俏、货便宜。

腊月里赶年集，是悠久的年俗，是故乡人上百年来久久不散的乡情，是农家忙年的重头戏。刘庄至今仍保留着传统的逢集日，给农民直销和消费者购置新鲜农副产品搭建了平台，值得称赞。

原载2024年1月27日《大丰日报》

故乡滋味

奶奶煮的腊八粥

进了腊月门儿,古老而又新鲜的年味儿渐渐浓起来。吃腊八粥,是"年"将要到来的第一个信号,也是我毕生中最难忘的亲情。小时候,每年腊月初八,奶奶会早早地虔诚地精选出糯米、赤豆、花生、红枣、核桃、莲子和豆类,给我们煮腊八粥。那时家里生活条件不好,我们的嘴也馋,奶奶好不容易筹措的红枣、核桃,尚未下锅就被我们姊妹4人偷偷吃掉一大半,还把小口袋装得满满的。奶奶知道我们这些小馋嘴,所以特地买了好多红枣和核桃。我们不好意思地悄悄躲开奶奶偷着吃,奶奶却亲切地说:"小馋猫,不要躲,你们尽管拿了吃。"奶奶站在锅台边,那浓郁的沁人心脾的香味满院流溢。

工作后,我离开了奶奶。那年腊月初八,奶奶从乡下带来赤豆、花生等土特产,教我煮"腊八粥"。她还给我讲了一个动人的故事:1947年腊月,当乡长的爷爷遵照区委指示,新四军一个班战士还有三个伤病员住在奶奶家。白天,奶奶和村里姐妹们磨粮食、做豆腐给战士们改善伙食。晚上,奶奶在油灯下千针万线地给战士们做军鞋。腊月初八那天,战士们上了前线。奶奶将自己省下来的粮食煮成香甜可口的腊八粥。深夜,奶奶冒着生命危险挑了一担热气腾腾的腊八粥送上阵地,战士们吃了热乎乎的腊八粥,个个精神抖擞,拂晓前,配合主力部队,打了胜仗,可奶奶却累倒了。奶奶被区委评为支前模范。

我结婚那年"腊八"来临前,奶奶托人从乡下带来了一个盛满亲情的袋子,袋子里还装着一只只小布袋,里面分别装有赤豆、花生、黄豆等农产品，还有一封信，叮嘱我一定要煮腊八粥，从信中我得知奶奶的老胃病又复发了。因工作忙，琐事多，当年我把"腊八"这个古老的日子忘掉了。奶奶托人送来的农产品放在柜里，成了纪念品。第二年腊月初八前夕，奶奶悄然离我而去，我失声痛哭，想起奶奶煮的腊八粥，真正把"腊八"这个日子牢牢记住了。

原载1997年1月19日《潮州日报》

春天螺抵只鹅

俗话说："春天螺，抵只鹅。"意思是每年春天，是内河螺蛳肉特别肥壮鲜嫩的时候，也是食用螺蛳的最好季节。螺蛳的吃法很多，可以连壳红烧，用针挑肉食用，亦可用开水煮螺蛳，水沸后取出，用针将肉挑出，用韭菜配螺蛳肉爆炒，放入胡椒粉、味精，味道十分鲜美。

螺蛳肉，食药兼备。含有蛋白质、脂肪、糖、无机盐、维生素A、B1、B2以及维生素D。尤其是矿物质含量丰富。据科学测定，每100克螺蛳中含钙13.57毫克，是同等量牛、羊、猪肉含钙量的一百多倍；含磷19毫克、铁19.8毫克，比家禽及其他肉类的含磷、铁量都高。中医学研究表明，螺蛳肉性寒，味甘咸，有清热、利尿、明目的功效。《本草纲目》说："螺蛳利湿热，治黄疸，捣烂贴脐，引热下行，止噤口痢，下水气淋闭。"《食疗草本》中又说："螺蛳大寒，汁饮疗热，醒酒……"据《随息居饮食谱》说："以大肥软无泥，拖脂如凝膏，大如本身者佳。腌者味胜，更以葱酒醉食，味益佳。"尤其是入伏以后常吃螺蛳，更有利于大小便、清暑解渴、治黄疸以及因钙代谢失调而引起的关节炎、小儿软骨症等。

原载 1998 年 2 月 3 日《长春晚报》

吃一碗桂花藕粉圆

每年春节，我国南方一些家庭团聚的宴席上少不了一道桂花藕粉圆，它与肉圆、鱼圆共称"三圆"，寓意连中"三元"和"阖家团圆"。如今大丰人过生日、办喜事的宴席上都要上一道桂花藕粉圆，寓意生活"甜甜蜜蜜""圆圆满满"。

桂花藕粉圆是我国人民的传统佳肴，相传已有两百多年历史。据传，清代中叶，有位江苏出生的御厨，在宫中精心制作了一种带有水乡独特风味的宫廷佳肴——桂花藕粉圆。皇帝吃后，赞赏不已。后来这位御厨告老还乡，便把制作桂花藕粉圆的方法传到民间，从此，这宫廷名菜在我国江南、苏北一带广为流传。

桂花藕粉圆的制作别具一格，一是选料。用桂花、纯藕粉、猪板油、杏仁酥、蜜枣、绵白糖、桃仁、杏仁、松子仁、瓜子仁等当原料。二是搓馅。将猪板油用绵白糖腌制几天后，取出加入杏仁酥、豆油及各种配料拌匀，搓成汤圆状，制馅心。三是烫制。将汤圆的馅心放入装藕粉的小竹匾内，转动竹匾，使其滚动，当馅心沾有一层层藕粉后，放在漏勺里投入沸水中稍烫取出，再倒入竹匾中沾粉，然后再烫制，如此反复五六次即成，扣放入冷水中保存。四是做汤。取桂花少许，放入锅内清水中，加适量白糖制汤。食用时将其取出放入汤锅中煮沸，即可食用。

桂花藕粉圆，透明圆滑、富有弹性、柔软细嫩，含有桂花、甘果肉、五仁等，食之香甜爽口，沁人肺腑，细嚼余香无穷，有补中养神、清肺润喉和健脾益血之功效，是强身健体的美味佳肴。

原载1998年2月5日《长春晚报》

米饼飘香

每天清晨，苏北盐城市大丰城大街小巷的米饼店里，溢出浓郁的米饼香味，招来了四面八方的食客。益民路上有家米饼摊，铁锅和茅草放在推车上，一人烧锅，做饼的师傅站在推车旁操作，四周围满了人，"哟，这米饼真甜真香。"一位拎旅行包的顾客先是买了4个，吃了感到很有滋味，接着又买了10个。

大丰米饼，香甜可口，风味独特。在历史上，大丰米饼还享有御饼的称誉。相传明朝大臣高谷（大丰草堰丁溪场人）幼年时特别爱吃米饼，他读书刻苦，为珍惜时光，常常用米饼充饥，还跟母亲学会了做米饼。入朝为官之后，依然喜用米饼做早餐，经常做些米饼送给同事品尝。这样，米饼便传至宫廷，皇上品尝后，亲赐为"御饼"。

米饼制作原料是米面粉。制作过程很特别：一、将中米用清水淘净，晒干后，磨成米粉，用筛子筛一至两次，去粗留细。二、以10斤成米磨成的米粉为例（新米以二成熟米面比八成生米面），先取3斤米粉放入锅中，加适量水，像煮饭一样烧透，不要烧焦。待熟后，起锅冷却（夏天时要凉透，温度过高面易变质；冬天以40℃为宜）；将三成熟米面与七成生米面混合，反复搓揉后，放入缸或盆中，加适量温水（以不烫手为宜），再次拌和，上盖后待发酵（冬天要用棉胎捂好，保持一定温度）。三、经过8—10小时的发酵后，面上起孔状，并散发出浓郁的醇香味。做之前，取部分发酵后的米面放入盆中，加少量温水和适量白糖或糖精再次搅拌、调和，若有酸味，可加少量食碱水。四、用文火将锅烧热，用炊帚蘸取少量素油刷锅，取半小碗水倒入锅底（起吸热作用）。做米饼既不用搓，也不用捏，只是用手把发酵后的一团米浆往锅上一摔，"啪"的一声，米花四溅，自然形成了一个圆饼。做米饼的功夫就在这一"摔"的瞬间，摔得太重，皮大无肉，米浆下流；摔得太轻，就成面团，不成其饼，还有烤不熟的可能。摔满一锅后，用稻草或茅草小火焚烧，使锅底的水成为蒸汽，慢慢蒸熟米饼。熟透的米饼外表呈金黄色，饼面洁白如玉，中层透着小孔。观其外表，就足可让人食欲大动。

米饼香甜酥松，易消化，老幼皆宜。米饼的食用方法有多种：一是用麻油、白糖或蜂蜜调匀作为作料，用米饼蘸着吃，软糯香甜，回味无穷；另一种是用两块米饼夹油条吃，油条有一点咸味，米饼香甜，二味相夹，松软爽口，别有风味。还可以用米饼泡豆浆，香味扑鼻，入口即化，沁人心脾。

在苏北大丰，米饼不仅受到寻常百姓青睐，而且登上了宾馆酒楼的大雅之堂。席间，上一盘白中带黄散发香味的米饼，食客赞不绝口。

原载 1998 年 3 月 24 日《潮州日报》

南瓜宴

南瓜花、南瓜、南瓜子，都是做菜的佳品。

在家常菜中，南瓜花一般用来制作汤菜和点心。制作南瓜花汤，须待鸡汤至九成热时，将花瓣撕成片状，一片片放入汤中，待汤炖好，而花瓣不改原色原味，爽滑绵甜。南瓜花富含氨基酸、维生素，营养价值颇高。也可将蟹或虾肉剥下，一点一点塞进南瓜花的喇叭口中，填至半满，勾芡，封口，然后上笼清蒸，蒸熟后兑鸡汤上桌。一朵朵南瓜花仍金黄夺目，剥开来，只见蟹（虾）肉晶莹如玉，这道"花中藏玉"菜肴，可将南瓜花和蟹（虾）的色香味发挥到极致。南瓜花吃法多样，无论凉拌、滑炒烧汤、清蒸、做点心，都不会改变它香嫩鲜美的特点。

苏北农民用南瓜做成精细的薄薄的南瓜饼，风味更是独特。

南瓜味甘，越老越甜。做南瓜饼要选粉红色表面有皱纹的老南瓜，剖开挖去瓜瓤，用文蛤壳做工具，从腹部刮出一条条的瓜丝，揉碎，加入面粉，略加葱盐使其成浓稠糊状，入油锅煎成小饼，外黄里嫩，味兼甜咸，入口香糯。

南瓜子不仅是休闲小食，剥壳取肉，可作糕点的配料，还有驱蛔虫的功能。

南瓜绿豆饭是选成熟、结实的南瓜，切成块状，与大米、绿豆（或红豆）煮烂，浓稠一锅，香味四溢，食之回味无穷。南瓜是保健食品，含有胡萝卜素、维生素B和维生素C等，李时珍《本草纲目》称南瓜能"补中益气"。《医林纂要》说南瓜能"益气敛肺"。

原载 1999 年 7 月 26 日《健康报》

浓浓的年味

随着年龄的变化，对年味的感受也不一样。小时候，过年是一幅多彩的画，崭新的衣裳、甜蜜的糖果，织成了难忘的图景；成年后，过年是一首激昂的诗，红红的春联、缤纷的烟花，抒发着迎春的激情；中年后，过年是一支高亢的歌，跳动的音符，悠扬的曲调，流淌着动人的旋律；老年后，过年是一瓶陈年的酒，儿女的祝福、团圆的欢乐，品尝到无尽的醇香。

过年了，总想细细感觉、品尝、享受记忆中那浓浓的年味。一到腊月，母亲就开始忙年了，不停地拆，不停地洗，有几日，母亲天天端着一大盆被套、衣物，去我家西边的小河边。气温低的时候，水面结着一层冰，母亲用木棍敲开薄冰，在冰冷的水中搓洗一盆盆衣物、被褥。因父亲长年患病，家里忙年全靠母亲。腊月，母亲除了要洗全家人的衣被，还要腌制腊肉、腊鸡、腊鱼。白天，母亲淘洗糯米，去钢磨坊磨米粉、面粉，紧接着就是蒸年糕、蒸馒头和包子；晚上还要炒花生、瓜子。腊月二十八，母亲站在锅台前炸肉圆，左手扶盆，右手拿着勺子或筷子，一勺勺往油锅里丢肉圆。看着一个个肉圆在油锅里浮上浮下，由嫩变老，我和妹妹高兴得直拍小手。待油锅里丢满时，母亲再赶紧拿筷子把粘连的肉圆拨开，待熟透再一个个夹起、沥干、出锅。扑鼻的肉圆香味馋得我们流出了口水。母亲知道我们嘴馋，连忙用锅铲将几个肉圆贴着锅沿压扁，一看熟透就盛入碗内，并连连关照："刚出锅，慢慢吃。"浓浓的亲情、醇醇的挚爱，融合着那肉圆的香味，弥漫着整个小屋，这是母亲手上的年味、儿时的年味。

年味，在回家的旅途中感受最深。30岁那年，厂里派我常驻河南郑州跑供销，一踏入腊月，就开始盘算回家过年的行程。晚上，一拨通电话，聊不完的都是父母、妻儿欢聚的话题和场景；一闭眼，看不尽的都是父母、兄妹的身影。梦中，看到正在村口张望的老母亲，心像长了翅膀，早早飞回了家。在郑州火车站，我看到成千上万的旅客携带行李，匆匆忙忙赶回家过年，那小小的一张火车票，像梦长出的翅膀，虽路途遥远，却承载着游子们回家过年的心情。

改革开放以来，我感到年味来得早，而且年味一年更比一年浓。未到腊月，就开始有年味了。表现最为明显的是农家阳台上挂的一样样年货。冬阳下，一串串香肠、一块块腊肉、一条条腊鱼，闪着亮亮的油光，飘着浓浓的香味。进入腊月，各家各户忙过年，有的人家杀年猪、杀年羊，家家灌香肠、腌腊肉、蒸年糕、蒸包子、做豆腐。举目一望，整个村子热气腾腾，都是浓浓的年味了。年味还表现在路旁摊点、农贸市场、各大超市。突然间商品多了，人也挤了。有买春联、年画、挂落、灯笼的，有买鞭炮、烟花的，有买年糕、汤圆、红枣的。那鸡市、鱼市一下子比以前大了好多，一排排、一堆堆，各色各样、琳琅满目的年货，散发出浓浓的年味。那些卖年货的营业员和买年货的大爷、大妈、大哥、大姐脸上漾着笑容，仿佛年味就写在他们的脸上、眼睛里。

写春联、贴春联、挂灯笼，是城乡一道很富有年味的风景。写春联，是村里老秀才们大显身手的时候。他们指指点点，挑主家最喜欢的春联写。主人又倒茶，又敬烟，自然只有恭敬和当助手的份了，裁纸、磨墨、铺纸，随喊随到。好多村民喜欢手写的春联，说手写的春联新颖，有墨香、有年味。待到大年三十，家家门前那红红的春联，还有那高挂的红灯笼，好像一下子把整个乡村都点亮了，点缀得绚丽多彩，映得人面也像桃花一样嫣红。

年味更浓的还是全家人的团聚。大年夜，丰盛的美味佳肴摆满一桌，溢满香味，待爷爷奶奶坐定，晚辈频频举杯祝福，浓浓的年味便在这喜悦的氛围中弥漫开来。年夜饭有冷盘、海鲜、肉圆、红烧鲢鱼、点心等，一般少不了九菜一汤。"鲢鱼"和"年余"谐音，喻示"连年有余"；吃年糕，是应那句"年糕，年糕，一年更比一年高"。母亲给我舀了一勺青菜豆腐，分明是要我"清清白白"做事；妻子给每个家庭成员舀了一勺汤圆，自言自语地说:"我们一家人团团圆圆,幸福安康。"

年夜饭后,父母给孩子发压岁钱,给老人发压岁钱,团聚、守岁、热闹的氛围开始升级,欢声笑语还不够热闹,人们用鞭炮、烟花来渲染气氛。爆竹声声此起彼伏,震得夜空的星辰也格外明亮。每一个爆竹和烟花都释放出正能量,点啊,点燃理想,点燃憧憬,点亮无数张笑脸,点亮一个明媚的春天……

年味,永远镌刻在每个人的记忆深处,以无以言表的感觉,触动着新年的味蕾,它已悄悄走来。望着春意盎然的大地,不知有多少人也和我一样在细细品味。此时此刻,让我们静静地祈福,祝愿祖国繁荣昌盛,祝愿每一个家庭幸福美满,祝福所有的亲人、朋友身体健康,吉祥如意。

原载 2015 年 2 月 28 日《大丰日报》

每一位海边的游子心里都装着家乡的鲜

我的家乡苏北盐城市大丰区地处黄海之滨,海产品丰富,盛产文蛤、缢蛏、欢子、鲈鱼、凤尾鱼、白条虾等海鲜产品。如今,旅居海外的大丰籍客人回乡探亲,总是要品尝大丰海鲜,以解乡愁。外地游客品尝、购买大丰海鲜也成为时尚。用黄泥螺、凤尾鱼制成的罐头,是大丰特产,畅销海内外。大丰市区有上百家饭店、酒楼,海鲜成为餐馆的当家菜肴,颇受食客青睐。大丰海鲜，风味独特、味浓情浓，每道海鲜都展现出独特的饮食文化魅力。

天下第一鲜

相传，乾隆皇帝下江南时，扬州知府差人到大丰沿海采购文蛤。吃腻了山珍海味的乾隆皇帝从未品尝过这等美味佳肴，连称："美哉！鲜哉！"即兴挥毫写下"天下第一鲜"五个大字。此后，文蛤作为贡品，成为皇宫的席上珍馔，名声大振。

文蛤的食法多种多样。文蛤煨汤，味道鲜美。洗净文蛤外壳泥污，投入沸水中煮开，张壳露肉，其汤鲜美，存汤沉淀备用。收拾蛤肉，投入清水中洗净泥沙、沥干。入油锅略炒，辅以香菇、笋丁，倒入备用汤，文火煨片刻，一道时鲜文蛤汤便做成了。其特点是汤汁乳白、清鲜爽口。文蛤饺子、芙蓉蛤子、烙火文蛤……无不鲜美无比。

急火烩炒，肉质鲜嫩。一道炒月爷（文蛤）为大丰人宴席上的上等海鲜。配以少许肉丝、青椒、春笋、荸荠或皮蛋，旺火爆炒。此菜色香味俱佳，食之，具有开胃增食欲、滋润五脏、止烦、化痰利尿、软坚散结之功效。

近年，大丰的烹调厨师们又独创了一道文蛤夹鲜肉的菜肴。制作的原辅食材主要有：鲜文蛤、五花猪肉、马蹄（荸荠）、淀粉、鸡蛋、精盐、葱姜、味精等。制作方法是：将文蛤洗净，投入沸水中，煮至张口，取出文蛤肉洗净，将煮文蛤的汤盛起来沉淀备用。五花精肉剁成肉泥，将马蹄切碎，放入适量葱姜末、味精、精盐搅成肉糊，包在文蛤壳内，将文蛤肉镶在肉糊的表面，即文蛤壳开口处。烧开油锅，将文蛤肉炸成淡黄色，放入砂锅中，加沉淀后的文蛤汤，再放葱结、姜片、豆油、盐、味精调味，上笼蒸熟即可。此道菜形状独特，口味鲜香。

吃鲜没有取鲜乐。文蛤鲜美，采文蛤更为有趣。近年来，到大丰沿海旅游采文蛤者日益增多。海边那错落的渔村、清新的海风、美丽的海港，分外诱人。

今年初夏，我和儿子来到东海边，在退潮的沙滩上选择活沙处，脱去鞋袜，挽起裤脚，扭腰摆动，用双脚不停地踩踏泥沙，文蛤即被慢慢挤出沙面。那踩文蛤的姿态和节奏与现代迪斯科很相似，颇具现代舞蹈的美感。那成群结队的男女老少手拉着手，凉丝丝的海水浸过脚背，水花飞溅，海边一片欢声笑语。

到大丰海边旅游采文蛤，既愉悦身心，又可品尝海鲜风味。我们采了好多文蛤，在沙滩上置一铁板，将文蛤在烧红的铁板上烤熟，赶海人谓之"铁板文蛤"，原汁原味，食之别有一番风味。

鲜美醉泥螺

"卖黄泥螺，又大又肥又新鲜的黄泥螺。"在菜市场，我常听到这样的叫卖声。尽管黄泥螺的价格从几年前的几元钱一斤涨到30多元一斤，因为喜欢吃黄泥螺，我还是经常买。

黄泥螺是佐餐、助茗和进酒的海鲜之珍。贝壳卵圆形，外表呈青黄色。以大丰斗龙港一带出产的黄泥螺品质最佳，其腹足肥大，体内沙少，足红口黄，满腹藏肉，内脏与肉体之间有一层白膜，被称为黄泥螺之珍。初夏时节，海滩的黄泥螺经过梅雨的滋润，格外脆嫩肥美，是采捕的黄金季节，此时的黄泥螺最适宜制作醉螺。

醉黄泥螺虽为席上佳肴，但必须懂得制作工艺和食用方法，否则会大煞风景。制作方法很讲究，买回家的咸黄泥螺先用冷水泡三个小时左右，然后洗净，沥干水分，加适量白酒、姜末、蒜瓣、醋、糖、白酱油、白胡椒粉拌匀，腌制24小时后即可食用。黄泥螺分为可食和不可食两部分。壳口的螺肉鲜嫩爽口，醇香味美，壳腹内脏含有少量泥沙，吃时必须连同螺壳一起吐掉。

大丰醉黄泥螺历史悠久，享有盛名。清乾隆年间，王港海边有一名王姓厨师制作出的醉泥螺，其味鲜、香、脆、嫩，食而无泥沙，风行一时，称"王港醉螺"，曾作为贡品运往紫禁城。清光绪年间，盐城伍佑人韦桂松继承和发展"王港醉螺"的制作技术，以大丰特产黄泥螺为原料，创新制作的醉泥螺在巴拿马国际博览会上获得金奖，名闻遐迩。

生炝白条虾

白条虾又称脊尾白虾。大丰生炝白条虾始于清朝乾隆年间，那时大中集仅是一个海边小集镇，没有几户人家。当地老百姓靠烧盐和取鱼虾生活，生炝白条虾成为盐民的家常菜肴。

大丰沿海盛产条虾，因其虾壳晶莹剔透，肉质乳白，故又名白条虾。母白条虾秋冬季产卵，幼虾于次年清明前后向北洄游，此时虾壳柔软，肉质鲜嫩，是食用的最好季节。民国年间，大丰张海珊创办的同乐楼菜馆制作的生炝白条虾已具有一定名气。

生炝白条虾的制作方法很独特。首先是在选料上有考究。以清明节前的白条虾为上品。白条虾一年四季均有上市，而清明节前后的白条虾为幼虾，虾壳柔软，肉质最鲜嫩。其他季节虾壳较硬，肉质变粗，食之口味欠佳。其次在制作程序上必须循序渐进。将活虾洗净，剪去触须用冷开水冲洗沥干，放入容器内，加盐、黄酒拌匀,杀菌去腥。再冲净沥干,调拌红腐乳汁、白酱油、白糖、香醋、姜末、胡椒粉、大蒜瓣等佐料,拌匀后淋上麻油,最后放入几片香菜,算是点缀和跳色,几分钟后即可食用。

一盘生炝白条虾看上去美如翠玉,食之滑润肥泽,爽口不腻,慢嚼细品,回味无穷。白条虾作饮酒佐菜,具有解酒助兴之功效,备受宾客青睐。

肉嫩味鲜小米蛏

小米蛏,又称缢蛏,为大丰境内沿海滩涂的一种定居贝类。外形如中指,两翼狭长,薄壳尾部有肉球,作推行之用。头部有两支肉质吸管,伸缩自如。

小米蛏终年厮守一地,定居在潮汐交汇处的海滩。涨潮水漫河滩时,小米蛏伸出吸管捕食浮游生物,退潮时则困守沙滩休养生息。

到海边钩蛏是一种有趣的劳动。1974年,我高中毕业回乡种地,生产队有位会跑海滩的崔大爷,我跟他去海边学钩蛏。钩蛏者手持尖头木棍,寻找蛏孔,凡见有相距一寸左右的两个孔,其间必有一蛏。这时,用木棍在两孔之间锥一个洞,一手携铁丝钩,傍洞而下,旋转90度,轻轻上提,一只鲜活的小米蛏便成为篓中之物了。钩蛏需要一定的操作技巧,没有经验的人可采用笨方法:在海滩上挖一个2—3尺深的小坑,再向四周剥泥,则小米蛏显露在眼前。

小米蛏盛产之年,可制成蛏干。大丰市场出售的蛏干大都来自山东和福建,品质赶不上大丰小米蛏。小米蛏的食用方法很多。鲜小米蛏可炖汤。将小米蛏洗净,带壳放入锅中,加清水,放入姜片、葱结、料酒，沸腾后小火焖片刻，蛏壳张嘴后即可起锅。小米蛏炖汤，汤鲜肉嫩，原汁原味，食之心旷神怡。鲜小米蛏还可连壳猛火爆炒。将洗净的小米蛏放入油锅内，加姜片、葱、料酒，爆炒片刻，直到张口，装入盘中，食之肉嫩味鲜，令人放不下筷子。

小米蛏干烧豆腐，或烧白萝卜，更是别有风味。相传施耐庵写《水浒传》时，喜食小米蛏干烧豆腐或白萝卜，长时间不吃此菜就有不欢，因为此菜养胃补脑提神。时至今日，小米蛏干烧豆腐或白萝卜，已成为大丰的一道名菜。这道家乡名菜的做法是：将小米蛏干放在清水里泡2—3小时，洗净，入锅焖煮15分钟，其汤沉淀待用。将小米蛏放入淘箩，投入清水中顺一个方向不断旋转搅动，直至洗净、沥干。将锅烧热，放入小米蛏、生姜、葱、料酒，略炒几下后放入蛏汤、豆腐或白萝卜，盖上小火焖10分钟起锅，盛入碗中，加白胡椒粉，滴几滴麻油，汤呈乳白色，食之浓而不腻，蛏肉肥嫩，味道香而鲜美。

但爱鲈鱼美

今年五一节，我在市场上买了两条鲈鱼。老伴做了一道清蒸鲈鱼，口味鲜美，食之齿舌留香，回味无穷。孙女边吃边朗诵着范仲淹的《江上渔者》："江上往来人，但爱鲈鱼美。君看一叶舟，出没风波里。"她还意味深长地翻译出诗意。一家人品古诗、尝鲈鱼，别有一番情趣。

大丰王港河入海口出产的鲈鱼，体大、外观奇特，味道鲜美。其身呈青灰色，有均匀的黑色斑点，其鳃盖两侧各有一条深深的褶皱，外观酷似四个鳃，故又称"四鳃鲈鱼"。四鳃鲈鱼为近海鱼类，每年秋天芦花盛开季节，成群游至王港河外的东沙岛附近，直至次年立夏前后，进入王港河产卵。因王港河是天然潮汐河流，河水咸淡混合，是鲈鱼生息的良好水域。四鳃鲈鱼适应性强，生长快，幼鱼一年可长一斤左右，每年谷雨至立夏之间，四鳃鲈鱼膘肥肉壮，是捕捞的最佳季节。此时，数十里王港河，渔舟竞发，张网撒钩，一片繁忙景象。长江入海口、苏北灌河也是捕鲈鱼的好地方。

四鳃鲈鱼肉质洁白肥嫩，形似蒜瓣。烹饪方法很多，红烧、白炖、清蒸均可。宴席上四鳃鲈鱼一般作为汤菜，鱼汤呈乳白色，浓稠粘唇、鲜而不腻、美味可口。大丰人宴席上有一道"八宝四鳃鲈鱼"，更具特色。该菜选用两斤左右的四鳃鲈鱼，去其鳃，将绞刀从鱼嘴伸进鱼腹，剔其骨，剜出内脏。将300克经过氽水、煎、炒等方法加工的海参、蹄筋、蛋糕、青豌豆仁、青鱼茸、虾仁、冬笋、蘑菇为"八宝"的配调料灌进鱼腹，装盘上笼，旺火清蒸20分钟后，取其汤汁，再次勾芡，用适量的麻油淋浇鱼身，装入盘中。鱼身丰满，色泽美观，鱼肉鲜嫩。腹中"八宝"，山珍海味兼备，清爽怡口，齿舌留香，回味无穷。如今，大丰有些人家办喜事或吃年夜饭，总要上一盘四鳃鲈鱼，寓意"事事如意"。

十月推浪鱼赛羊肉

大丰海滨，咸淡水交界的港汊有一种特有的虾虎鱼，因食小鱼小虾而得名。因涨潮时被海浪推到内河、港汊，常逆水而游，故又称推浪鱼。大丰民间有句俗语："十月推浪鱼赛羊肉、胜人参。"十月的推浪鱼体大身肥，肉质细嫩、鲜美。蛋白质含量高，营养丰富。

到海边钓推浪鱼别有一番情趣。推浪鱼喜食小鱼小虾，故用切成小粒的小鱼小虾做饵料最佳。一根钓鱼线上扣四把钩，一竿下去，能钓上四条大推浪鱼，半天下来，能钓10多斤。

推浪鱼可红烧。红烧推浪鱼的制作方法：除去推浪鱼鳞和内脏，洗净，沥干；锅内放油，烧热后投入推浪鱼，稍微油煎后加料酒、生姜、葱结、酱油，放入适量清水，焖至汤浓，起锅。一碗红烧推浪鱼，鲜香扑鼻，食之鲜嫩无比，回味无穷。

推浪鱼亦可煲汤。将洗净的推浪鱼倒入油锅，放入姜片、葱结、料酒，稍煎片刻，起锅。锅中放入清水，沸腾后，倒入油煎过的推浪鱼煲一刻钟，起锅盛入碗中，汤汁乳白，食之清鲜爽口。雪白的推浪鱼汤亦可下饺子、下馄饨、下面条，滴几滴麻油，撒点蒜花，清香四溢，鲜美无比。品尝推浪鱼汤饺子、馄饨、面条，鲜得不得了，真是神仙过的日子。

民国年间，大丰同乐楼菜馆首先制作拆烩推浪鱼。其制作方法是：剔刺卡，切成鱼片，锅用旺火烧热，投入猪油，放入葱姜爆香，再放入鱼头、骨架，略炒几铲，直至汤稠色白。用纱布滤清杂质后，将沥干的鱼片放入汤内，加黄酒、精盐，以旺火烧透，成熟再放入适量淀粉后起锅装碗，撒上白胡椒粉，淋上麻油即成。此菜外形完美，黄白相映，清雅美观，嫩而不碎，汤稠味鲜，润滑可口，尤其是深秋初冬食用最佳。

肉酥香脆凤尾鱼

凤尾鱼是大丰沿海鱼类的一种，身体修长，头阔尾尖，肉嫩味鲜，营养丰富，是驰名中外的佐餐佳肴。用凤尾鱼加调味料制成的罐头,色黄油亮,肉酥香脆,爽口不腻,味道鲜美,食用方便,是宴会、家餐中下酒佐餐的佳肴,畅销国内外市场。

凤尾鱼的来历还有着一段神奇的传说。相传很久以前,大丰海边原住民中有一个孤儿,生活非常困难,一位好心的渔家女收养了他。长大后,他十分孝敬养母。有一年冬天,风大浪急,不能下海取鱼。偏巧这时他的养母病越来越重,孝顺的儿子问妈妈想吃什么东西。妈妈说昨晚做了个梦,仙人指点只要吃鲜鱼烧汤,命就不会绝。但时下北风呼啸险象环生,怎能下海取鱼呢?儿子心想,不管怎样,我也要取鱼烧汤给娘吃。于是他带着网具来到海边。天下起了漫天大雪,他仍不肯离开。夜里,他在饥饿中被冻僵了。这时,天上飞来一只金玉鸟,伏在他身上,帮他取暖。孝子醒来一看身上伏着一只大鸟,暖暖的,知道自己冻僵了,是这只鸟救了他的命,连忙下跪谢恩。这只鸟是一只东海金凤,见孝子如此善良,特来相救。金凤见人已苏醒,展翅就飞。哪知凤尾羽毛冻在冰上,一下子拽下许多凤尾毛。金凤起飞,霞光万道,只听"哗"的一声,金凤毛变成了一群鱼跃出水面。孝子高兴万分,忙取回熬汤侍奉母亲。老母亲吃了鱼,喝了汤,病情日见好转。后来,人们把这种鱼叫作凤尾鱼。

五福鲥鱼

今年初夏,我去大丰黄海滩涂旅游,傍晚时分,觅到一家临海的小酒店,点一道清蒸带鳞鲥鱼,拈箸品尝,豪饮啤酒。至酣畅处,滩涂翠色、黄海波光、长河落日、渔歌唱晚……皆可佐餐。偶生雅兴,吟几首唐诗宋词下酒,真可谓思接千载,玩味古今。

王安石在《后元丰行》诗中称赞道:"鲥鱼出网蔽洲渚,荻笋肥甘胜牛乳。"苏东坡诗赞鲥鱼："芽姜紫醋炙银鱼，雪碗擎来二尺余。尚有桃花春气在，此中风味胜莼鲈。"清代诗人朱竹垞对鲥鱼也有一番感慨："京口鲥鱼尺半肥，黄梅小雨水平矶；无烦越网千丝结，早见燕山一骑飞；翠釜鸣姜才敕进，玉河穿柳旋携归；乡园纵与长干近，四月吴船贩尚稀。"当代文学家郭沫若也留下"鲥鱼时已过，齿颊有鱼香"的诗句，赞美鲥鱼鲜美。

清代《食宪鸿秘》云："淡煎鲥鱼，切断，用些许盐花，猪油煎，将熟，入酒浆干为度，不必去鳞，糟油蘸佳。"鲥鱼多作为宴席中的主要大菜，著名的有"清蒸鲥鱼""砂锅鲥鱼""红烧鲥鱼""香糟鲥鱼""五福鲥鱼"等。随着餐饮业的不断发展，其在烹饪方法上亦有较多创新，像用火腿、蒲菜、鲥鱼合蒸的"蒲菜鲥鱼"，香嫩清新、味鲜腴嫩；用青竹筒炖制的"竹筒鲥鱼"味道清醇香美；而"明炉鲥鱼"，辅以香菜、胡椒粉，更是原汁原味、清口爽滑。通常的吃法是清蒸，放入葱段、姜片、椒丝，再滴几滴麻油，蒸不宜久。揭锅，清香扑鼻。葱青姜黄椒红，映衬的鲥鱼肉白如雪，鲜美嫩腴。

鲥鱼形体美观，色白如银，薄而透明，眼鳃银灰而带金光，故有"鱼中美仙子"之誉。但其腹间角鳞却坚如铁甲、利如刀刃，其他鱼遇其侧身而过，否则有剖腹之险。鲥鱼本是长江最名贵的食用鱼之一，旧时曾列为贡品，为皇室宫廷的御膳佳肴。其实，出产于苏北南部黄海大丰海域的鲥鱼比长江的鲥鱼更肥美鲜嫩。因该地海域处于黄海中部，潮汐来自太平洋，水涡回流多变，虫藻等生物资源丰富，是鲥鱼生存的良好场所。据老人说，鲥鱼因"初夏时有，余月则无"，故名鲥鱼。春夏之交是捕捞鲥鱼的好季节，故渔谚又云："清明早，芒种迟，立夏小满正当时。"鲥鱼含有丰富的蛋白质、钙、磷、核黄素等物质，营养保健价值很高。与其他鱼类食用方法不同的是，鲫鱼带鳞而食。

在我的家乡，新娘子三朝日要当着公婆的面下厨做鲫鱼，一是寓意"连年有余"，二是考考新娘子能干不能干。记得我哥哥结婚的第三天，母亲从集市上买来两条鲜活鲫鱼，嫂子掌勺烹调。老两口和我的小妹站在一旁看笑话，拿准要出我嫂子的洋相。岂知她并不怵场，袖子一卷，执刀下手，霍霍霍把鱼鳞全部刮光了。"哪有做鲫鱼刮鳞的呢？"我妈抿嘴在旁边冷笑，小妹子更是幸灾乐祸。而她却不慌不忙地从口袋里拿出一根绣花针和红黄蓝紫白五色丝线，把刚刮下来的鳞片串成五条，反钉到锅盖下面。而后用文火慢慢蒸煮，待到鱼熟，鳞上的油脂也就一滴滴地全滴到了鱼盘里，香味溢出三里路外。那滴光了油的鳞，自动卷成五串亮晶晶的玉珠儿，她顺手一圈，盘成五朵梅花，盖在鲫鱼身上，一道"五福鲫鱼"做成了。她将这盘鲫鱼恭恭敬敬端到我父母面前，轻声细语说："五福临门，恭请大人赏脸。"这时我妈的脸啊，真比挨媳妇打了还难看呢，小妹连连称道："嫂子善于创新，手艺精巧。"

原载 2018 年 9 月 30 日《大丰日报》和 2019《家乡书》

舌尖上的味道

舌尖上的味道反映了一个时代的变化。"吃"就像一根线贯穿着人的一生，使我们的日子平淡、琐碎却具体，散发着人间特有的亲情味道。

儿童节那天，我的小孙女参加幼儿园演出，当学校大队辅导员的儿媳也忙得不可开交。老伴要我多做几个菜慰劳她们。晚上，餐桌上摆着清炖草鸡、糖醋排骨、盐水河虾、油焖黄鳝、西红柿炒蛋、清炒西兰花、凉拌黄瓜，还有一碗丝瓜蛋汤，整个餐厅香味扑鼻，一家老小共进晚餐，其乐融融。

孙女边吃边问我："爷爷，你小时候过儿童节，晚饭有这么多菜吗？"孙女的提问，勾起了我对不同年代的饮食回忆。

小时候，我舌尖上的味道是苦涩的。听父亲说，1958年，每个生产队办一个大食堂，全生产队社员和小孩共吃"大锅饭"，一天三顿全是吃青菜稀粥。稀粥很稀，能照见月亮。由于吃不饱，患浮肿病、胃病的人不计其数。

后来集体食堂散伙了，我弟弟出生的那年，家里穷，一天只吃两顿稀粥，母亲得了胃病，又没有好吃的下肚，坐月子没有奶水，弟弟昼夜啼哭，没几天就哭不出声音，只是张着小嘴，奄奄一息。为了保住弟弟性命，父亲偷偷把未满月的弟弟送给了外乡一户有奶妈的人家领养。爷爷奶奶得知后，舍不得，号啕大哭。奶奶卖掉了自己唯一的金戒指，买些粮食和鲫鱼送到我家。又连夜赶到那户人家，付了一些费用，把弟弟从远乡抱回了家。

那时我家的主食就是胡萝卜、山芋、青菜煮稀粥。直到20世纪70年代初，我家饮食和其他农户一样，还是很差，早晚吃稀粥，中午吃杂粮饭，以青菜汤、南瓜汤为主。逢年过节、家里来客人才有肉和鱼吃。

一次，家里来了亲戚，母亲烧了一碗红烧肉。端上桌，很快就被弟弟妹妹四人抢光了，大人还没有动筷子。患有严重胃病的父亲心情沉重地说:"大半年了,家里没有烧过一顿红烧肉,让孩子开开荤吧。"

生活差,问题出在家里收入低。那时工资很低,一年下来,生产队好多农户透支。生活差,问题还出在那个年代食品和商品匮乏,买什么都要票。

党的十一届三中全会如春风化雨,给农村带来了勃勃生机。1982年,我的家乡实行家庭联产承包责任制,我家种植蔬菜和养猪,收入逐年增加,生活才有所改善,饭桌上的菜肴也丰富了。早晚餐吃粥或面条,有时配有馒头、油条,小菜有麻咸菜、咸瓜、萝卜干、豆腐乳等,时常有小鱼小虾上桌。中午吃饭,一荤两素一汤。每年春节,杀一头猪,还蒸馒头、蒸年糕、做花生糖。

1993年,我家拆迁建了新房。每逢星期日或节假日,我都把父母亲接回家,他们常背着我带一些菜来。每次来,母亲总是抢着到厨房忙碌。她带来野生的香椿芽、河鱼和散养草鸡、草鸭等。品尝母亲制作的菜肴,我感到味道特别鲜美,体验到超乎寻常的幸福感。我也深深感到,没有改革开放好政策,我家不可能过上这样的美好生活。

这几年,我家生活又上了一个新台阶,达到了小康生活水平。不但吃得好,还讲营养,每餐荤素搭配。不仅早餐有粥、面条、豆浆、馒头、包子等,海参、鱼肚、螃蟹等食材也登上了我家餐桌。每天菜肴翻新,食而不厌。

好日子总是过得特别快。老伴已退休九年,大多数时间耗在厨房里。为了给家人做上三顿可口的菜肴,她想尽办法,推陈出新,每天做出不同样的美食。

刚退休时,她到书店买了一本《家庭实用烹饪技术》,还订了一本《美食》杂志，自学厨艺。现在她能烹饪好多种美味佳肴，家里来客不用上饭店了。但她也常常为难，天天烧饭、做菜，不知做什么菜好。她说："过去是小媳妇难做无米之炊，如今是老太婆难当有米之炊。"生活富裕了，当一名家庭厨师也确实不容易啊！

我去年二月份退休后，老伴把买菜、烧饭的任务交给了我。她负责照护我母亲和带小孙女。老伴的厨艺比我好，她常向我传授烹调技术，如食材的选配、菜肴的勾芡等。在她的指导下，我也能烧几个像样的菜了。

我还把饮食文化引到餐桌上。孙女今年8岁，儿媳每天教她读古诗。今年3月，我在超市买了几条加工好的河豚，还有一小把蒌蒿。孙女见此十分惊喜，随口背出苏轼的《惠崇春江晚景》："竹外桃花三两枝，春江水暖鸭先知。蒌蒿满地芦芽短，正是河豚欲上时。"其实，我早已听过孙女背诵这首诗了，只是有意买了河豚和蒌蒿，让她见识见识。

改革开放40年来，舌尖上的味道变化太大了。迈进新时代，美食成为人民日益增长的美好生活需要的一个重要方面。如今，市场繁荣，食品丰盛，舌尖上的味道将越来越美。

原载 2018 年第 11 期《银潮》

苏北野麻菜

野麻菜是苏北平原特有的极普通的野生植物，其貌不扬，却给人们以美的享受。我与野麻菜结缘，始于20世纪60年代初。那年夏天，家乡发洪涝灾害，庄稼颗粒无收，好多人家揭不开锅，我家也是这样。一天，母亲递给我一只小竹篮和一把小铲锹，拽住我的手说："走，跟我去挑野麻菜。"站在田埂上，我看到灾后的田野泛着白白的盐霜，地里的庄稼全部淹死了，唯有野麻菜在顽强地生长。挑回家的野麻菜既当菜，又当粮。那年，是野麻菜帮助乡亲们度过了灾荒。

野麻菜不挑地块，不嫌土地贫瘠，耐涝抗旱，在田野、地头、河坡、路边自然生长。野麻菜个头儿有大有小，小的有盘子大，大的有锅盖大。外形有点像雪里蕻，叶色绿里透紫，叶边呈锯齿形，茎和叶子长有短短的绵软的刺毛，既嫩又脆。

野麻菜是野菜中的"大哥大"，但它不以大欺小，总是和荠菜、野小蒜、马兰头等小野菜生长在一起。我偶尔发现，出芽早、生长快的野麻菜在初冬就开花了。开着淡淡的金色小花。即使在严冬也不会凋谢，越是寒冷，越是漫天大雪，越有花朵俏。野麻菜开花不招摇、不张扬、不显摆。虽然与百花争春，但不与百花比艳，而是在寒冬里默默地开放，且开得安安静静、平平淡淡。野麻菜花的美，只有用心去触摸才能感受到。

野麻菜初夏结籽。野麻菜籽呈黑色，比油菜籽细，榨出来的油金黄亮丽，清香扑鼻。但乡亲们舍不得全部收割野麻菜籽，总是留一些让它们传宗接代，自生自长。

挑野麻菜，最好选在初冬，经霜打过的野麻菜做成的菜肴更有麻菜香味。霜降后，晒谷场、马路边、庭院、走廊，甚至厅堂，全是一片一片的墨绿。这时的大丰乡村，简直是野麻菜的海洋。

用野麻菜腌制的咸菜，色泽金黄，鲜嫩香脆。小时候，和母亲一起腌野麻菜，是一件幸福和快乐的事。先切除根，择掉黄叶，洗净，沥干水，在阳光下晒一天，然后细细地切碎，只见菜刀下面野麻菜汁四溢，把双手和菜板染成了墨绿色，一股麻辣味直冲双眼和鼻腔。切完后，撒盐适量，反复揉、拌，腌制两天后，用纱布袋装入，用力挤、压，挤掉卤液，将野麻菜装进小坛或瓶子，密封半年即可食用。揭开瓶盖，一股清香弥漫开来，尝一口，鲜美无比，野麻菜的香味直钻心脾，这种酝酿出来的天然清香，才是人们喜爱的原生态纯真滋味啊。

用麻咸菜炒肉丝、蒸腊肉、烧豆腐、烧豆瓣蛋花汤，或与肉拌和做馅做包子，吃起来香喷喷。大丰有一道名菜叫麻咸菜烧肉，用五花肉烧麻咸菜，将肉炖得酥烂，麻咸菜吸收了肉块之腴，肉块得野麻菜之香，相得益彰，肥而不腻，单吃里面的野麻菜，就叫人放不下筷子。

苏北乡土名肴麻咸菜煮小鱼，更是鲜美无比。锅里放入少许油，略将小鱼煎一下后，洒点料酒，放入姜、葱，适量水，烧透后放入麻咸菜，盖上锅盖焖一会儿，可见锅沿四周雾气弥漫，那野麻菜香味和小鱼鲜味随着雾气冒出来，溢满一屋子。一大盘麻咸菜煮小鱼，小鱼渗入了麻咸菜清香，麻咸菜和小鱼的味道得到了提升。这道麻咸菜煮小鱼我吃了大半辈子，越吃越鲜，而今吃出了童年的味道。

用野麻菜制作酸菜更开胃。小时候，我家人口多，母亲年年都要腌一大缸酸麻菜。将野麻菜挑回家，择洗干净，晒几天，水分干了即可腌酸麻菜了。烧好开水，把野麻菜放在锅里焯一下，捞出来用凉水冲一冲，水分沥干后，码缸装菜。码一层麻菜，就撒一把盐，把野麻菜踩实，再继续码野麻菜。装满缸后，用大石头压上。两个月后，野麻菜自然发酸，亚硝酸盐基本消失，就可食用了。酸麻菜可烧汤，可做配菜烧肉、烧粉丝。酸麻菜有一种特有的酸味和鲜味，酸中带香，口感绵软。营养学家说，酸麻菜中富含膳食纤维，能增进肠胃消化。

三九天气，用野麻菜制作的三腊菜风味独特，是大丰白驹的一道名菜。相传施耐庵写《水浒传》时，日日以三腊菜佐餐，一顿无此菜不欢。野麻菜择干净后，用绳子穿起来，悬挂在朝北的背阴处，待色泽渐渐暗淡，呈浅绿，即风干了。将之洗净、切细，加些盐、油、糖、芥末、姜米，用文火慢慢地炒，三成熟即可。盛出来，用筷子摊开，凉透，拌上麻油，加些切碎的萝卜干，装瓶，压实，密封存放20天即可食用。三腊菜绿如翡翠，带点白色，吃在嘴里一股辣香，辣香味穿鼻而过。若患伤风感冒，喝上一碗热乎乎的糁子粥，多搛几筷三腊菜，待麻得满头大汗时，鼻子通气，呼吸畅快，感冒也就舒缓了。

大丰野麻菜是乡亲们喜爱和保护的野生植物，如今宴席上也少不了野麻菜。超市里的用野麻菜制作的瓶装麻咸菜、三腊菜颇受顾客青睐。一碗用野麻菜烹制的菜肴，大大方方、堂堂正正登上大雅之堂。

原载 2019 年第 12 期《银潮》

春 韭

拆迁前的我家院内有一块不到10平方米的空地，几年前的早春二月，母亲种了几行韭菜。韭菜生长快，成了我家餐桌上不可或缺的美味菜肴，尤其是春韭，味道特别鲜嫩。韭菜割了又长，长了再割，可谓"钩刀割不尽，春风吹又生"。

每年立春后，母亲给韭菜地锄草、松土、施肥。要不了几天，地面就冒出翠绿的韭菜芽，一片生机盎然。一畦韭菜，雅淡芬芳，娇嫩欲滴，惹人喜爱。

韭菜属绿色野生植物，自古以来被文人墨客赞美。杜甫《赠卫八处士》诗："夜雨剪春韭，新炊间黄粱。"春雨淅沥的夜晚，老友重逢，主人披蓑戴笠，到菜地里割几把青翠欲滴的春韭做菜，再拿出一壶自酿的老酒，还有那刚烧好的香喷喷的黄粱米饭，主宾共进晚餐，其乐无穷。苏轼对春韭更有一番情趣，他在《送范德孺》诗中说："渐觉东风料峭寒，青蒿黄韭试春盘。"苏轼笔下的春韭，是春寒中捂盖在草丛中出芽不久由黄变绿的春韭。"青蒿黄韭试春盘"预示着春天真正到来。

俗话说"正月葱，二月韭"。二月的春韭脆嫩鲜美，有"春菜第一美食"的美誉。不同季节，韭菜口味也不尽相同，夏天和秋天生长的韭菜远远不如春韭鲜嫩味美。蒲松龄曾这样谈韭菜："二寸三寸，与我无份；四寸五寸，偶然一顿；九寸十寸，上顿下顿。"看来蒲老先生很喜欢品尝韭菜，或许家里没有种韭菜，或许没钱买春韭，只好吃不值钱的"九寸十寸"老韭菜了。

记得小时候，春韭炒蛋是我家招待客人的一道主菜。有客自远方来,母亲拿把钩刀到菜地里割来大把翠绿的韭菜,择洗干净后,切成小段,再拿几只鸡蛋打碎搅拌,倒入油锅中翻炒,呈金黄色起锅,再把韭菜倒入油锅中翻炒片刻,加入炒好的鸡蛋,翻炒几下装盘。不一会儿,一盘金黄碧绿、鲜香翠嫩的春韭炒蛋就摆上了餐桌。

我喜欢吃带馅的面食,最香的要数春韭肉馅饺子。将剁碎的韭菜与肉糜、蛋皮盛在盆中,放入少许盐、味精、白酱油拌和,包好的饺子倒入沸腾的开水中煮片刻,捞出盛入备好的热鱼汤中,一碗鱼汤韭菜肉馅饺子,汤浓味鲜,食之回味无穷。

春韭的吃法有好多种,可清炒,可炒鸡蛋、炒肉丝,可与豆芽、豆腐干、香菇共同素炒,亦可与豆腐、蘑菇、豆瓣配在一起烧汤,味道都很鲜美。我家的那块韭菜地,母亲关照得最多,付出得也最多。我时常看到80多岁的老母亲弯着腰在韭菜地里除草、松土、施肥的身影。有时母亲拔草,我也跟在她后面拔草,儿子、孙女也加入拔草行列。韭菜割了又长,长了再割,一年又一年,说不清割了多少茬,母亲和我也在时光里慢慢老去,而孩子却一天天长大。

"夜雨剪春韭",剪不断的是亲情和思念。又是一个春意盎然的时节,我又想起了春韭脆嫩鲜美的味道,那块韭菜地浸满了母亲的爱,唤醒了我对母亲的思念,唤醒了我的乡愁。

原载 2021 年 2 月 27 日《大丰日报》

挑荠菜，拔茅针

"打了春，赤脚奔，挑荠菜，拔茅针。"这是苏北一首流传久远的儿歌。立春后，天气渐暖，阳光明媚，我们这些活泼的乡下孩子，赤着脚，挎着竹篮，唱着儿歌，在艳丽的阳光下，沐浴着和煦的春风，在田埂上奔跑，一会儿在田野里挑荠菜，一会儿在河边草地拔茅针，好一幅春景水墨画。

我家住在城东二卯酉河边，那里溪边田角生长着许多野生荠菜。由于土质疏松，土壤里有机肥料充足，因此荠菜长得特别鲜嫩肥大，引得小伙伴们挎着竹篮，手拿小锹，纷纷到田里抢着挑荠菜。

回家后，将荠菜洗净，切碎与肉糜拌和，做成馄饨、饺子、汤圆、春卷的馅料，煮熟的荠菜馅饺子，油煎制的春卷，清香扑鼻，鲜嫩爽口，百吃不厌。

荠菜入药始见于《名医别录》，功能凉肝止血，清热利尿。多用于目赤疼痛、眼底出血、赤白痢疾、肾炎水肿等症。

荠菜为十字花科植物，是人们喜爱吃的野菜。古人把荠菜当作美味，《诗经·邶风·谷风》中有对荠菜的描述："谁谓荼苦，其甘如荠。"说的是荠菜的味甜。苏轼在《次韵子由种菜久旱不生》诗中写道："时绕麦田求野荠，强为僧舍煮山羹。"体现了诗人对野生荠菜的热爱和对简单生活的向往。陆游《食荠三首其一》诗曰："日日思归饱蕨薇，春来荠美忽忘归。"表达了对荠菜的喜爱，以至于在尝到荠菜的美味后，竟然忘记了回家。辛弃疾《鹧鸪天·陌上柔桑破嫩芽》："城中桃李愁风雨，春在溪头荠菜花。"城里的桃花最害怕风雨的摧残，最明媚的春色，正是那溪边盛开的荠菜花。体现了词人对荠菜的钟情和对乡野生活的向往。

茅针与荠菜一样，也是富有诗意的野生植物。茅针是茅草初长时的绿茎，"茅春生芽如针，谓之茅针"。茅针大约有3寸长，翠绿圆润，头部尖尖的，很像一根细细长长的缝衣针。顶尖部呈紫红色，浑身长着细密的茸毛，摸上去柔柔的，剥去绿色的外衣，即露出白嫩的针肉，食之鲜嫩香甜。

立春之后，在田间地头，茅针在阳光下悄悄从茅草根里露出身子，鲜嫩的花蕊银白，有绒光，如月色。每天放学之后，我和同学挎着竹篮，去河边草地拔茅针。细嫩的茅针散发着淡淡的清香，茅针是童年时代不可多得的美食。剥开几层绿色的苞衣，露出绵长白软的茅针肉，轻轻地采撷下来，放到嘴里咀嚼，爽滑、甜嫩，柔韧中带有甜味，清香中含有清冽，清新与清爽盈满口腔，初春气息扑面而来。食茅针的那种舒心惬意，在我心中绵延多年，至今难以忘怀。

我喜食茅针，更喜欢吟读茅针诗。最早描写茅针的诗见于《诗经·静女》："静女其娈，贻我彤管。"将茅针谓之"彤管"，形象之外，又可想象出茅针顶端的那抹胭脂般润泽的光亮来。爱茅针之美，在古代已可见一斑。宋代范成大《晚春田园杂兴十二绝》："茅针香软渐包茸，蓬藟甘酸丰染红。采采归来儿女笑，杖头高挂小筠笼。"写出了茅针的可爱。

2024年2月写于大丰吾悦华府

青青车前草

每年春暖花开的时节，我和妻子总要挎着篮子去乡下挖些生长不久的嫩车前草。回家后，将车前草洗净，焯水后做凉拌菜，或清炒，或烧汤，口味鲜嫩清香。到了初夏，我们又下乡采集车前子（车前草的种子），洗净晒干后装瓶储藏，平时泡茶饮用。

看到车前草，我就想起小时候跟在母亲后边挖车前草的场景。我的家乡苏北平原，地头、沟边和墙角到处生长着车前草。我和母亲抢着挖，看谁挖得快、挖得多。回家后，母亲把车前草洗净，做成菜肴给我们吃，多余的晒干后，放在铁锅里反复翻炒，炒出香味出锅储存。我们平时泡茶喝，色汁浓稠，清香解渴，排毒清热。

初夏，我在野外近距离看到车前草穗状的细圆柱形的花絮，花白中带些紫色，很密集、很漂亮。车前草蒴果盖裂，内含黑褐色种子4—8粒，种子粒小，呈扁平椭圆形，一面略凸，一面稍平，有明显脐点，质坚硬，断面灰白色，嚼之发黏，味淡。夏季种子成熟时采收，一般割取果穗，晒干，打下种子，簸净枝叶，筛去泥土，再晒干即可水煎服用。车前草主根均为须根，与泥土结合很紧，很难连根拔出。叶从根茎基部丛生，呈墨绿色，纹路很像蛤蟆背，所以也叫蛤蟆草。叶子又像牛的耳朵背，乡亲们又称之为牛耳朵。

车前草最早记载可追溯到《诗经》，《诗经·芣苢》里把车前子叫作芣苢。"采采芣苢，薄言采之"，这是姑娘们在野外采集车前草时互相唱和的劳动歌声，描绘了一幅真切动人的浪漫场景，给人以身临其境之感。

为什么叫车前草呢？我还听母亲讲述了一个小故事。她说，西汉有个名将叫马武，他带领士兵去野外征战，被困在一个荒无人烟的地方，士兵们非常饥渴，几天后，好多士兵尿血，疼痛不已。有个马夫发现有三匹马特别奇怪，原来尿血不止，后来突然好了，原来这马吃了马车前的一种像牛耳朵背的草。马武知道后，也让士兵们吃这种马车前的草，不久，士兵们都不尿血了。为了纪念这个草，因为它长在马车前面，所以就叫它车前草，这个名字一直沿用到今天。

听了母亲讲述车前草背后的故事，我对车前草心生崇敬，深感车前草的神奇。我每次下乡，只要看到车前草，就驻足仔细观赏，流连忘返。车前草喜欢生长在地头、沟边、路旁和家前屋后的砖头缝间，土质越板结，碎石越多，它长势越旺盛。车前草躯体虽小，但生命力极强，在干旱、洪涝灾害的恶劣环境下，仍然茁壮生长。一次，天下着小雨，我在乡间小路上行走，突然脚一滑，险些摔倒。我小心翼翼地挪开脚，发现踩到了路上的车前草，它矮小墨绿的身体紧缩在泥泞处。我又发现，车前草总是在人们不经意间占领了整条道路，任人踩踏，任深深浅浅的车辙无情地碾轧，它却仍然顽强地生长。

车前草为多年生草本植物，教科书《中药学》称，车前草清热利水、祛痰，主治小便不利、水肿、疮肿、咳嗽痰多。车前子利水通淋、清热明目，主治尿赤淋沥、水肿泻痢、目赤肿痛。

可有好多人并不知道车前草的食用、药用和生态价值，可惜把它当作杂草除掉了。我想，保护大自然并不是一句口号，而是你真正知道了这个野生植物背后的文化和故事之后，当你经过它身边的时候，会不由自主地心生一种情感，这个时候才能真正地对野生植物产生爱，进而保护它、珍惜它。

今年初夏，我带孩子们去野外挖车前草和采集车前子，让他们朗读《芣苢》，感受《诗经》的韵律和大自然的美。眼前的一株株车前草外貌虽然平凡，却散发出唯美的非凡魅力，成了孩子们最喜欢的野生植物。

2024 年 4 月写于大丰吾悦华府

金针花香

立夏节气后，我家墩子边一丛丛柠檬萱草沐浴着阳光，长势旺盛，花蕾一片淡黄。

柠檬萱草为百合科植物，盛开的花苞长约 10 厘米，外形像金针，所以乡亲们称含苞欲放的柠檬萱草花为金针花，因为能食用，又称金针菜、黄花菜。

柠檬萱草形态优美，叶片呈长条针状，纤长翠碧；亭亭丰茂的叶柄上，探出长长的淡黄花色的花朵；花萼底部自下而上镶嵌着一条条金丝线，光亮闪烁；它那灵动的花姿，犹如一位优雅的舞者，在晨光中摇曳着轻盈的身姿；微风拂过，枝头似有无数只橙黄色的蝴蝶翩翩起舞，空气中弥漫着一股芬芳。

萱草即谖草，最早记载可追溯到《诗经·伯兮》："焉得谖草？言树之背。"意思是，何处去寻忘忧草，将它种植到北边。

表达一位妻子对远征丈夫的思念之苦。

萱草是富有诗意的植物，孟郊《游子》写道："萱草生堂阶，游子行天涯；慈母倚堂门，不见萱草花。"把萱草花与母亲联系在一起，写尽了母亲思念儿子之情。在古代，萱草也称"母亲花"。白居易有诗云："杜康能散闷，萱草能忘忧。"苏东坡曾赋诗曰："萱草虽微花，孤秀能自拔。亭亭乱叶中，一一芳心插。"他所述的"芳心"，就是指母亲的爱心。韦应物"何人树萱草，对此郡斋幽"，明代高启"幽花独殿众芳红，临砌亭亭发几丛"，说的都是高殿华堂处的萱草，富有贵族气。清代姚永概《咏常季前庭萱草》诗"阶前忘忧草，乃作贵金花"，更是一派富丽的金色。

古代中医药著作《本草经》记载，"萱草味甘，令人好欢，乐而忘忧"，故又名"忘忧草"。百合科柠檬萱草是萱草属的一个品种，金针花淡黄色，为柠檬萱草的花蕾，药食同源，功能利温热，宽胸膈，明目，助眠，治小便赤涩，黄疸。

《群芳谱》说萱草："春食苗，夏食花，其雅牙花的跗皆可食。"金针花营养丰富，可凉拌、可清炒、可做汤，故名金针菜。经过加工晒成金针干菜，水泡后做汤、干焖、烧肉皆宜。

难忘在那物资匮乏、缺衣缺食的年代里，我家人口多，收入少，平时吃的主要菜肴是炒青菜、南瓜汤、煮山芋、胡萝卜。为改善伙食，那年初春，母亲在墩子边栽植了柠檬萱草。每年初冬，柠檬萱草谢叶枯萎，来年初春根部返青，到初夏，枝秆长到一米多高，分枝结满了淡黄色花蕾。柠檬萱草一次性栽种，不需施肥，年年开花，既能观赏，又能食用。每年春天，墩子四周的柠檬萱草花蕾一片淡黄，我家像住在花园里。

母亲每次采摘金针花回家，先去掉叶根，抽掉花蕊，洗净，锅中放入清水，再放入适量盐，水开后放入金针花焯水片刻，捞出沥干水分。锅中倒入适量油，放入蒜、姜末和干辣椒爆炒出香味，倒入金针花，放适量盐，翻炒片刻起锅装盘，盘中淡黄色的金针花中点缀着白色如玉的蒜末、红色透明的辣椒，色香味俱佳。母亲做成的金针花菜肴鲜嫩味美，滋养着我们兄妹四人，让清苦的日子氤氲着家的味道，我们深感母爱的温馨。

母亲常用金针花做食材，做出不同花色的金针花美食，金针炒丝瓜，金针煮小鱼、炖豆腐、拌黄瓜、焖蚕豆、扣肉等菜品成为我家餐桌上的美味佳肴。母亲说："金针，金针，味道鲜嫩，多吃金针，眼精手快好穿针。"母亲总结食用金针菜的种种好处，朴实的语言，满是恬淡知足和温馨，品尝母亲做的金针菜，胜食山珍海味。

母亲出生于1938年，没有上过学，还是参加生产队妇女扫盲班识了几百个字。后来母亲在书店买了一本《新华字典》，自学认识了好多常用字。母亲除了种庄稼，还喜欢种花草。她在书店买了一本《民间常用草药》，在书上写写画画。每年春天，她总是要采摘好多金针花、金银花、蒲公英，晒干储存。她会用金针花、金银花、蒲公英泡茶给我们喝。在母亲的滋养下，我们兄妹四人健康成长。

1992年，我家乔迁新宅，立春时节，母亲从老墩子上挖来数株柠檬萱草根，将其栽植在新墩子边。立夏后，柠檬萱草长到一米多高，枝梢间探出长短不一的花苞，或碧绿或浅黄，一朵朵像一根根金针，鲜嫩水灵。几个清晨，我看到母亲挎着竹篮分批采摘，我也跟在母亲后边采摘，淡黄的花粉沾满了双手。回家后，去掉叶根，抽出花蕊，清洗焯水后，将其排列在竹匾里，再用网纱覆盖其上，防止蚊蝇叮咬，随后放到烈日下晾晒，正午时分逐一反复翻晒,直至晒干,然后用包装袋收集、储藏。母亲还把刚采摘的新鲜金针菜运到农贸市场出售,每年都要送些给城里亲戚、朋友。

望着母亲忙碌的身影,我问母亲晒这么多金针菜干什么。她笑着说,自己晒的金针花干净、味道好,平时食用方便,多吃对身体有益。

原来,一朵朵细黄的金针花里,蕴藏着母亲对我们何其细腻绵长的心思与关爱。

金针花生性不恋肥土沃壤,乐于扎根在贫瘠的土地,不求索取,平平淡淡,年年开花,让人消除忧愁,给人们以美的享受,留给人们的东西很多很多。母亲的品格和形象就像年年盛开的金针花。

一转眼,母亲已去世两年多,可墩子边那盛开的一朵朵金针花不时浮现在我面前,承载着我对母亲的无尽思念。

2024年6月写于大丰吾悦华府

六月六吃焦屑

每到农历六月初六,苏北民间有吃焦屑的习俗。"六月六,吃口焦屑长块肉。"传说六月六吃上一碗焦屑可防痊夏。

至今难忘童年时那碗里的焦屑香味。每到六月六,村里家家户户都在炒焦屑，整个村庄都散发出浓郁的焦屑香味。我们兄妹四人早已起床了，围着灶台团团转，看着母亲炒焦屑。妹妹烧锅，锅烧热后，烧小火，母亲将面粉倒入锅中，用铲子不停地翻炒，直至面粉炒得发黄，就停火；再慢慢翻炒面粉，直到散发出一股浓浓的香味，才停铲翻炒，让炒面在锅中慢慢凉透。这样炒出来的焦屑，既不焦，又不煳。

炒焦屑是一门技术活，要掌握要点，关键是要把握好火候。火太猛了，靠锅的面粉来不及翻炒，就煳了，而上面的面粉因受热少，夹生炒不熟；火候太小了，又不易炒透。所以，只能用小把茅草烧锅，文火慢焙，翻炒速度要快。等焦屑凉透后，我们就用手抓，用瓢子舀着吃了。

焦屑，即炒熟的面粉。其原料有两种：一种是小麦面粉，炒熟后叫小麦焦屑；一种是糯米面粉，炒熟后叫糯米焦屑。焦屑干燥，易储存，是一道家乡传统美食。吃时，先在碗里放入小半碗焦屑，然后慢慢倒入开水冲泡，边倒边用筷子搅拌均匀。因人而异，要吃浓的，就多放些焦屑，少放些开水；要吃稀的，就多放些开水，少放些焦屑。放适量糖和麻油，一碗泡焦屑清香扑鼻，香甜可口。糯米焦屑比小麦焦屑口感更软糯、更香甜、更细腻。

读高中时，我去学校小农场劳动锻炼三个月，母亲担心我吃不饱，把炒好的焦屑装在瓶里，让我带走。在小农场，我们半天种地，半天上课。肚子饿时，我和同学分享母亲炒的焦屑，填饱了肚子，劳动、学习更有劲了。

每次旅游，母亲总要炒些焦屑让我带走。"在旅途，泡焦屑吃比吃方便面好。"母亲总是这样关切地说。

又到六月六，每每想到母亲炒的焦屑，耳边便传来那首歌谣："六月六，吃口焦屑长块肉，弟弟抓着吃，妹妹舀着吃，弟妹乐得弯了腰……"

2024 年 7 月写于大丰吾悦华府

鲜嫩的马齿苋

清晨,我在田埂上散步,发现瓜田墒沟边,甚至不经意的小河旁,都生长着一片片绿色中带有紫红色的植物,那便是马齿苋。因它的叶片肥厚,形似马的牙齿,故得此名,苏北人习惯称它为"马菜"。

我的童年生活,除了读书,就是挑猪草,所以认识了好多野生植物。马齿苋个头儿比一般野菜大,茎平卧,多分枝,伏地铺散,生长早期茎呈淡绿色,晚期呈紫红色;叶片扁平肥厚,上面深绿色,下面淡绿色;花细小,簇生枝端,花瓣淡黄色;全身柔软、鲜嫩,肥厚多汁。马齿苋喜欢生长在瓜田、玉米地、路旁、沟边和墙角的砖头、石板缝里,每年春天发芽,到夏天,一棵能长到一斤左右。

马齿苋是一种药食同源的无公害野生植物,《中药学》称,马齿苋含有丰富的维生素 A 样物质,能促进上皮细胞的生理功能趋于正常,并能促进溃疡的愈合,具有清热解毒、凉血、止血、止痢功能。由于马齿苋营养丰富,能治病,所以乡亲们又称它为"长寿菜"。

马齿苋不需播种，每年春天发芽，不需施肥和喷洒农药，自然生长。春夏秋之间，当枝叶长得肥壮茂盛时，即可大量采收。选晴天，割取地上部分或连根挖出，切除根，洗净，置开水中略烫，立即取出，经冷水淘洗，至不黏手，晒干即可食用或药用。

在那个物资并不充裕的年代，我家饮食很简单，早晚稀粥、咸菜，中午一饭一汤，菜肴除了青菜汤，就是南瓜汤，母亲偶尔用马齿苋炒鸡蛋改善我们的伙食。马齿苋鲜嫩清香的味道，我至今回味无穷。

可惜的是，20世纪六七十年代，乡亲们把马齿苋当作猪草喂猪，或当作杂草除掉。90年代后，随着科学知识的普及，马齿苋的营养、食用价值和药用功能引起了人们的重视。每到夏天，超市和菜市场有新鲜的马齿苋出售，每斤卖到2元左右，晒干的马齿苋每斤卖到12元上下。近年来，拼多多等电商平台也有新鲜的马齿苋出售。马齿苋还进入各大超市、农贸市场和电商平台，既丰富了城里人的菜篮子，又增加了农民的收入。

今年夏天，连日高温，地里的庄稼似乎都在烈日下显得有些疲惫。唯有马齿苋，以一种倔强的生命力，在滚烫的大地上绽放着一片绿意，那绿色的叶片与春日里的嫩芽一样鲜嫩，仿佛是大自然为夏日添加的一抹清凉。

马齿苋是野生植物中的佼佼者，它不畏干旱和水涝，不惧贫瘠和虫害，只要有一方土壤、一缕阳光，便能扎根土地，顽强地生长。即使在被遗忘的角落，或是在裂缝斑驳的石板、砖头缝间，也能见到它那不屈的身影。它的生命力之顽强，无论环境多么恶劣，都能奋发向上、生机勃勃，令人赞叹。

马齿苋，除了那份令人敬佩的生命力和绿意，如今还成了人们餐桌上的美味佳肴。每年夏末秋初，我常到田里挑些马齿苋，回家洗净，切碎加入蒜末、生抽、麻油凉拌，或与鸡蛋同炒，口感鲜嫩清香。

每年在秋播清理瓜藤前，我总要采集上百斤的马齿苋，洗净焯水，晒干备用，还当作礼物馈赠给城里亲友。平时要吃时，将马齿苋泡水软化后，沥干水分，可烧汤、可清炒，是一道清香可口的家常美食。

家乡有一道地方名菜叫马齿苋扣红烧肉，将五花肉炖得酥烂后加入马齿苋，马齿苋吸收了肉块之腴，肉块得马齿苋之清香，相得益彰，肥而不腻，单吃里面的马齿苋，就叫人放不下筷子。好多饭店用马齿苋与肉糜拌和做馅蒸包子，清香爽口，颇受食客青睐。

马齿苋那略带酸涩清香的口感，却藏着一种独特的野菜鲜美。我每次品尝，都像是尝到了儿时母亲做的马齿苋菜肴的味道，童年那些简单而又纯粹的快乐，也随着马齿苋的清香在心底久久流淌。

2024年7月写于大丰吾悦华府

一碗鱼汤面

清晨，我和几个朋友来到城南一家早餐店，围桌而坐，一杯清茶，一盘生姜干丝，每人一碗鱼汤面，边吃早茶边聊天，不亦乐乎。

　　鱼汤面风味独特，是大丰人吃早茶的首选。因用黑鱼或鲫鱼、鲢鱼熬制的鱼汤面有温脾健胃功能，常食有养心安神、健体之效，故民间有"吃碗鱼汤面，赛过老寿星"之说。大丰城里的中老年人，常年以早餐吃鱼汤面聊天为一大乐趣。

　　大丰城各大饭店、酒楼的鱼汤面，不仅吸引了众多的本地食客，而且受到许多外地食客青睐。如今，大丰几乎每家饭店都制作鱼汤面，每天早晨前来品尝鱼汤面的食客络绎不绝，生意十分红火。到过大丰的人，若不尝尝鱼汤面，那简直是一件憾事。尝过鱼汤面的人，却不一定知道鱼汤面的来历、制作方法和有关鱼汤面的故事。

　　曾听奶奶说，乾隆年间，大丰城有家小吃店，早上经营面条和包子，生意还算可以。一日早晨，店老板在街上看到一位长者挑着一副担子，一头放着柴草和锅灶，一头放着餐具、面条和熬制好的鱼汤，叫卖"鱼汤面"。店老板想尝尝此人的手艺，便买了一碗鱼汤面。端在手上一看，只见面汤乳白醇厚，微风一吹，表面结了一层薄膜，用筷子拨开，夹起面条一尝，又鲜又香，比自家店里卖的面条不知好吃多少倍。店老板很佩服此人的手艺，便聘请他到自家小吃店下鱼汤面，收入对半分成，长者一口答应。自从这位师傅来店后，天天客满，小吃店的名声越来越大。后来店主才知道，这位卖鱼汤面的师傅是兴化县人，原来是宫廷御厨，擅长制作鱼汤面，因被人诬告，被逐出宫廷，后流落到大丰，走巷串户卖鱼汤面。

　　上初中时，我还听奶奶讲过关于鱼汤面的红色故事。1941年10月，八路军、新四军在大丰白驹狮子口会师后，新四军二纵队六团三营驻大中集老百姓家中，好多群众用鱼汤面喂养新四军伤病员，谱写了一曲拥军情歌。鱼汤面成了新四军伤员养伤、养命的美食，当时乡里流传着这样一首歌谣："鱼汤面白又鲜，献给亲人尝一尝；鱼汤面浓又香，战士吃了精神长，杀敌冲锋更顽强……"

1946年春，台北县（1951年改名为大丰县）大中区委安排三名新四军伤员到泰丰乡泰西村农民家养伤，当时我爷爷任泰丰乡乡长，他冒着被敌人搜查杀头的危险，主动接收了一位名叫戴盛的新四军伤员。为了不让敌人发现，爷爷把这位伤员的辈分排名在我大叔戴见后面，称"戴家老二"。为了改善伤员伙食，大叔天天下河摸鱼，奶奶用黑鱼熬汤下面条给这位伤员补养，经过半年多疗养，他的伤情有了好转。中华人民共和国成立后，这位新四军战士留在了大丰，并组建了家庭。20世纪70年代，他担任大道公社双喜大队大队长，几十年来，他和我家一直保持往来，好多人都以为他是我的嫡亲二叔。

家里来客，或有人过生日、生病，奶奶才会制作鱼汤面。奶奶烹制鱼汤面十分考究，其汤必须用活黑鱼、鲫鱼或鲢鱼熬制。将鱼剖腹洗净，将猪油烧至八成热，陆续放入鱼炸至金黄色，再将炸过的鱼加上鳝鱼骨和适量的热开水慢慢煨至汤稠。加姜、葱、料酒去腥，过滤清汤，即成面汤。面条宽薄匀称，煮熟后盛入汤中。奶奶烹制的鱼汤面汤浓如乳，面滑爽口，鲜美无比。成家立业后，我经常请奶奶制作鱼汤面，每次品尝，都回味无穷，童年那简单而又纯真的快乐，也随着鱼汤面的鲜美，在心底久久流淌。

前不久，编纂《双喜村志》的邓老师找我了解当年新四军伤病员戴盛在我家养伤的事，我又将奶奶讲述的红色故事重复了一遍。

奶奶已去世 30 多年，但她讲述的用鱼汤面喂养新四军伤员的故事，还有她烹制鱼汤面的情景，我终生难忘。

原载 2024 年 9 月 14 日《大丰日报》

吃鱼乐中品鱼诗

俗话说，吃鱼没有取鱼乐，吃鱼、取鱼的乐趣确实妙不可言，但我更喜欢品读古代名人的咏鱼诗。咏鱼诗是祖国古诗苑中的一朵奇葩，读来诗味隽永、动人心弦、妙趣横生。

鲤鱼，自古以来是人们喜食的淡水鱼之一，不但味道鲜美、营养丰富，而且文化品位极高。在古诗词中，鲤鱼常被用来比喻那些不畏艰难、勇往直前的人，象征着坚韧不拔的精神和对美好未来的追求。唐代诗人章孝标有一首脍炙人口的《鲤鱼》诗："眼似真珠鳞似金，时时动浪出还沈。河中得上龙门去，不叹江湖岁月深。"李白《赠崔侍郎》诗曰："黄河三尺鲤，本在孟津居。"岑参《热海行送崔侍御还京》诗云："海上众鸟不敢飞，中有鲤鱼长且肥。"这些诗借鲤鱼抒情，把鲤鱼的形态、习性和跳龙门的情态、形象描绘得栩栩如生，寄托了诗人对人生奋斗和成功的向往。

在我的家乡有一个流传已久的风俗，家里有人过生日，或新房上梁，妻子娘家人都要送鞭炮、香、蜡烛，还要配上两条活鲤鱼、两斤贴上红纸的鲜五花肉。同样,岳父岳母过生日,或新房上梁,女婿女儿也要送同样的礼物。鲤鱼外表呈鲜红色,是吉祥鱼,又叫花鱼。鲤鱼作为礼物,寓意着年年有余、吉祥如意。

鲥鱼,是我国名贵的食用鱼之一,古代曾被列为贡品,为皇室宫廷的御膳佳肴。出产于苏北大丰黄海海域的鲥鱼比长江的鲥鱼更肥美鲜嫩。因该地海域处于黄海中部,潮汐来自太平洋,水涡回流多变,虫藻等生物资源丰富,是鲥鱼生存的良好场所。

鲈鱼,肉质细嫩,味极鲜美,享有"苏北名鱼"之誉。范仲淹《江上渔者》诗云:"江上往来人,但爱鲈鱼美。君看一叶舟,出没风波里。"此诗通过反映渔民捕鱼的艰苦,希望唤起人们对民生疾苦的关心,体现了诗人对劳动人民的同情。陆游吟咏鲈鱼的诗更多,他在《洞庭春色》中写道:"人间定无可意,怎换得玉脍丝莼。""玉脍"是一种以鲈鱼为主料拌以切细有金黄色花叶菜的中国传统美食。意思是说,人世间没什么特别满意的事情,只有美食能让人忘却烦恼,享受快乐。他宦游蜀中时,又作《南烹》诗:"十年流落忆南烹,初见鲈鱼眼自明。"诗人久居他乡,回忆起故乡鲈鱼的美味,眼中流露出怀念之情。北宋诗人梅尧臣《得王介甫常州书》诗云:"直须趁取筋力强,炊粳烹鲈加桂姜。"可见食鲈鱼还可强身健体。

鳜鱼,是大丰内河的一种稀有鱼种,又叫桂鱼,家乡人称之为季花鱼。由于鳜鱼稀少,如今市场上每斤已卖到30元左右。鳜鱼肉嫩味美、营养丰富,是高档宴席上的美食。唐代诗人张志和的《渔歌子》称赞鳜鱼:"西塞山前白鹭飞,桃花流水鳜鱼肥。"这首诗将鳜鱼的肉质肥嫩刻画得淋漓尽致。

银鱼,是家乡串场河、卯酉河等淡水河的鱼类之一,体形细长,周身银白透明,唯眼圈呈黑色。它因肉细无刺,透明似银而得名。大丰地处黄海之滨，淡水鱼种数不胜数。小时候，我在河里学游泳，在河边常捉到这种体形像银针的鱼。银鱼是浮游在河上层的小型鱼类，无鳞，味道鲜美，营养丰富，蛋白质含量高。食用不需破肚，清水漂洗一下即可烹煮。可与鸡蛋、肉丝、榨菜做成汤，汤汁乳白，鲜美爽口。亦可配香菇丁、火腿丁、蛋丝做成羹，成为招待亲友、嘉宾的美味佳肴。

诗圣杜甫《白小》诗云："白小群分命，天然二寸鱼。"诗中"白小"即银鱼，十分准确地描绘出银鱼的体态。杨万里食过银鱼后，亦赋《初食淮白》诗："淮白须将淮水煮，江南水煮正相违。霜吹柳叶都落尽，鱼吃雪花方解肥。"诗中"淮白"即淮河银鱼。宋代诗人张先《吴江》诗曰："春后银鱼霜下鲈，远人曾到合思吴。欲图江色不上笔，静觅鸟声深在芦。"张先喜食银鱼，把银鱼和鲈鱼同列为餐中珍品。

吃鱼乐，取鱼乐，品读咏鱼诗更乐。

2024 年 10 月 10 日写于大丰吾悦华府

灯下漫笔

李白读书

去年夏天，我参加一个笔会，目睹一位自称诗人的年轻朋友买了一瓶白酒，仿效"李白斗酒诗百篇"，结果诗未作成却醉倒在地上。

联想到现实生活中，有些人平时很少读书，却也饮酒作诗，恨不得笔下生花，希望一觉醒来"思路敏捷，成诗千首"，一鸣惊人。其实，酒与诗并没有必然联系。杜甫在《饮中八仙歌》中刻画李白的形象说："李白斗酒诗百篇，长安市上酒家眠。天子呼来不上船，自称臣是酒中仙。"杜甫在这里赞扬的是李白的傲骨，不为高官厚禄所迷，而绝不是说李白成为"诗仙"是多饮酒的结果。

李白之所以成为我国文学史上一颗璀璨的明星，是因为他博学广览的结果。《潜确类书》中记载："李白少读书，未成，弃去。道逢老妪磨杵，白问其故。曰：'欲作针。'白感其言，遂卒业。"李白的父亲李客爱好文学，藏书颇丰，曾亲自教李白诵读辞赋。在家庭的影响下，他"五岁诵六甲，十岁观百家""十五观奇书，作赋凌相如"……这说明刻苦读书、苦心钻研，才是李白成为"诗仙"的根本原因。

李白在《为宋中丞自荐表》中写道："怀经济之才，抗巢由之节，文可以变风俗，学可以究天人。"观其一生所为，此言并非虚构。李白在少年时代已写得一手好诗，但并不标榜自己将来想做个什么诗人，而是口口声声要探讨社会，要研究人生，要有经济之才，凭借自己的本事，去辅佐明主，改变世俗，振兴社稷。

读书是苦事，亦是乐事。李白在《翰林读书言怀呈集贤诸学士》诗中写道："观书散遗帙，探古穷至妙。片言苟会心，掩卷忽而笑。"从这些诗句中，可以看出，李白读书具有一种不达"妙境"绝不罢休的顽强精神。

只要功夫深，铁杵磨成针。年轻的朋友，如果你要当一名诗人，或想在事业上有所成就，请从刻苦读书做起。离开了这一条，不可能有其他什么捷径。

原载 1996 年 3 月 7 日《福建日报》

喝酒与作文章

妻子单位发了两瓶孔府宴酒，因我不会喝酒，故放在家中待客。孩子做作业要写一篇作文，想了半晌未写出一个字。他拿出一瓶倒了半碗，端起就要喝。见此，我吓了一跳，忙阻止他："你为什么喝酒？""喝孔府宴酒，作天下文章！"他理直气壮。

由此，我联想到现在电视屏幕上白酒广告太多太滥，搞得人头昏脑涨。有的还伴有酒宴镜头出现，众人举杯，大吃狂喝，神采飞扬。酒广告华而不实、哗众取宠，一片溢美之词，令人生厌。电视台在大量做白酒广告的同时，是否想到盲目生产白酒、过度消费白酒和酒广告的负面效应呢？

众所周知，喝酒非但不能作天下文章，而且恋酒贪杯，对身体损伤极大。考酒之物，化学称"乙醇"。明代龚廷贤的《药性歌括四百味》中说："酒通血脉，消愁遣兴，少饮壮神，过多损命。"宋朝陆游本来也爱喝酒，年迈不能豪饮，朋友们还是劝酒，他颇为苦恼，于是写了一首诗，其中两句："尔来人情甚不美，似要杀人以曲糵。"意思是"以酒杀我，不是什么人情"。有人说李白写诗，是喝酒喝出来的，其实不然。杜甫在《饮中八仙歌》里刻画李白的形象说："李白斗酒诗百篇，长安市上酒家眠。天子呼来不上船，自称臣是酒中仙。"杜甫在这里赞扬的是李白的傲骨，赞他不为高官厚禄所迷，而绝不是说李白成为"诗仙"是多饮酒的结果。唐人项斯在《经李白墓》诗中说："夜郎归未老，醉死此江边。"五代王定保在《唐摭言》中说李白醉游采石江，入水捉月而死。虽是讹传，却也反映了醉酒之害。

中国人饮酒习惯已有几千年的历史，饮酒给人们带来欢乐和祥和，也给家庭和社会带来过忧伤和痛苦。近年来，我国心血管病患者人数增多，究其原因，大多与长期过度饮酒有关。据卫生部对华北地区心血管病患者的一次调查，临床心血管病患者中，63%有长期饮酒史；在死亡的心血管病患者中，81%是性情暴躁的纵酒者。近年来，酒后开车引发车祸和醉酒身亡的事屡有所闻。

如果喝酒真能"作天下文章"，我倒想喝一杯此酒，作一篇"过度消费白酒助长铺张浪费"的文章告知天下人。

据有关统计资料表明，我国每年酿酒而耗掉的粮食达200亿公斤。然而生产白酒的厂家仍越来越多；我国的白酒生产已超过了消费需求，年产达60亿公斤，平均每人5公斤。

我们应当在全社会倡导文明健康的消费观念和消费方式，提倡少喝白酒，控制白酒生产。电视台应当担负起倡导文明健康消费的社会责任，在讲求广告经济效益的同时，更要注重社会效益和正确的广告宣传导向。要节制烈性酒的广告宣传，要多播放些过度喝酒有害健康，盲目生产白酒浪费粮食的广告宣传。这样，于人民有利，于社会有利。

原载 1996 年 4 月 26 日《人民日报》（海外版）

劝君常吟《不气歌》

在现实生活中，有些人吃过不少苦，受过不少难，但他们性格开朗，遇事不生气，能长寿。而有些人，平时生活很好，但遇事容易生气、憋气，结果患病早逝。气，对身体危害确实很大。《内经》指出："百病生于气矣！"现代医学认为，人的许多疾病与生气和精神因素有关，过度的、持久的生气和情绪波动，或突然受到剧烈的精神创伤，会引起体内多种生理功能紊乱，导致内分泌失调，神经血管收缩，引发脑溢血、胸闷等症。生气，真的能把人气死。众所周知，三国时期的周瑜身为东吴大都督，雄姿英发，儒雅风流，文韬武略，运筹帷幄，赤壁用兵"谈笑间，樯橹灰飞烟灭"，大败曹兵，堪称一代豪杰，但他经不住诸葛亮三次用计，气得"箭疮复裂"，仰天连叫数声"既生瑜，何生亮"，活活气死，年仅 36 岁。如此英雄气短，不禁令人扼腕唏嘘。

清朝大学士阎敬铭的《不气歌》说得好："他人气我我不气，

我本无心他来气。倘若生气中他计，气下病来无人替。请来医生将病治，反说气病治非易。气之为害太可惧，诚恐因气把命废。我今尝过气中味，不气不气真不气。"大哲学家康德说："生气是拿别人的错误来惩罚自己。"是的，生气多为生别人的气，或自找气生。当然，因自己做错事而后悔生气的也不乏其人。生活中常有不乏恶语伤人骚扰他人生气者，对此，应虚怀若谷，不予理睬。俗话说，"将军额上能骑马，宰相肚里好撑船"。对那些捕风捉影，风言风语，不必放在心上，可采取"付之一笑"之策。

为了健康，劝君常吟《不气歌》。

原载 1996 年 7 月 25 日《新民晚报》

"伯乐"也会失职

去年，某县惩腐办主任因嫖娼被公安机关查处。今年5月，该县一位常务副县长在台上作"严打"报告的第三天，因受贿被公安机关抓获。他被提为常务副县长不到 20 天，就跌下了犯罪深渊。同时因受贿被查处的还有该县监察局局长。令人惊讶的是，他们所犯的罪行都是升任前所为，而这些丑闻又都是发生在县委大院内。这些"劣马"在提拔重用之前，就劣迹昭著，群众早有议论，不知那些"伯乐"是如何"相马"才把这群"劣马"选到疆场上的。这就给我们提出了一个很重要的问题，在新的历史时期，如何当"伯乐"，如何选"马"？

值得注意的是，现在有些"伯乐"与那些"劣马"的关系很不正常。有的同流合污，干着见不得人的勾当；有的"伯乐"考"马"马虎了事，致使一些"劣马"混进了"良马"队伍。考察任用干部，关系到党的形象和声誉，关系到一个部门、一个地区乃至"四化"大业的成败，事关大局。我国古代的考官都很严格，前秦皇帝苻坚曾问高泰何为治国之本，高泰回答说："治本在得人，得人在审举，审举在核真，未有官得其人而国家不治者也。"唐太宗也讲过："为官择人，不可造次。用一君子，则君子皆至；用一小人，则小人竞进矣。"当今的"伯乐"考"马"，是不是都做到了"核真"和"核准"？作为"伯乐"，当然也不是真理和正义的化身，亦应对他们进行多方位、多层次的考察，尤其是要对他们的党性原则、道德品行进行认真考察。我国早就有对监察官吏审核、管理的古训，明朝规定，"凡御史犯罪，加三等。"即俗话所言，"知法犯法，罪加一等"。对当今的"御史"犯法，如何追究，应罪加几等？

在新形势下，如何考"马"用"马"？我以为，首先，要把"廉政"放在首位。为政清廉是共产党干部的必备条件，倘若一个干部不廉洁，也就不具备"德才兼备"的条件。在现实生活中，有些腐败分子混在干部队伍中，其"能"往往掩盖贪，倘若我们重能轻廉，考察不严，就会让这些人得以提拔重用，使国家和集体的利益受到损失。可以从几方面考察其廉洁表现：一是要考察"马"的本质，认清是"马"还是"骡"，千万不能把"偷鸡豹"误认为"良马"。二是考察"马"的家族成员，考察"马"的亲属工作变化情况，可看出"马"的素质。三是考察"马"平时接触的对象。这些，通过走访群众是不难发现的。四是考察

"马"的家庭经济状况。五是考察"马"的工作作风。有些"公仆"爱说大话、空话、假话。见到群众不理睬,遇到问题绕道走,下基层大吃大喝还大带,这种人可视为"劣马"。六是考察"马"的生活情况。其次,要把"马"放在特定的环境中长期考察,经过严峻的考验后方可选用。要在艰险的征途上和崎岖的道路上考"马",要在负重拉车的"良马"群里选"马"。人民群众需要的是孔繁森、李润五、李国安这样的骏马,痛恨的是王宝森这样的"劣马"。

总之,考"马"要细、要实,要从多方位、多层次和方方面面去考察。倘若把一个劣迹昭著的"劣马"和"偷鸡豹"选进干部队伍,这就要追究"伯乐"的责任。对于本来是"良马",因提拔重用后,经不住金钱和物质的诱惑而变成"劣马",而一些"伯乐"又睁一只眼闭一只眼,仍然让这些"劣马"在疆场上放纵乱跑,给国家和集体利益造成重大损失,对"劣马"要依法惩处,对"伯乐"亦应追究其法律责任。"伯乐"的失职和"劣马"的犯法是一个问题的两个方面,我们再也不能用人民的血汗去豢养那些害群之马了!

原载 1996 年 11 月 25 日《福州晚报》

/ 灯下漫笔 /

吕岱、徐原越多越好

稍读点古书的人也许知道《三国志·吕岱传》中的吕岱和徐原。每当吕岱有了过失，徐原总是直截了当地批评他。有人对徐原这种直言别人过失的做法很不以为然，便在吕岱面前讨好，指责徐原。吕岱笑道："我看重徐原，正是因为他有这个长处啊！"后来，徐原死了，吕岱哭得很伤心，他说："徐原是我的益友，现在他不幸去世，我今后还能从哪儿知道自己的过失呢？"以后，人们谈论这件事，都赞美徐原敢于直言上级的过失和吕岱勇于、乐于接受批评的美德。

我很钦佩吕岱、徐原这样的人。一个单位、一个领导难免存在这样或那样的过失和问题。倘若我们每个同志都能像徐原那样敢于批评，每个领导干部又都能像吕岱那样乐于接受批评，我们就能把失误和问题消灭在萌芽状态。

诚然，在现实生活中，像吕岱、徐原这样的人还是有的，只是也有一些人对待批评，闻则怒，闻则跳，甚至进行打击报复。有些人在思想、作风、生活上有了"病"，同志们伸出热情的手，对其精心"治疗"，而他们却讳疾忌医，拒绝治病。有些人正是因为没有正视自己的错误，才跌入犯罪深渊。这些人与吕岱相反，对待批评意见十分讨厌、反感，倒喜欢别人拍他的马屁，把他捧上天。有些犯罪分子就是投其所好用"拍马术"拉拢腐蚀干部，得心应手。可见，每个领导干部都要提高警惕，正视来自方方面面的拍马者的"拍马术"。

"拍马术"风行，就是因为有人爱吹捧。改变吹吹拍拍、趋炎附势的庸俗之风，首先要从被拍者抓起。只要我们的领导者能闻过则喜，那么，大多数不同程度患有"阿谀症"的人，或许也会改掉自己的毛病；那些以拍马为终身职业的人，恐怕也只能另谋出路了。

原载 1997 年 1 月 2 日《福州晚报》

送来与拿去

去年，妻在市场上买了两件进口洋时装，穿在身上顿感皮肤瘙痒，我仔细一瞧，原来是外国人"送来"的旧服装。近日，我弟在摊头上买了一只洋打火机，用火在上面加热即可现出女人像，这是海外"送来"的淫秽物品。又闻，某县创办一家合资企业，洋老板几百万设备款到手后，"送来"的竟是大堆废旧机器。这几年，海外"送来"的东西可谓五花八门，前不久美国向中国"送来"10 多个集装箱的"洋垃圾"，引起了国人强烈不满。

自外国列强发现我们这个古老的国家以后，从未停止过"送来"。首先"送来"的有"英国的鸦片，德国的废枪炮，后有法国的香粉，美国的电影，日本的印着'完全国货'的各种小东西"（鲁迅《拿来主义》），并且用枪炮迫使我们非接受鸦片不可，结果不但抢走了大量白银，而且使中国出现了许多面黄肌瘦的"大烟鬼"，就连清政府一些有识之士也担心这样下去，"数十年后，中原几无可以御敌之兵，且无可以充饷之银"（林则徐语），不得不起来抵制、烧毁"送来"的鸦片。历史的教训要牢牢记住！

这几年，海外极力"送来"的东西可谓多矣，其毒害不亚于鸦片和废枪炮。虽然送者不敢再像过去那样明目张胆地用枪炮强迫我们接受，而用"糖衣炮弹"诱惑的送者却大有人在。若不提高警惕，任其"送来"泛滥，后果不堪设想。

新中国的强大，使一些外国人对中国的财富再不敢明目张胆地抢，但仍有人还在不择手段地把中国的资产和名牌"拿去"。据调查，由于我们对合资中的有形国有资产评估不科学、不准确，不少中方企业"骡子卖了个驴价钱"，造成大量国有资产流失。在合资中，外方轻而易举地把中方投入多年心血形成的名牌商标、商誉及购销渠道等无形资产"拿去"，使中方蒙受损失。我国一些名牌商标被外国人抢注的现象也十分严重。闻名遐迩的天津"狗不理"，1992年被日本大荣株式会社"拿去"注册。云南"红塔山"牌香烟商标早已在菲律宾被人抢注。在韩国，不仅中国的老字号"同仁堂""全聚德""安宫丸"等被抢注，甚至连近年来较有名气的"健力宝""青春宝"等也都被抢注。这些被抢注的中国名牌产品，付出了多少人甚至几代人的心血和艰辛，如今却只能眼睁睁地看着别人堂而皇之地"拿去"赚取巨额利润。尤为严重的是一些国货名牌在合资中被外国人"拿去"后消失。据披露，可口可乐、百事可乐在华市场倾10年之功，就把中国八大著名饮料公司的七家"收归"于麾下。如此"拿去"，怎生了得！

当务之急，是要"运用脑髓，放出眼光"，对付外国人的"送来"与"拿去"。窃以为，国门打开后，不但要安上"门纱"，挡住外边"送来"的"苍蝇"和"蚊子",还要装上"防盗门",谨防别人把中国的有形资产和无形资产"拿去"。两道防线缺一不可。要层层把关,严格商检手续,把那些"送来"的丑恶肮脏的东西坚决拒之门外。为了使中国的名牌不再被别人"拿去",我国企业注册者要努力增强商标国际注册的意识,尽快到国外申请注册,要注意收集和保护最早使用商标的证据,打主动仗,取得受法律保护的资格,为我国产品进入国际市场铺平道路。各级政府部门应从法律、政策和制度等方面尽快拿出章法和措施,以引进外资、合资办厂,在互惠互利的基础上规范有序地运作,保证有形资产和无形资产不被别人"拿去"。

原载 1997 年 9 月 21 日《福州晚报》

清代的"吃赈"和"冒赈"

乘着灾荒大捞一把的贪官,在古代官场上为数不少。这种行为,法律上定为"冒赈"罪名,官场上习惯称为"吃赈"。一些地方官员弄虚作假,申报灾情,上报朝廷请求赈济。待赈济下发后,制造假赈灾名册,要衙役、书吏、地保等找人画押签收,侵吞赈济。清人笔记《里乘》记载,有个进士出身的官员到安徽当涂县做知县。当涂县濒临长江,这位县官到任不久就发生水灾,大水冲毁堤防,全县成为泽国。他令师爷照实上报灾情,朝廷很快下发4万两银子作为赈济。他把其中的一半搬入自己的后衙，另一半则由师爷、书吏、衙役们分享，真正发放给灾民的不到十分之一。饿死的饥民枕藉于路，惨不忍睹，而那些官老爷却视若无睹。

谎报灾情和冒赈、吃赈在明清官场上已是公开的秘密。然而大公无私反冒赈的清官也委实不少。清人陈其元的笔记《庸闲斋笔记》中提到，他的祖父在道光元年（1821）代理泗州知州。泗州地处淮河中游，每年夏季都要发大水，全州要被淹掉一半。来此任官的照例报灾请赈，然后造假册报销银子在各级官府中瓜分。所以，安徽官场有"南漕北赈"之谣。陈其元的祖父是个清官，坚决不肯照例办理，上下级官员都恨死了他，想方设法排挤陷害他，陈其元的祖父只得解任。官场上的人都笑他是个傻瓜，他却对陈其元几兄弟说："我没得这笔钱，但以'清白吏子孙'五个字留给你们，不是很丰富吗？"

《清史稿·李毓昌传》记载，嘉庆十三年（1808）秋，黄河决口，江苏淮安一带洪水泛滥。朝廷下令立即放赈，各州县先从州县粮库中拿出粮食赈济灾民，又从朝廷户部调出大批赈银运到灾区。州县地方官们按照吃赈的老习惯，纷纷行动。山阳县知县王伸汉从该县赈银9万两中吞掉2.5万两，当他正在沾沾自喜时，两江总督下派"查赈委员"新科进士李毓昌来到了山阳。王伸汉通过自己的长随与李毓昌的长随打招呼，开价1万两银子，要李毓昌睁只眼闭只眼。可李毓昌不吃这一套，把自己的长随骂了一顿，照旧弹劾王伸汉。王伸汉急了，指使两家的长随联手毒死李毓昌，又伪造他上吊自杀的现场。官场上历来官官相护，李毓昌初来乍到，没有人特别理会，一桩奇案就算了结。可是李毓昌的家属在李毓昌的遗物里发现弹劾王伸汉的文稿，尸体又呈现

中毒现象。李氏家属就到京城都察院喊冤。嘉庆帝亲自下令由军机处追查此案。最后终于搞清事实，王伸汉被斩立决，淮安知府被处绞立决，两家长随都被凌迟处死，两江总督、江苏巡抚也都被革职。

严惩趁着灾荒发大财、吃赈和冒赈的贪官，这是封建社会法律明文规定的。按照明清时的法律，冒赈是极重的死罪，可吃赈又是官场上的普遍现象，即使有人揭发弹劾，也很少会切实查处。

原载 1998 年 2 月 28 日《人民日报》(海外版)

今日“打秋风”

何谓“打秋风”？唐代王定保《唐摭言》中说得很清楚：“打秋风者，拜望富人，捞得几文馈赠之谓也。”明代陆嘘云《世事通考·商贾》云：“打抽丰，因人丰富而抽索之，故曰打抽丰，俗语谓之打秋风者是也。”此乃旧场上的坏风气。古代亦有严禁“打秋风”的清官，清朝翟颢《通俗篇·货财》载靖江郭令辞谒客诗，有“秋风切莫过江来”之句，足见“打秋风”为人厌恶。靖江县原名马驼沙，郭知县原先在江南教过书，上任不久，一个学生就找上门来“打秋风”，他请门人转上一张拜帖、一把诗扇。郭知县见了并不叫开门迎客，而是把那诗扇推开，提笔在扇面上写道:"马驼沙上县新开,城郭民稀半草莱。寄语江南诸子弟,秋风切莫过江来。"写毕,命门人将诗扇送出门外,那学生见诗后只得悻悻而归。

古时的"打秋风",大都是穷人拜望富人,捞得几文馈赠罢了。为了不让人诅咒"为富不仁""六亲不认",为官者一般不会像这位郭知县那样闭门不纳,总要请前来"打秋风"的故人入内衙叙叙旧,谈谈家乡情况,吃上一顿饭,或住上几天,然后封上几两银子,请其上路。按照"扶贫济困"的传统美德,这样做也未尝不可。而如今的"打秋风"却不同了,绝非穷人拜望富人,"因人富而抽索之"。"打秋风"的形式和手段也五花八门,但目的不外乎一个"钱"字和一个"官"字,罗列起来有这么几条。其一,个别当权者借机"打秋风",利用婚丧喜庆、过生日、迁新居等机会大收"人钱",聚敛钱财。某地一位官员的父亲病故,动用公车50余辆,宴请宾客7天,收受钱物10多万元。其二,个别当权者傍大款"打秋风","因大款富而抽索之"。某地一位官员与几位"大款"结伙,搞权钱交易。自家的小洋楼和家用电器大都是某些大款"资助"的,乔迁新居时,仅收到的礼金就达15万多元,可惜没过几天这位官员就跌进了犯罪深渊。其三,老同事、老同学、老部下和诸亲六眷为谋得一官半职,纷纷上门"打秋风"。某县官提任不久,前来"打秋风"的亲朋好友络绎不绝,这位县官可不像郭知县那样把"打秋风"者拒之门外,而是有礼必收,来者必应。他上任一年多,被提拔重用的亲朋好友就有10多人,可谓"一荣俱荣""一人升官,鸡犬升天"。其四,利用节假日和双休日下基层"打秋风"。动用公车下乡钓鱼、打猎、吃喝玩乐。伸手要钱要物,搜刮民财。个别官员平时消费的名烟、名酒都是企业无偿提供的。如此"打秋风",严重败坏了党风民风，人民群众对此深恶痛绝。"廉者，政之本也，民之表也；贪者，政之祸也，民之贼也。"借机"打秋风"聚敛钱财，或谋取官职，老百姓称之为"贼"。作为一个党员干部，如果热衷于"打秋风"，其行径实质上比"贼"还要恶劣。

"秋风起兮木叶飞。"秋风能使葱郁苍翠的树叶变为枯黄。官场上的"打秋风"能使社会风气变"混浊"，必须严禁。首先，要严肃处置"打秋风"者，谁"打秋风"就打谁，要像"秋风扫落叶"一样清扫"打秋风"者。在"打秋风"中，"打"与"被打"是相对的，"打"是矛盾的主要方面，是"刮风"的罪魁祸首。"被打"者虽处于被动地位，但如果愿"打"，那也要负大责任。"打秋风"者看中的是"权"和"钱"。有权的向有钱的"打秋风"，此乃以权谋私。有钱的向有权的"打秋风"，此乃以钱谋官、以钱谋事。因此，要同时处置"打"与"被打"者。其次，要净化"环境"，加强监督，不让"打秋风"者有可乘之机。干部要经常跨地区、跨部门交流。尤其是本地出生的掌握人事权和财政权的干部。要建立严格的监督机制，从严治官。要严格执行"家庭财产申报"制度，对一些官员家中的婚丧嫁娶、建房、乔迁、过生日等活动也要实行有效监督，以法治官、从严管官，这样才能从根本上堵住"打秋风"的源头。

原载1998年10月22日《中国纪检监察报》

古人树木

植树造林，是中华民族的优良传统，自古以来有识之士不但倡导植树，而且重视护树。

史载，秦始皇"焚书坑儒"，只有几种书不烧，其中就有种树之书。后来秦始皇东临泰山，还专门下令"无伐草木"，并要求人们在街边路边都栽上各种树木。贾山《至言》载："秦为驰道于天下，道广五十步，树以青松。"唐代诗人岑参曾有诗云："青槐夹驰道，宫观何玲珑？"便是指秦始皇在驰道上种了青槐的情景。

宋朝的开创者赵匡胤积极倡导植树。公元926年，他下令军队沿黄河、汴河两岸种植榆树和柳树，用以加固堤防。公元972年，又下令所有黄、汴、清、御各河流域的州县百姓除种桑枣之外，每户必须再种柳树及"随处土地所宜之木"。

历代骚人墨客都重视植树，把"树木"与"树人"相提并论。晋代大诗人陶渊明爱柳成癖，他中年弃官归田后，亲自在田园水边栽柳，以柳为伴，怡然自得，自称"五柳先生"。他在《归园田居》诗中写道："开荒南野际，守拙归园田。方宅十余亩，草屋八九间。榆柳荫后檐，桃李罗堂前。"道出他对柳树花木的深情。唐代诗人白居易有"绿色诗人"之誉，他做过多处地方官，每到一处都要栽花种树。他任忠州刺史时，率民众在城东郊广种树木，并在《东坡种花》诗中咏道："持钱买花树，城东坡上栽，但购有花者，不限桃李梅。"

古人栽树，给后人留下一片阴凉，被作为政绩载入史册。陕西黄陵县的"黄帝陵"地面建筑几度兴废,唯距今约4000年的"黄帝手植柏"依然郁郁葱葱,炎黄子孙在树下瞻仰,前见古人后见来者之情油然而生。

古人爱植树更爱护树。《随园诗话》载,江西某太守要砍伐一株古树,有客得知,事前在树上题诗一首:"遥知此去栋梁材,无复清荫覆绿苔。只恐月明秋夜冷,误它千岁鹤归来。"太守读之,怆然有感,遂命不伐。

原载 2000 年 3 月 13 日《国土资源报》

切莫"闲置"老年人才

20 年前,我在一家镇办企业工作,当时由于企业技术力量薄弱,产品质量不过关,难以形成批量生产并打开市场销售局面。在这样的困境下,企业从上海量具刃具厂聘请了 8 位已退休的技师和工程师,在短短的一年中,解决了 20 多道技术难题,使产品畅销全国,并一举打入国际市场。8 位老年人才犹如"八仙过海,各显神通",救活了一个企业,至今使我难以忘怀。

其实,有不少因年龄而不得不退居二线的老年人身怀"绝技",只苦于无用武之地。就拿医院来说,一些医院不顾实际情况,统统采用"一刀切"的做法,让一些主任医师在正是技艺高超时退下,可他们大都健康状况良好,完全可以继续为病人服务。正是这种不切实际的退休政策，一方面使得患者到医院看病时找不到有经验的老年医师，另一方面老年医师却被"闲置"。病人总希望找临床经验丰富的老医师就诊，但在门诊里，能为患者看病的高年资医师并不多，于是社会上托熟人就医成风。

老年人才被"闲置"现象不光医院存在，其他部门也普遍存在。据《新华日报》报道，有关部门曾对江苏省老年人才问题进行了一项调查，发现各类老年人才"闲置"十分严重。在我国老年人口中有大量的专业技术人才，这个庞大的老年群体拥有丰富的知识技能和经验，而且敬业、奉献精神特别强。仅江苏全省具有中高级职称的离退休科技工作者就有29.64万人，占全省在职科技人员的13.4%，他们当中包括中国科学院、中国工程院院士69人，享受政府特殊津贴的2700多人，他们都是各个专业领域的有突出贡献的业务骨干和学科带头人。然而，这一巨大的老年人才资源远远没有被充分开发。据南京市对1000多名具有高级职称的老科技人员的问卷调查显示，"想发挥作用却没有机会"的老年人才占多数。这充分说明仍有相当比例的，既有主观愿望又有客观条件的老年人才处于被"闲置"状态。

经验是真知与灼见之母。老年专家具有丰富的实践经验，多数人身体健康，尚能发挥余热，如果闲置不用，岂不是太可惜了？"闲置"老年人才是一种极大的浪费。目前，社会上还存在着对老年人的偏见，认为他们是一个越来越沉重的包袱。其实，老年人才作为社会的特殊群体，就其自然属性来说，意味着衰老；而就其社会属性来说，却意味着经验和智慧，是社会的宝贵财富。人力资源是各种资源中最重要的资源，全社会要关心和提倡老有所为，在注重老有所养、老有所乐的同时，要积极支持和鼓励老年人参与社会活动。各地可建立老年人才信息库和老年人才中心，促进老年人才流动，以盘活老年人才资源。在科学技术、医疗服务方面，可建立专业技术、导医信息服务网络，在各行业与老年人才之间、在病者与老年医师之间架起一座联系的桥梁，最大限度地发挥老年人才的作用。

原载 2000 年 12 月 16 日《市场报》

寻求"第二落脚点"

100多年前，美国加州因发现金矿而吸引了大批淘金者，犹太人莱维·施特劳斯是其中之一，却每天以失望告终。一天，莱维和一位疲惫不堪的矿工坐在一起休息，这位矿工抱怨说："唉，我们整天拼命地挖呀挖，裤子破了也顾不上补。"莱维眼前一亮，帆布不是耐磨的布料吗？不久，第一条牛仔裤的前身由帆布制作的工装裤诞生了，并从加州迅速推向全国乃至全世界，莱维也由当初的贫困淘金者一跃而成为世界"牛仔裤大王"。

莱维淘金失败，却发现了"金点子"，生产淘金时耐穿的帆布工装裤。"弃金做裤"的成功就在于莱维独具慧眼，另辟蹊径，善于在现实生活中发现被同行忽视的产品潜力和市场需求，并迅速为淘金者提供经久耐用的劳动用品和服务，及时填补市场上的消费空白，从而获得不比淘金差的经济收入。

拿破仑·希尔课题组编著的《我贫穷、我奋斗》一书中讲述了这样一个淘金故事：9世纪中叶，不少人听说美国加州有金矿，纷纷奔赴该地淘金。17岁的小农夫亚默尔也加入淘金者的队伍，渴望圆"淘金梦"。然而，由于加州环境恶劣，气候干燥，加之水源奇缺，许多不幸的淘金者不但没有淘到金子，反而丧命于此。小亚默尔也被饥渴折磨得半死。就在他整天为自己淘不到金子而困惑、苦恼时，却突发奇想：这里不是缺水吗？何不将手中挖金矿的工具变成挖水渠的工具呢？于是，他从远方将河水引入水池，用细沙过滤，变成饮用水，并装进桶里，挑到山谷一壶一壶地卖给那些饥渴的淘金者。很多淘金者虽解了渴，对他却不屑一顾：置身淘金宝地，不挖金子而卖水，捡了芝麻丢了西瓜，还能有啥出息？小亚默尔却义无反顾地坚信自己的选择。结果，很多淘金者空手而归，而他则靠卖水赚到一笔可观的收入。

小亚默尔和众多的淘金者一同来到加州，很多人的遭遇惨不堪言，而他却摘取了沉甸甸的果实。和其他淘金者相比，难道他的外部条件更优越？难道他的实力更雄厚？其实都不是，最重要的一点就在于他能保持清醒的头脑，正确分析自己所处的环境，并果断放弃原先确定的虚无缥缈的目标而另辟蹊径，从平凡中奋起，从解决淘金者的饥渴需求做起，从而取得成功。"淘不到金子就卖水"，从某种意义上讲，是人生的一种睿智、一种豁达、一种境界。一个人有了这样的人生境界，就能自觉地正确对待自己，正确对待机遇，正确看待事业，就能在激烈的市场竞争中另辟蹊径，寻找机遇，选择切合自身实际的岗位。

唐代，有位茶商到南方贩茶叶，可等他到达目的地时，当地的茶叶早就被比他先到的商人收购一空，千里迢迢来收购茶叶，却两手空空，怎么办呢？情急之中他心生一计，将当地用来盛茶叶的篾箩全部买下。不久，当比他先到的商人欲将所购的茶叶运回时，才发现街上已无箓笭可买了。只好求助于这位商人，他因此"绝处逢生"，发了一笔大财。

原载 2004 年 6 月 11 日《山西日报》

名节重于泰山

近读明代于谦的诗作，其中多处谈到名节问题，细细思之，感触良多。他在《无题》中写道："名节重泰山，利欲轻鸿毛。"于谦把名誉节操看得比泰山重，把财利私欲看得比鸿毛轻，这在今天仍有现实意义。

名节，即名誉、气节、操守。重名节、轻利欲，是中华民族的传统美德。许多志士仁人崇尚名节，视名节高于生命。孔子的"名利于我如浮云"；孟子的"富贵不能淫，贫贱不能移，威武不能屈"，讲的都是为人要重名节。汉代的桓宽在《盐铁论》中说："贤士徇名，贪夫死利。"意思是道德高尚的人为名节而死，贪婪的人为私利而亡。三国时东吴的陆绩官任郁林郡太守，处事慎独，注重名节，为政清廉。他任期满后经海道坐船返归故里，因实在没有可以运回家乡的东西，又怕船太轻，抗不住海上风浪的颠簸，只好请船夫搬来一块石头压在船头。陆绩回乡后，心生感念，便请人将这块石头运回宅院，并书"郁林石"三字镌刻其上。明朝弘治九年（1496），监察御史樊祉把这块巨石移入城内官衙中，取名"廉石"，作为百官之戒。清朝苏州知府陈鹏又将"廉石"移至苏州况钟祠旁。从三国到今天，1700多年过去了，这块"廉石"虽历经风雨，却依然伫立，警示着世世代代的人们重名节、守清廉。千百年来，中华民族涌现出无数重名节、讲正气、脊梁直、骨头硬的高洁之士和英雄豪杰，屈原、苏武、岳飞、文天祥、林则徐等就是其中的代表。历史也证明，一个人只有重名节，在民族危亡之时，才能以大义为重，舍生忘死；在身处逆境之时，才能克服困难，勇往直前；在面对诱惑之时，才能淡然处之，一尘不染。

  名节是一个古老话题，但它常说常新。历经千百年的锤炼和发展，名节在今天熔铸成为一种热爱祖国、坚持正义、不图名利的高尚品质，一种克己为人、自强不息、奋力拼搏的伟大精神。对我们共产党人来说，重名节与保持党的先进性是一致的，与坚持立党为公、执政为民是一致的。共产党人重名节，不是为了博取个人的名誉，而是为了实现、维护和发展最广大人民的利益。具体地说，它应当包含这样一些内容：具有远大理想和坚定信念，坚持用科学理论武装头脑，树立马克思主义的世界观、人生观、价值观和正确的权力观、地位观、利益观；牢记党的宗旨，保持同人民群众的血肉联系，始终把人民群众的利益放在第一位，为人民群众真心诚意办实事、尽心竭力解难事、坚持不懈做好事；坚持"两个务必"，自重、自省、自警、自励，始终保持共产党人的蓬勃朝气、昂扬锐气和浩然正气，自觉抵制腐朽思想的侵蚀和金钱物欲的诱惑，真正为人民掌好权、用好权；认真履行职责，努力掌握做好本职工作的知识和本领，充分发挥先锋模范作用。在改革开放和发展社会主义市场经济的形势下，要求共产党员重名节、轻利欲，是弘扬和培育民族精神的重要内容，也是加强党的执政能力建设的必然要求。

从一定意义上说，名节和利欲是不相容的，重名节必然轻利欲，重利欲必然轻名节。人生在世，必然会遇到名利问题，关键是要正确对待。重名节，就是在个人利益与名节发生矛盾时，能够把名节放在第一位，不因贪图名利而违背原则，不因追求私欲而失去操守。高尚的名节不是靠吹出来的，也不是随随便便可以成就的，它来自广大人民群众的广泛认可，来自党性修养和工作实践的长期磨炼。应当看到，在错综复杂的国内外形势下，广大党员干部特别是领导干部面对着各种各样的诱惑、考验和挑战，如果不注重名节，放松思想改造，把握不住自己，就很容易蜕化变质，跌入腐败深渊。只有始终视名节重于泰山，坚持从一点一滴做起，从一言一行做起，保持一颗平常心，才能经受住改革开放和发展社会主义市场经济的考验，经受住党长期执政的考验。

原载 2005 年 1 月 17 日《人民日报》

"一钱罢官"与"一钱斩吏"

清代沈起凤在《谐铎》一书中记载：康熙年间，京城国子监助教之子吴生，一日至廉记书铺闲游，见一少年购《吕氏春秋》时，付钱不慎，将一枚钱掉在地上。吴生随即用脚踏住，待少年走后，俯身将钱拾走。此时，在旁有位老者见状，问了吴生的姓名后，冷笑一声而去。后来，吴生通过吏部应试合格，被选派到常熟任县尉。按官场惯例，在未赴任之前，下僚必须谒见上司，聆听上司训话后，方可上任。当吴生谒见巡抚时，巡抚一连10天不见，第11天，吴生又去，一位巡捕对他讲："你不要来了，巡抚大人已将你挂牌免职了。"吴生听后，冷汗淋漓："为何免我官职？"巡捕答："贪钱。"吴生对巡捕说："我还未上任，怎会贪钱？是否搞错了？"巡捕入内禀告，不一会儿出来对吴生说："没有错。当年你在京城廉记书铺拾钱一事，你忘了吗？当秀才时尚贪财，视钱如命，现今你当了地方官，有了权，还不循私舞弊，岂不是戴官帽的窃贼。现在趁早罢了你的官，免得百姓遭殃。"吴生听后顿悟，后悔莫及。原来当年问他姓名的老者，乃是江苏巡抚汤默庵。

吴生应试合格，但因贪财被罢官，完全是咎由自取。这个故事告诫人们要十分注意自己日常的道德修养，即使是十分细小的行为不检点，也会造成不良的影响。汤公的决定颇有道理，吴生经不起一枚钱的诱惑，很难想象他当官后能廉洁奉公。

由此，我想起《鹤林玉露》书中"一钱斩吏"的一段文字叙述，颇耐人寻味。宋朝崇阳县令张乖崖发现一库吏自库中出，鬓旁的巾子下藏着一文钱，便要打库吏。库吏叫喊道："一钱何足道！你能打我，还能杀我吗？"县令挥笔写就"一日一钱，千日一千；绳锯木断，水滴石穿"，遂拔剑怒斩其首。今天看来，因一钱而斩首，有悖法度，但县令对贪欲的认识，尤其是"绳锯木断，水滴石穿"的推断，于今仍具现实意义，仍是对人们的深刻警示。

小节不拘，终累大德。有人认为，平时吃点、收点、拿点是人之常情，甚至以"不捞白不捞"津津乐道。殊不知任何事物都是由量的积累而引起质的变化，好多人就是从追求蝇头小利开始，从小贪到大贪走上犯罪歧途的。现代社会充满诱惑，这些诱惑比起一枚钱不知大多少倍，它们时时处处对每一个人进行着各种考验。

"银子是白的，眼珠是黑的"，见钱而不眼开，谈何容易。贪财之事，古今中外比比皆是。在现实生活中，未免官职的"吴生"和未斩首的"库吏"大有人在。像"吴生"和"库吏"这般利欲熏心却宽容放纵自己，触犯禁律却逍遥得意者不乏其人。当然，我并不同意"一钱斩吏"的做法，但颇赞成"一钱罢官"。要遏制腐败现象，就必须有古人"一钱罢官"和"一钱斩吏"的狠心和铁腕，从一钱一物抓起，从一人一事抓起，既要"杀鸡给猴看"，也要"杀猴给鸡看"，治官从严，从重打击，不断清除腐败分子，坚决不让贪者当官为害百姓。只有这样，我们的党和国家才不会溃于蚁穴！

原载 2005 年第 1 期《群众》

不解之缘

自从《人民日报》（海外版）创刊那天起，我就与它结下了不解之缘。我每天都要看海外版，不看就仿佛失去了什么。因为海外版题材新颖，内容丰富，知识面广，可读性强，从中能了解到国内外大事，学到许多知识。读报时我总要做好笔记，有的文章还要复印下来，茶余饭后慢慢品味。

我不但爱读海外版，还热心为它撰稿。我在海外版发表的第一篇文章是一篇题为《喝酒与作文章》的随笔。当时我收到登有此文的样报时奔走相告的情景，至今犹在眼前。我在给海外版投稿中，增长了不少写作知识。每次收到海外版寄来的样报，总要将刊用的文章与原稿仔细对照，往往从中发现编辑同志对稿件做了精心修改，添加了不少精彩文字，使文章面目焕然一新，特别是错字病句得到了纠正，对我写作帮助很大。1988年11月2日，我写了一篇题为《清代的"吃赈"和"冒赈"》的文章寄给海外版，不久，收到文艺副刊编辑的来信，信中说："你在此稿中提到山阳县知县名字前后不统一，望查明改正后寄给我。"收到这封信，我被海外版编辑认真负责的精神所感动。我写作不认真，在原稿中有一处将"伸"字错写成"坤"字。我纠正后将稿件重新寄给海外版，不久被刊用了。海外版编辑一丝不苟的精神，对我教益匪浅。从这件事以后，我每写一篇稿件总要认真修改、反复校对后才寄给报社。

我在海外版先后发表过10多篇文章，有两篇文章使我难以忘记。1998年1月9日，海外版文艺副刊登载我撰写的《苏北鲈鱼美》，我在美国工作的一位同学看到这篇文章后打电话给我，他说："看到海外版上《苏北鲈鱼美》这篇文章，勾起了我的思乡之情，多么想品尝家乡的鲈鱼啊！"一年后，他回家探亲，我专门烹饪红烧鲈鱼招待他。1996年2月4日晚，我在江苏大丰市大中镇城郊村青年苏建春的家中，听到苏建春与在斐济劳特卡市打工的妻子张锦凤和弟媳陈桂华通电话。根据他们通话的情况，我写就《斐济——传来拜年声》寄给海外版，1996年2月23日，被海外版读者园地版刊用。后来，我听苏建春说，张锦凤在斐济发行的《人民日报》（海外版）上看到了这篇报道，她们一群打工妹互相传阅，高兴不已。我收到海外版寄来的样报后，将这篇报道提供给镇广播电视站和大丰市广播电视台播发，在乡亲们中又引起了强烈反响，好多青年到我办公室阅读这篇报道。在这篇报道影响下，当年全镇又有100多名男女青年远赴海外打工。

我与海外版的情缘可用3句话来概括：一篇用稿，激励我时常"灯下漫笔"；一个错字，使我永远难忘；一则新闻，引发家乡青年出国打工热。

原载2005年9月6日《人民日报》（海外版）

我也是"作家""专家"

本人志大才疏，虽然从小就梦想成为手握一支生花妙笔的作家和学识渊博的专家，但至今仍只是在梦想而已。可如今，将我视作"作家""专家"的大有人在。近年来，笔者不断收到各种"作家会议""学术研讨会"的邀请函，连自己都不知出了啥问题。

1995年5月，我收到一封从北京寄来的信，打开一看，是一封"新作家代表大会"邀请函，当时我激动得差点儿晕过去。前面说过，我从小做梦也想当作家。如今，"美梦成真"，怎能不激动呢？然而，更激动的还是我父亲。我家祖辈种田，好几代人不识字，听说我将要去北京参加"新作家代表大会"，父亲激动得热泪盈眶，心脏病突发，晕了过去。我妈赶紧拿来速效救心丸和安定药片，他半个多小时才苏醒过来，凝视着那张"邀请函"，不停地问我："这邀请函是真的吗？你真的成了作家吗？"他老人家的情形，让我想起了中举后的范进。

说实在话，本人只不过在工作之余偶尔写点小言论，但发表得很少，充其量不过是个"业余作者"。如今一觉醒来却成了"新作家"，并被邀请到北京参加"代表大会"。这既使我激动，又使我有些不踏实。但邀请函上盖着鲜红的公章，还写明有好多著名诗人、作家到会做学术报告，这还有假？经领导同意，我到了北京。参加大会的"新作家"共118名。大会确实有著名诗人、作家和文学评论家做学术报告，但与会的所有"新作家"全是业余作者，好多"作家"没有在报刊上发表过一篇作品。令人难忘的是，有一位"作家"是"流窜"到北京的，竟然没有钱买火车票回去，还要与会的"作家"捐款。另一位"作家"喝醉了酒，光着身子胡说八道。如此"新作家代表大会"真令人大开眼界。

更令我不解的是，去年以来，我共收到15封来自全国各地的"学术研讨会"邀请函，顷刻间，我又成了"专家"。人贵有自知之明，如果像我这样偶尔在报刊上发表几篇"豆腐块"，就能成为"专家"，那么说"十亿人民尽专家"也不为过。为了不让父亲因他的儿子又成了"专家"而激动得引发意外的事故，我只好偷偷地将一封封"邀请函"藏在抽屉里。

"新作家代表大会""学术研讨会"的举办者，大都是有影响的文艺、学术单位和报社、杂志社，有时一个月我能收到好几封"邀请函"，诸如各种笔会、文学研讨会、经济改革研讨会、精神文明建设研讨会、农业经济管理学术研讨会等，鲜明的会议宗旨和庄重的大红公章不由你不动心。那邀请函上所写的与会者享受的种种待遇更是魅力非凡：带上一篇发表或未发表过的作品（体裁不限）参加评奖，发获奖证书（没提奖金），出作品专辑，与名家联谊、合影，游览名胜古迹。一想到去北京与名家联谊，一想到个人成名成家离不开社会名流的悉心指导和引荐，不由得暗自庆幸。可再一看与会条件不免咂舌：每一次要交上500元到1000元不等的会务费，食宿费、差旅费等还要自理。本人与这些举办单位素无来往，平时投稿不敢高攀，所在机关从未被推荐，他们却能知道我的大名和单位地址，我真佩服他们的能耐。

举办"作家会议""笔会""学术研讨会"，无疑可以促进创作繁荣、学术进步。但现今的这类会议着眼点不在文学和学术，其意在"招财进宝"却是显而易见的。我希望各级有关部门对各类研讨会、培训班、笔会进行规范管理，使其名副其实。本人虽将因此失去被邀请的机会，亦何憾焉？

原载 2005 年 11 月 4 日《湖北日报》

再读《岳阳楼记》

日前，偶翻旧书，再读范仲淹先生的《岳阳楼记》，联系社会主义荣辱观，仿佛又对自己灵魂进行了一次洗礼，感触颇深。

范公"不以物喜，不以己悲"令人敬佩。宋仁宗庆历六年（1046），被贬为岳阳知州的滕子京主持重修了岳阳楼，他认为"楼观非有文字称记者不为显，文字非出于雄才巨卿者不为喜"，便请好友范仲淹写一篇楼记。当时范仲淹任参政知事，因革新政治，触动了保守派大官僚们的利益，遭到忌恨，被贬邓州。他不以自己的处境而戚戚自伤，欣然命笔，借楼写湖、凭湖抒怀，感物思情、忧国忧民，一挥而就，写成一篇气势宏伟、恣肆淋漓、情景交融、富有哲理、流传千古的雄文《岳阳楼记》，写出了那句千古名言："先天下之忧而忧，后天下之乐而乐。"

范公文如其人，言行一致，令人敬佩。过去每每读到"居庙堂之高，则忧其民；处江湖之远，则忧其君。是进亦忧，退亦忧。然则何时而乐耶？其必曰'先天下之忧而忧，后天下之乐而乐'乎"。总以为范公这话是说给别人听的，或是对滕子京说的。现在方知他文如其人，为官始终言行一致、严于律己，唯以人民疾苦为念，只要国家安定强盛，百姓安居乐业，自己一切得失皆可置之度外。他身居高官而忧其民，关心民间疾苦，减少赋税，兴修水利，得到百姓拥戴。

范公艰苦朴素，乐善好施，令人敬佩。他自幼清贫，生活朴素。入主朝政后，任参政知事，俸禄日高。一般人处此高位会锦衣玉食、一掷千金地挥霍起来，可范公日趋节俭，将省下来的俸禄买了一千亩义田，"以养济群族之人，日有食，岁有衣，嫁娶凶葬者，皆有赡"（钱公辅《义田记》），及至自己63岁病逝，家无余财，"贫终其身，殁之日，身无以殓，子无以为丧"，儿孙们连个像样的丧葬都置办不起。他没有为子孙留下任何财富，却留下了俭朴的生活作风、高尚的道德品质，留下了千古功德，流芳百世。他一身的高风亮节，更增加了《岳阳楼记》在我心中的分量。

"先天下之忧而忧，后天下之乐而乐。"范公的这句千古名言，成为千百年来激励有志之士发愤图强、兴邦治国的座右铭。而且，确有一代接一代的英雄豪杰、贤达志士继承范公的精神遗产，英勇奋斗，前赴后继，彪炳青史。

有着崇高理想的几代中国共产党人抛头颅，洒热血，进行了艰苦卓绝的斗争，终于成就了前无古人的伟大业绩；为了人民能过上好日子，无数焦裕禄、孔繁森式的好干部吃苦在前，享乐在后，呕心沥血、勤政为民，从而使"先天下之忧而忧，后天下之乐而乐"的道德信念，不仅达到了更高的境界，而且得到更广泛的实现。

然而，在当今市场经济的大潮中，有些党员、干部荣辱颠倒，骄奢淫逸，把党的宗旨、艰苦奋斗的优良传统丢在脑后。他们滋长了贪图享乐的风气，既不忧民又不忧国，一心想着自己如何先富起来，如何安排好子孙后代。有的官员吃喝玩乐，生活糜烂，金屋藏娇，不惜贪赃枉法，干出祸国殃民的事来。

由此可见，在我们党内和全社会开展社会主义荣辱观教育和艰苦奋斗、忧国忧民的教育是多么必要，我们在学习党章和英雄模范人物先进事迹的同时，也要从我国历史上志士仁人的言行风范中，吸取思想道德修养，真正做到以艰苦奋斗为荣，以骄奢淫逸为耻，以期更好地净化灵魂，提高思想境界。

原载 2006 年 4 月 29 日《中国纪检监察报》

多读《训俭示康》

《训俭示康》是北宋政治家、史学家司马光教诲儿子司马康的一篇家训。此文融事例、名言、典故于一体，从正反两个方面摆事实讲道理，把"崇尚节俭、摒弃奢侈"这个论点论证得充分有力，令人信服。他要求司马康自己不追求奢靡，并教诲子孙崇尚节俭。这是一篇教育子辈和世人崇尚节俭的传世之作，今天读来，仍有现实教育意义。

司马光家族世代廉俭，他的父亲司马池曾任州县官，廉洁奉公，家无余财。身为宰相的司马光继承家风，在那个"众人皆以奢靡"为荣的时代，"平生衣取蔽寒，食取充腹""独以俭素为美"。他经常引用《晋书·何曾传》《晋书·石崇传》中的例子，反复论证"由俭入奢易，由奢入俭难""以侈自败者多矣"的事实。司马光还引用《左传·庄公二十四年》中的鲁国大夫御孙劝谏的一段话"俭，德之共也；侈，恶之大也"，反复论述奢侈的危害性。他说："共，同也，言有德者皆由俭来也。夫俭则寡欲，君子寡欲则不役于物，可以直道而行，小人寡欲则能谨身节用，远罪丰家，故曰：'俭，德之共也。'侈则多欲，君子多欲则贪慕富贵，枉道速祸，小人多欲则多求妄用，败家丧身，是以居官必贿，居乡必盗，故曰：'侈，恶之大也。'"司马光对俭与侈的论述通俗易懂，可谓"大贤之深谋远虑"。

司马光对当时社会的那种"酒非内法，果、肴非远方珍异，食非多品，器皿非满案，不敢会宾友"的风气甚为不满，并进行严厉的批评，指出："风俗颓弊如是，居位者虽不能禁，忍助之乎！"900多年前的封建士大夫就已深刻认识到奢靡的极端危害性，并坚决反对制止，而现在有些官员对奢靡风气非但不做斗争，反而随波逐流、推波助澜，难道不应引起我们深思吗？

"历览前贤国与家，成由勤俭败由奢。"在大力倡导艰苦奋斗，反对奢侈浪费，建设节约型社会的今天，重读司马光的《训俭示康》，大有裨益。我们要像司马光那样，不但要反对奢侈，带头节俭，还要教育子辈、教育属下崇尚节俭，让节俭之风代代相传。

原载2006年8月3日《中国纪检监察报》

出书当学赵树理

赵树理长篇小说《三里湾》成稿后，有3家出版社争相索要，赵树理却婉言谢绝，偏偏把书稿交给一家名气小而稿费低的通俗出版社。他说："这样做，就是为了让出书的成本降低一点，农民花的钱少一点。只要广大农民能看到这本书，我是不顾及稿费多少的。"为了同样的目的，赵树理对自己所有的著作都不同意出豪华本和精装本，在装帧设计上也总是要求尽量简约一些、朴素一些、成本低一些。

赵树理不同意自己著作出豪华本，体现了一个人民作家崇高的思想品质，值得出版社和作家们学习借鉴。时下，一些人赶时髦、比阔气，贪大求洋、华而不实，自己的著作品位并不高，质量并不出色，但也要出豪华本。走进书店，满眼皆是装饰精美、价格不菲的豪华图书，读者望而却步。

赵树理不同意自己著作出豪华本，偏偏把书交给名气小而稿费低的通俗出版社，让农民少花钱看得到书，体现了赵树理心里时刻惦记着老百姓，体现了他与人民群众亲情相依和血肉相连。我在农村长大，我和家人，还有村里的乡亲都喜欢看赵树理的作品，因为赵树理的文学集子装饰简约，秀外慧中，作品源于生活，人物鲜活，寓教于乐，富有魅力。在我的书架上至今还摆放着好几本赵树理的小说，《李有才板话》《三里湾》《小二黑结婚》《十里店》，这些文学书籍都是20年前买的，在书架上仍然光辉灿烂，村里有好多人经常向我借阅。在地边场头，乡亲们常谈论赵树理，谈论他作品中的人物，对他有一种特殊的感情。赵树理是人民的作家，他不同意自己著作出豪华本，让农民少花钱能看到书，折射出赵树理的人品和文品。他来自人民，了解人民，体恤人民，为人民尽心创作，这种服务人民的精神难能可贵。赵树理在给自己著作起名字上，也常常颇费思量。如新中国成立10周年时，人民文学出版社要为名作家和诗人出一本精品选集。赵树理给他的精品文选起了个《下乡集》的名字。有些人认为这个名字太土气、太一般化了，可赵树理所追求的是让识字不多的人都能看懂，要让不识字的人也能听懂。

如今，书店里的文学作品琳琅满目，有些作品老百姓不喜欢看。有些作家不深入生活，闭门造车，以内容低俗粗鄙、包装精美的伪劣作品向读者献媚，与赵书理相比，显得何其渺小。

人民是文学作品价值的唯一评判者。我们的作家要学一学赵树理，深入生活，追求高雅，多写一些人民喜爱的、通俗的、简约的、有生命力的文学作品。

原载 2006 年 12 月 18 日《扬子晚报》

面对井字河

在苏北平原上行车，到处可见星罗棋布、纵横交错的河脉。每一条农田的四周都有河道环绕，每一条河道的长度、宽度都一样，像一幅幅多彩多姿的粉墨画，这就是流传已久的井字河。

说来也巧，近日下乡，目睹一位老大爷率四个儿女挖沟挑泥。我停车观望，这样的"上河工"场景已有多年不见了。大爷笑嘻嘻地告诉我："这种'条田化'和'井字河'是清末状元、爱国实业家张謇的杰作，当年他开创井字河，造福子孙，为苏北沿海地区改良盐碱地、抗洪排涝和抗旱灌溉，立下了汗马功劳。现在井字河被淤积、污染，我们对不起张謇先生啊！"老大爷的话，意味深长，使我感慨良多。

井字河诞生于 1917 年，那时候，张謇率领 6 万启东、海门移民来到苏北大丰开垦，建立了井字河排灌体系。爱国爱民的前辈们在战乱中不忘兴修水利、开垦种植，不忘善待自然、保护生态环境，这种为民造福的意识是后人的一面明镜。井字河既能抗洪排涝，又能抗旱灌溉，还能改良土壤，保护生态环境，便于交通运输，是苏北乡村的黄金水道。

井字河养育着一代代平原儿女，是苏北人的母亲河、生命河。然而，乡村的井字河由于多年没有疏浚、清淤，加之工业废水、垃圾的污染，大都成为污水沟塘，令人痛心。尽管有些乡村和城镇对已污染的井字河进行了表面清理，或填埋、硬化，但违背了自然规律，治标不治本，破坏了地表水的循环，适得其反，造成抗洪排涝、抗旱灌溉障碍。在一些乡村，井字河边没有垃圾池、垃圾桶，河边垃圾铺天盖地，加之工业废水污染，河面漂浮物到处可见，严重污染了河道环境，已经威胁到人们的生存环境，甚至直接威胁人的生命。井字河在呐喊！

保护井字河已成为当务之急。一段时间以来，一些地方投入大量人力、物力，对井字河进行疏浚、清淤，受到百姓称道。我想，倘若张謇在世，会很高兴的。"吃水不忘掘井人"，面对井字河，我们要想到当年张謇组织开挖井字河的艰辛，想到他为民造福的远见卓识，我们应从中得到有益的启示。

从古到今，有多少官吏为了自己头上的"乌纱帽"，不惜耗费民力、物力，以牺牲环境为代价，弄虚作假，大搞"政绩工程"，最后留下的却是桩桩劣迹。相比之下，张謇是有长远眼光和务实精神的。谁都知道，在盐碱地上开挖星罗棋布的井字河是一项巨大工程，没有艰苦的付出，是难以办到的。他不图眼前的"轰动效应"，只求为民留下实实在在的业绩。

井字河默默无言，由于张謇注入了一腔心血和一种精神，已成为他为民造福的一座丰碑，也为我们理解政绩、创造政绩，善待自然、改造自然做出了很好诠释。真正的政绩是老百姓的口碑，是历史的见证，就像"井字河"那样，越是随时间的推移，就越能显示出它的价值。

原载 2007 年 1 月 5 日《工人日报》

"烧船称钉"遏制造假

偶读魏泰的《东轩笔录》，书中记载了一则耐人寻味的故事：宋朝许元出任运判官（负责水运造船工作的官吏）时，发现制造官船的用钉申报量有很大的水分。许元为国库的损失深为忧虑，决定惩治造假者。可是钉子已敲进船木里，无法过秤点数。有一天，许元终于想出了一个办法。他亲临造船工地，下令拖出一艘新船，当众付之一炬，从灰烬中把钉子捡起来过秤。结果，每艘官船的用钉量只有申报量的十分之一。许元严惩了有关官员，并以真实的用钉量作为今后每艘船的用钉量。

一艘官船的用钉量，竟有十分之九的水分，令人深思！许元想出了"烧船称钉"的办法，追查责任人，堵塞了这个漏洞，令人称妙！古为今用，许元的事业心、为国家着想的责任心以及"烧船称钉"遏制造假的巧妙手法，很值得我们学习和借鉴。

在古代，除了谎报工程用料、侵吞国库财产，制造假灾民名册，乘着灾荒大捞银两的贪官也为数不少，这种行为在清代法律上被定为"冒赈"罪名。清人笔记《里乘》记载了许多"冒赈"案情。一些地方官吏先申报灾情，待巡抚亲临巡视踏勘后，申报朝廷请求赈灾数额，然后制造假灾民名册，要衙役、书吏、地保等人画押签收。剩下的事情就是官与书吏、衙役等人分赃。

看来，造假贪财，古已有之。时下，一些人弄虚作假的手法与古人相比也不逊色。某省下拨专款，帮助农民改水、改厕，可一些镇、村干部编造假名册，少改多报，从中骗取拨款。某地遭受龙卷风袭击，地方领导谎报灾情，制造假名册，骗取赈灾款。

有的地方领导投机取巧，谎报数字，骗取名利，群众称之为"官出数字，数字出官"。

弄虚作假之人令人气愤！侵害国家利益的行为让人心痛！这种现象必须予以惩治。许元"烧船称钉"的做法可资借鉴，要亲临现场，逐村、逐户、逐项检查，如有水分和造假，层层级级追究责任，严惩不贷。另外，还要加强审计和跟踪监督。农村修路、造桥、改水、改厕等工程，要经过严格的招投标，所需资金要严格预算。要建立工程质量、数量考核验收制度，建立一支公正廉洁的监督、考核、审计队伍，实行全方位、全过程跟踪监督。要鼓励群众监督，受灾农户和改水、改厕农户要向审核部门提供居民身份证复印件，要在改水、改厕工程或受灾登记名册上签名盖章，提供真实情况，不让造假者有可乘之机。同时，要使各监督主体形成监督合力，切实发挥监督作用，使弄虚造假者无处藏身。

原载 2008 年 8 月 30 日《中国纪检监察报》

要留清白在人间
——读于谦的咏物明志诗

近日读于谦的诗，感触颇深。他的诗多写现实，咏物明志，质朴刚劲，给人启迪，催人奋进。读他的诗，可以从中品味人生、陶冶情操、增智广闻。

于谦（1398—1457），字廷益。钱塘（今浙江杭州）人。曾任明朝监察御史、兵部右侍郎、兵部尚书等职，是一位颇有政绩的清官和民族英雄，也是一位关心民间疾苦的政治家。于谦所处的时代，官场送礼进贡之风盛行，有些地方官和京官奉差外出时，乘机敲诈、勒索，搜刮民财；进京时又竞相攀比，把搜刮的贡品礼物献给皇帝和朝中权贵，以获取高升重赏。然而，于谦反其道而行之，进京总是"空囊以入"。

史载，于谦曾任河南、山西巡抚多年。他每次回京时，所带物品除了简单的行李，再无他物。为此，曾有好心人劝他："虽不愿送金银珠宝攀附权贵，总得带点线香、蘑菇、绢帕才好。"于谦听罢，举起两袖笑道："带有清风！"他在《入京》诗中写道："绢帕蘑菇与线香，本资民用反为殃。清风两袖朝天去，免得闾阎话短长。"这是一首寓意深长的廉吏明志诗。绢帕、蘑菇、线香，都是当时各地的名特产品；闾是最基层的平民居住点。闾阎是老百姓。于谦进京朝见天子，"两袖清风"，是免得让老百姓说闲话。

于谦不送礼，更不受贿，因而他不论是为官执政，还是赋闲居家，都问心无愧，心地坦然。这也正如他在《初度》诗中所说："剩喜门前无贺客，绝胜厨传有悬鱼。清风一枕南窗卧，闲阅床头几卷书。""悬鱼"是个典故，说东汉庐江太守羊续在下属给他送来鲜鱼时，谢绝不成，便将鲜鱼高挂于屋檐之下，任它风吹日晒干瘪，警示他人，从而使送礼风收敛。而于谦则更胜一筹，由于没有人登门给他送礼，便乐得有时间来读书了。

于谦不给朝廷官员送礼，不受贿，并不仅仅是免得老百姓话短长，而且出于体察民情、关心民瘼。他在《立春日感怀》诗中说:"一寸丹心为报国,两行清泪为思亲。"表达了他忠心报国之心和拳拳思民之情。诗如其人,于谦为官清正,不扰民,不贪财,两袖清风,一身正气。他身为明朝高级官员,仍与老百姓心心相印,这种高尚品质,很值得今天的领导干部学习。

于谦以诗明志,把保持高尚的节操看得重于一切,"但令名节不堕地,身外区区安用求"(《静夜思》)。他在《无题》诗中写道:"名节重泰山,利欲轻鸿毛。所以古志士,终身甘缊袍。胡椒八百斛,千载遗腥臊。一钱付江水,死后有余褒。苟图身富贵,朘剥民脂膏。国法纵未及,公论安所逃?作诗寄深意,感慨心忉忉。"诗中称赞古代志士贤人重节操、轻利欲的高尚品行。并列举历史上正反实例,阐述其为政应当清廉的思想。唐朝宰相元载贪得无厌,后被抄家籍没,遭人唾骂,留下了贪名;东汉时会稽太守刘宠清正廉洁,离任时有老人送给他一百文钱,他只接受一枚,当即投入水中,因而芳名流传。而贪图不义之财、搜刮民脂民膏者,即使侥幸逃脱国法的惩处,也会遭受公论的谴责。

于谦的咏物明志诗风格独特,铿锵有力,气势坦荡,魅力非凡。他曾写过一首《石灰吟》,借助石灰倾诉自己为国忠诚清白的高尚情操:"千锤万凿出深山,烈火焚烧若等闲。粉身碎骨浑不怕,要留清白在人间。"这首诗句句写石灰,又句句写自己,他坚强不屈、不怕艰苦、不怕牺牲,宁可粉身碎骨,也要保持自己清白的名声,这是何等高尚的品格啊!

于谦还在《咏煤炭》一诗中写道:"凿开混沌得乌金,藏蓄阳和意最深。爝火燃回春浩浩,洪炉照破夜沉沉。鼎彝元赖生成力,铁石犹存死后心。但愿苍生俱饱暖,不辞辛苦出山林。"全诗紧紧扣住煤炭的特性落笔,以拟人的修辞手法,形象地表现了煤炭那种"但愿苍生俱饱暖,不辞辛苦出山林"的崇高品格,把煤炭人格化，赋予煤炭"鞠躬尽瘁，死而后已"的精神，同时隐喻了作者立身处世的高风亮节。从于谦为官做人的言行看，咏物明志诗成了他一生的真实写照。

原载 2008 年 12 月 11 日《中国纪检监察报》

人生有"三宝"

人生在世，为官做人，有三件宝不能丢。一件是"不贪"，另两件是"德"和"俭"。在这方面，古代贤明之士有许多真知灼见，至今仍发人深思、给人启迪，堪资借鉴。

以不贪为宝。《左传·襄公十五年》中记载了这样一件事：宋人有得玉者，献诸司城子罕，子罕不收。献玉者曰："以示玉人，玉人以为宝也，故敢献之。"子罕曰："我以不贪为宝，尔以玉为宝；若以与我，皆丧宝也，不若人有其宝。"子罕身为司城之官，不以珍玉为宝，而"以不贪为宝"，拒收珍玉，守持清廉。在子罕看来，为官不贪，永葆清廉，这一精神上的"宝"比起物质上的"宝"更为珍贵，更应珍惜，所以他抵制住美玉的诱惑，守持着自己的"不贪"之宝。以不贪为宝，是抵制各种诱惑的强大武器，可以摆脱许多烦恼和困惑，轻松潇洒地面对一切，堂堂正正做人，清清白白做事。

以德为宝。史载：荀丕任荆州曹书佐时，职位比其友王秀之低，而王秀之认为官位重于官德，因而看不起荀丕。荀丕在致王秀之信中说："人之处事，当以德行著称，何遽以爵高人耶？仆以德为宝，各宝其宝，于此敬宜。"在崇尚官位的封建社会，荀丕却认为官德重于官位，他淡泊名位，重修德行。"德厚者流光，德薄者流卑。"没有德，权位越高越有害。德是高尚人格的缩影，是闪光灵魂的轴心。德胜过金钱，胜过权势，使人走向高尚，使人青史流芳。今天，我们仍要以德为宝，就是要求党员干部把道德作为行为规范，常修为政之德，以人民利益为重，全心全意为人民服务。

以俭为宝。老子"恒有三宝"之一就是"俭"。他说："俭，故能广""舍其俭，且广，则必死矣"。意思是说，厉行俭约，才能豪广。如果舍去俭约只讲豪广，那就必定要灭亡。俭是中华民族的传统美德。《周易》："君子以俭德辟难。"《左传·庄公二十四年》："俭，德之共也；侈，恶之大也。"《墨子·辞过》："俭节则昌，淫佚则亡。"都是在说俭的重要性。在反对奢侈浪费，建设节约型社会的今天，重读这些以俭为宝的古训，大有裨益。

原载2009年8月14日《中国纪检监察报》

贪官的装廉术

贪官不但贪财、贪色、贪誉，还善于装"雅"、装"廉"、

"唱廉"。贪官的装"廉"术不断翻新，大致有以下几种情形：

编织光环装廉。贪官一边疯狂敛财，一边编织耀眼的荣誉光环，拼命捞取政治资本，因为荣誉可以包装自己的肮脏灵魂，掩盖腐败恶行，同时也蒙蔽着善良人的眼睛。他们沽名钓誉，都紧紧围绕着一个目的，就是既要出名、当大官，又要掩盖自己贪的嘴脸，更多地吸取人民的血汗，更多地侵吞国家财产。

塑造形象装廉。贪官塑造良好的公众形象，更便于其欺世盗名。有些贪官被查出犯罪事实时，常常使一些善良的人大吃一惊。他们有的是年轻有为的"开拓型"干部，有的是"劳动模范"，还有的是"人民满意的公务员"。先进的荣誉、耀眼的光环、良好的形象，使人们难以将他们与"贪污受贿"联系起来。

以廉政自居装廉。有的贪官逢会必讲"反腐倡廉"，逢人必谈"廉政为民"，装廉装得天衣无缝。他们对那些被媒体或群众揭露出来的腐败问题也大加鞭挞，表示"深恶痛绝"，以此来掩人耳目，暗地里却干着权钱交易的勾当。

在细节上装廉。这种人很注重生活"小节"，平时装得很"朴素"，对送礼上门者加以斥责，对别人送上门的小恩小惠一概充公，用细节包装自己的"廉政"形象。但背地里，他们对自认为很安全的巨额贿赂都是张开口袋，一味笑纳。

贪官总是千方百计地装廉，以骗取人们的信任，以掩盖自己的丑恶面目。我们要高度警惕"廉政包装"下的腐败行为。贪官装廉，要害是个"伪"字。披上伪装，干那些见不得人的勾当。它的出现，客观上需要继续加大反腐败力度，尤其需要建立健全对权力行使过程中的监督机制和制约机制。腐败与职权形影不离，总是在行使职权的过程中产生的，腐败分子总是在"廉政包装"下行事的。因此，只有在权力行使过程中，从体制和机制上构建防腐闸门,才能从根本上杜绝职权腐败。

原载 2009 年 6 月 2 日《检察日报》

学学彭德怀的"三怕"

读《彭德怀传记》和有关彭德怀事迹的文章,感慨颇多。彭德怀临危不惧、处乱不惊的非凡胆略,尤其是他慎独、自律的"三怕"精神,给人留下了深刻印象。

彭德怀怕"言过其实"。在抗美援朝战争年代,著名作家巴金带领创作组到朝鲜采访。巴金写了一篇《我们会见了彭德怀》的文章,真实地写出了彭德怀司令员的人物形象。彭德怀看到文章后,觉得把自己写得太"大"了。他写信给巴金,提出修改意见。信中写道:"我是一个很渺小的人,把我写得太大了些,使我有些害怕!"这封信是彭德怀看到文章后立即写出的。从信中可以看出,这位高级军事指挥员的谦逊和质朴,态度之真诚,令人感动。

彭德怀怕"出名"。据《彭德怀传记》载:在军事博物馆文物陈列馆里,有一封彭德怀给毛泽东的信。当年毛泽东曾亲笔书赠彭德怀:"山高路远坑深,大军纵横驰奔。谁敢横刀立马,唯我彭大将军。"面对这一崇高的赞誉,彭德怀惶然不敢接受,心里有些怕。他致信毛泽东,请求将"唯我彭大将军"改为"唯我英雄红军"。应当说，毛泽东对彭德怀的评价是名副其实的，但彭德怀却不接受"唯我彭大将军"的赞誉。他能摆正个人与集体的关系，充分体现了一名领导干部谦虚谨慎的精神。

彭德怀怕"老百姓骂娘"。有一次，他在外地进公园游览时，发现偌大的公园不见一个游客。一问，才知道有关部门为了他的安全，把群众都赶走了。彭德怀当即说："不逛了，觉得人家在背后骂我的娘。"说完拂袖而去。彭德怀逛公园还想着群众，不见身边有群众，就感到不悦。这种时时刻刻想着群众、不脱离群众的作风，很值得党员领导干部学习。

彭老总慎独、自律，怕"言过其实"，怕"出名"，怕"老百姓骂娘"，体现了共产党人的高尚品格，也显示了共产党人应有的谦虚、坦荡和博大的胸怀。时下，有的领导干部为了一己私利和名誉，弄虚作假、以权谋私，甚至侵害群众利益，与彭德怀相比，实在应该深思和反省。

身为党员领导干部，有所"怕"，才能有所为、有所不为。应当像彭德怀那样有所"怕"，自觉做到亲民、爱民、敬畏人民，保持廉洁自律的作风和人民公仆的本色，让自己做的事情对得起养育我们的人民，这样才能获得人民群众的真情拥戴。应当看到，领导干部权力越大、担子越重、责任越大，犯错误的可能性也越大。对此，如果缺乏清醒的头脑，缺乏自知之明，心中缺少"怕"，就容易出问题。因此，党员领导干部应当有所"怕"，自觉淡泊名利，保持良好作风，扛得住各种诱惑，经受住各种考验。

在新的形势下，党员领导干部不妨学学彭德怀的"三怕"，在生活和工作中，时刻保持清醒的头脑，严于律己、淡泊名利、清正廉洁、谦虚谨慎，自觉做让群众满意的领导干部。

原载 2010 年 9 月 3 日《中国纪检监察报》

"由来名位输勋业"

都江堰崇德祠，前身乃是纪念古蜀王望帝杜宇和丛帝开明氏的望丛祠。从汉代起，民众自发地在祠中祭祀李冰，以致喧宾夺主。官府只好顺应民心，在南齐时，将望丛祠迁到郫县，原祠改祀李冰，命名"崇德祠"。

成都武侯祠门楣上却高悬着"汉昭烈庙"的金字匾额，这又是为何？史载，公元223年刘备病逝，丞相诸葛亮迎柩归葬于成都南郊，建"惠陵"和"先主庙"奉祀。11年后诸葛亮病逝北伐前线，葬于汉中定军山下。蜀汉人民哀痛万分，纷纷要求立祠纪念，由于后主刘禅反对，只能私祭于道陌。200年后，才在惠陵之侧自发地建起一座庙，并以诸葛亮谥号"忠武侯"而名，为"武侯祠"。明初，蜀王朱椿见武侯祠香火旺盛，先主庙反而门庭冷落，遂以"君臣宜为一体"为由，下令废祠，改在刘备殿侧附祀诸葛亮，形成"前庙后祠"的格局。然而，百姓因"孔明治蜀，留有遗爱"，故"敬慕孔明反胜昭烈"，虽大门高悬"汉昭烈庙"，却仍以"武侯祠"称之。

望丛祠演变为崇德祠，百姓改称汉昭烈庙为武侯祠，历史的演变证明百姓心中有杆秤，民众的心愿不可违背，历史的潮流不可抗拒，这是不以人的意志为转移的历史发展规律。

战国时期，秦国蜀守李冰造福百姓，集前人治水之大成，在成都附近的岷江流域修建了综合性的防洪灌溉工程都江堰，"作大堰，雍江作堋"，使原来水旱灾害频繁的川西"旱则引水浸润，雨则杜塞水门"，成为"水旱从入，不知饥馑，沃野千里"的

"天府之国"。李冰修建都江堰水利工程的功绩泽被后人，其在人民心中的地位大大超过了也曾"教民务农"率民治水的望帝和丛帝，人民因之尊他为"川主"。清人骆秉章撰的都江堰颂联写得好："此日去昭公二千余年，终古大江流，潭影波光，夜夜认秦时明月；其地溉益州一十六县，秋风香稻熟，豚蹄盂酒，家家祝太守祠堂。"

至于三国名相诸葛亮造福蜀人的故事，更是家喻户晓。他注重发展农业生产，对都江堰水利工程大加保护，认为"此堰农本，国之所资"，为川西平原的农业生产提供了有利条件。在发展蜀锦生产上，诸葛亮身体力行，带头种桑，兴桑养蚕，并向民众"教织此锦"，使"蜀锦勃兴，几欲夺襄邑之席"。他任人唯贤，促进民族融合，进一步开发西南地区，受到百姓拥戴。诸葛亮治蜀惠民，鞠躬尽瘁，刘备当然不能与之相提并论。唐代诗人张继有一首《咏武侯祠》这样写道："门额大书昭烈庙，世人都道武侯祠。由来名位输勋业，丞相功高百代思。"

无论是何朝何代，无论官居何职，只要你能为官一任，造福一方，人民就永远不会把你忘记。崇德祠取代望丛祠，百姓改称汉昭烈庙为武侯祠，正是揭示了这样一条历史唯物主义法则：一个人只要有益于世，惠爱百姓，为民办实事，就会受到人民爱戴，这是礼教不能束缚、名位无法限制、权力难以压抑的。某些沽名钓誉、徒有虚名的"公仆"应从中得到启发。

原载 2010 年 9 月 30 日《中国纪检监察报》

康熙皇帝重用清官于成龙

康熙是清朝最有作为的皇帝。他之所以能开创一代盛世，很重要的一个原因，在于他重视廉政建设，注重树廉政典型，十分关爱、重用廉官。如被称为"于青菜"的著名清官于成龙，有不贪一钱的张鹏翮，人称"苦行老僧"的陈滨等人。

康熙曾四次提拔重用于成龙，并题词以资嘉勉。于成龙是山西永宁（今方山县）人，于顺治十八年（1661）任广西罗城知县。罗城"偏处山隅，峦烟瘴雨"，传说北方人若去，"生还者十不一二"，亲朋劝他莫往。他以"古人义不辞难"相告，变卖部分家产，得银百两以做盘缠。行前他表示："我此行绝不以温饱为志，誓不昧'天理良心'四字。"当时，县衙中长满荒草，中堂、内宅也皆为茅屋，条件十分艰苦。于成龙从老家带去的几名壮仆，先后病死4人，剩下的大都弃他而去。但他"义不辞难"之志仍不动摇，堆土石为几案，在柱下支锅做饭，与当地百姓有盐同咸，无盐同淡，深得百姓信赖，因而人们常到衙门"环集问安"。百姓见他清苦，便凑钱给他，他谢绝说："可持归易甘旨（买好吃的）奉汝父母，一如我受。"他努力安定社会秩序，发展经济，不用公款去改建县衙，而是大建学宫，传播文化。三年后，罗城县百姓安居乐业，于成龙功绩突出。

于成龙廉洁奉公、勤政为民，当了七年县官后，被康熙提拔为四川合州知府。从穷乡僻壤调到商贾云集、"遍地是钱"之地，依然清廉自持。"仅畜一羸马，以家仆自随"，并对地方上以土特产"孝敬上司"的陋习一概革除。

于成龙的廉名传入康熙耳中，康熙十七年（1678），又提拔于成龙为福建按察使。尽管发财易如反掌，他却是"节操棱棱还自持"。满汉大臣到他住处，但见房舍之内只有一个竹箱子、两口锅，"文卷书册数十束，此外却无一物"。

康熙十九年（1680），康熙又提拔他为直隶（今河北）巡抚，成了封疆大吏。他在巡抚任内又是廉声斐然。

康熙二十年（1681），康熙接见直隶巡抚于成龙，褒奖他是"清官第一"，并在经济上奖励他："知其家什凉薄，特赐内帑银一千两，朕亲乘马一匹，以示鼓励。"康熙树于成龙这个廉政典型，并题词号召各级官员向他学习，词曰："高行清粹。"

奖励之后，康熙还觉得提拔重用于成龙的力度不够，不过数日，再下旨提拔于成龙为两江总督。于成龙赴任，自带盘缠，租了一辆驴车，沿途住便宜旅店，而没有惊动州县"公馆"。到任后，他拒绝宴请，拒住用公款为他装修一新的豪宅。颁布兴利除弊条约，宣布"誓不受属员一毫馈送"。严禁各级官吏在正赋之外乱加摊派，禁止奢靡佚游。遇灾荒之年，他"屑糠杂米为粥，举家食之"，还以此招待客人，并说："如法行之，可留余米赈饥民也。"他"日食粗粝一盂，侑以青菜，终年不知肉味"。为开俭朴之风，这位大总督以身作则，每天只食用粗米、青菜，老百姓称呼他为"于青菜"。

由于康熙重用廉官，树了于成龙这个廉政典型，江南"望风改操"，形成廉洁官风，民间也纷纷效仿，富足人家"相率易布衣"，出现官风正、民风正、事业兴旺的繁荣景象。

"哲人虽已远，千载可同风。"康熙抓廉政建设，注重"典型引路"，关爱、重用、奖励廉官的做法，对我们今天反腐倡廉仍有现实意义。

原载 2013 年第 5 期江苏《党的生活》反腐倡廉版

贤妻良母重贤德

我国古代有许多贤妻良母重贤德的廉政故事,今天读来仍感人至深、发人深省。

东汉时期,乐羊子在路上拾到一块金子,拿回家送给妻子,满以为能得到妻子的欢心,不料却被妻子批评了一通:"妾闻志士不饮盗泉之水,廉者不受'嗟来之食',况拾遗求利以污其行乎?"乐羊子听后羞愧不已。后来,妻子还教育乐羊子发奋求学,使他终于成为有用之才。乐羊子妻可谓贤妻。

《晋书·陶侃母湛氏传》中记载晋代高官陶侃:"少为浔阳县吏,尝监鱼梁,以一封鲊遗母,湛还鲊,反书责侃曰:'尔为吏,以官物遗我,非惟不能益吾,乃以增吾忧矣。'"掌管鱼梁的小吏利用职务之便,把收受来的腌鱼装了一小瓦罐送给母亲吃,可以说是孝敬之举,但是母亲湛氏不接受,送还给儿子,还训了他一顿。

别看一罐腌鱼是小事,因小可以见大。陶侃之母可谓良母。还有一次,浔阳县衙举行宴会,陶侃喝得酩酊大醉。酒醒后,母亲一边垂泪,一边责备他:"饮酒无度,怎能指望你刻苦自励,为国家建功立业呢?"陶侃羞愧难当。母亲要他保证从此严于律己,饮酒不过三杯。此后,陶侃无论官居何职,在何种场合,饮酒从未超过三杯,"陶侃饮酒不过三"成了历史上的佳话。

《后汉书·列女传》中写道:田稷受下吏货金百镒,献给母亲。母亲问:"子为相三年,禄未尝多若此也。安所得此?"田稷面对母亲的责问,只好承认是得之于下吏。母亲告诫他说:

"士修身洁行,不为苟得。非义之事不计于心,非理之利不入于家……不义之财非吾有也,不孝之子非吾子也。"这一番义正词严的训话把田稷说得惭愧不已,急忙把金送还原主,又主动去见齐宣王,把事情经过如实禀奏,并请齐宣王治罪。齐宣王不但没有治他的罪,还认为田稷为人诚实,他的母亲德行高尚可嘉。田稷为相三年,薪俸是有限的,焉有多金可以奉母?百镒非小数,一镒就是二十四两,百镒就是二千四百两,一个人搬都搬不动,而田稷的母亲却不为所动,可见品质之高贵。这件事很快传遍齐国,田母受到人们的赞扬。在田母的影响下,田稷终成一代名臣。

贤母不仅不受不义之财,而且不是凭自己苦干实干、德才品行得来的官,职位再大再高,正直的母亲也不愿让儿子接任。《史记·廉颇蔺相如列传》记载,战国时,赵括因纸上谈兵导致兵败亡赵的历史故事,几乎人人皆知。其父赵奢曾言"若用此儿必将亡赵",而赵括的母亲力阻儿子当官的举动同样值得称道。当得知赵国国君要用赵括为帅时,赵母立刻上书劝止。赵王不解,召赵母来问。赵母便把赵奢生前评论赵括的话向赵王讲了一遍,又说赵奢做将军时,把赏赐给自己的财物全部分给部下,从受命那天起,再未过问家中事情,全部心思都用在了带兵打仗上。如今赵括一当上将军就把大王赏赐的金帛全部拿回家中藏起来,每天关心的事情,就是哪里有便宜合适的田产可以购买。所以,她请求赵王不要让赵括当将军。然而赵王心意已定,终未采纳赵母意见,结果长平之役惨败,国之精兵损失殆尽,赵国从此江河日下。但高风亮节的赵母成为历代贤母典范。

"哲人虽已远,千载可同风。"这几则廉政故事今天读来,仍觉荡涤心灵、振聋发聩。知子莫若父、莫若母。儿子的品行,父母最清楚。时下一些官员明知自己的子女素质差，品行不好，仍利用职权为子女谋官谋职，与赵母相比显得多么渺小。

贤妻良母重贤德，廉政家风向从政者传递的是严于自律、秉公用权的正能量。家风正，则士能安贫守正。母爱重如山，妻贤夫祸少。相反，家风不好，则终究会生出祸端。可怜的是那些室无贤妻良母的官员，在金钱的诱惑与亲人的要求两路夹击之下，很容易跌进犯罪深渊。所以，为了亲人的微笑，培树廉正家风，秉持清廉操守，应该成为为官理政者的永恒品德追求。

原载 2014 年第 2 期江苏《党的生活》反腐倡廉版

年年防漏

某机关大院有三幢楼房，建于 20 世纪 90 年代，楼顶呈平面形状，钢筋混凝土结构，由于日晒雨淋，楼顶混凝土层面风化，顶楼和雨篷出现裂缝、泛潮、漏雨。因此，防漏成了每年机关楼房维修的主要工程项目。但多年来，年年做"防漏"，却年年照旧"漏"。

有个家住本镇的包工头，原来是个漆匠，常在机关做墙面涂料粉刷和小装修，接些小打小敲工程。自打承接房屋土建、维修、装潢、防漏等工程，机关的这些活就基本上由他包揽。据我观察，他年年在机关做房屋防漏，楼顶和雨篷还是年年漏。有人问他，为何楼顶和雨篷年年防漏年年漏？他只说防漏只包一年，楼房又老了,这里不漏那里漏,所以年年要做。

我想,如果机关楼顶和雨篷真的有一天不漏了,他哪里还能年年做呢?这机关不仅楼顶、雨篷漏,是不是也有其他地方在漏呢?

原载 2014 年 4 月 28 日《人民日报》

廉洁也是尽孝

某局长因收受贿赂锒铛入狱,老父亲经不住打击,突发心脏病住院。另据报载,某市长利用职务之便,为房地产开发商等谋取利益,收受巨额贿赂。案发入狱后,他的老母亲哭瞎了双眼。儿子腐败犯法,最痛心的莫过于父母,打击最大的莫过于父母!

俗话说,儿行千里母担忧。现在却演变为儿入仕途母担忧。儿子升官了,父母非但高兴不起来,反而担忧儿子腐败犯错误。可怜天下父母心。普天之下,哪位父母不是望子成龙、盼女成凤?哪位父母不是希望子女平平安安,有出息、有作为,能光宗耀祖?儿子走上领导干部岗位,父母更是希望他们廉洁自律,勤政为民,好好为官做人。有些官员却辜负了父母和人民的希望,无视党纪国法,把父母和人民的嘱托抛到脑后,骄奢淫逸,大肆敛财,无所不为。他们的恶劣行为让其父母脸面丢尽,心如刀绞、痛心不已,乃至双眼哭瞎,这是多么的不敬不孝、大逆不道啊!

《后汉书·列女传》中写道:田稷受下吏货金百镒,献给母亲，以表孝心。母亲问："子为相三年，禄未尝多若此也。安所得此？"田稷面对母亲的责问，只好承认是得之于下。母亲告诫他说："士修身洁行，不为苟得。非义之事不计于心，非理之利不入于家……不义之财非吾有也，不孝之子非吾子也。"这一番义正词严的训话把田稷说得惭愧不已，急忙把金送还原主，又主动去见齐宣王，把事情经过如实禀奏，并请宣王治罪。宣王不但没有治他的罪，还认为田稷为人诚实，他的母亲德行高尚可嘉。田稷的母亲真是通达大义，足以警世。田稷的母亲认为"收受他人货金献母"是不义之财，是不孝之子，可见田母品质之高贵。这件事很快传遍齐国，田母受到了人们的赞扬。在田母的影响下，田稷终成一代名臣。

《礼记》里讲："夫孝者，天下之大经也。"意思是说，孝是一切德行的起点。自古忠臣出孝子。今天，党员干部该如何孝敬父母呢？是以廉洁的行动孝敬父母，还是以腐败的恶行使父母痛心？在现实生活中，有少数党员干部片面理解"孝"的含义，认为经常送些礼品给父母，让父母享受物质生活，就是尽孝心了，有些人甚至把收受的礼物和不义之财送给父母，以此"尽孝"，其实这是"尽逆"，与真正的"尽孝"背道而驰。孝敬父母的钱和物要来得合法，要取之有道，父母受之才能坦然、舒心、放心、安心。如果用收受的礼物送给父母，就是送祸于父母，使父母增添负担，忧心不安，反倒是不孝顺了。

廉洁也是尽孝。官员清正廉洁、奉公守法，不让父母担忧，不让父母流泪，是对父母最好的精神赡养，是对父母长辈最大的尽孝。

原载 2014 年第 10 期江苏《党的生活》反腐倡廉版

莲花精神赞

兰考县委常委扩大会议引用《爱莲说》，强调党员干部要有"莲花精神"，出淤泥而不染。并指出，如果与庸俗的东西同流合污，最后终究会被淘汰。

莲花即荷花，端庄淡雅、清新气正、独树一帜。历代文人雅士写出了许多颂莲佳作，历久弥新，读之动人心弦，启人心智。宋朝周敦颐著有《爱莲说》："予独爱莲之出淤泥而不染，濯清涟而不妖，中通外直，不蔓不枝，香远益清，亭亭净植，可远观而不可亵玩焉。"看似是对莲的直观描写，其实字字句句皆是借莲倾诉心衷也。北宋中叶，士大夫阶层在封建统治的诱掖下，互相攀比，纷纷追求豪华富贵，耽于享乐。周敦颐击中时弊，以莲喻人、以莲喻廉，写下了这篇借物咏志的千古名篇。通过对莲花的描写，赞美莲花坚贞不渝、"出淤泥而不染"的高洁品质，表达了作者不与世俗同流合污的高尚品格和对追名逐利庸俗世态的鄙弃和厌恶。

周敦颐笔下的莲花向人们展示了一种低调淡泊、清新雅致、不事张扬、清净正直、无私奉献的襟怀，这不正是党员干部为官从政需要的精神品质吗？一段时间，社会上庸俗风、"关系学"盛行，官场风气浑浊，正常的人际关系被扭曲，人际关系变成金钱关系；一些官员以权谋私，贪图享乐，私欲无限膨胀，贪赃枉法，腐败之严重触目惊心。

兰考县委扩大会议引用《爱莲说》一文，借古喻今，以物励人，要求党员干部有"莲花精神"，坚贞不渝如莲花一般，出淤泥而不染，始终秉持高洁正直、廉洁奉公的高尚人格，有很强的现实针对性。

赏莲思廉。"莲"与"廉"不仅音同，而且意同，皆有清、洁、净、静、直、节、雅之意。莲与廉不仅血脉相通，而且灵性相通，莲始终在默默地坚守着自己不染、不妖、涤尘、脱俗、祛燥、趋直、超群之精神，似乎也在时时刻刻提醒着为官为人者："朋友，我出淤泥依然清洁无污，您今天是否做到了呢？"

要求党员干部发扬"莲花精神"，意义深远。为官者在复杂的环境中应如莲花般出淤泥而不染，独善其身，尤为重要。古今有识之士不仅爱莲，而且爱廉、倡廉。《左传·襄公十五年》中记载了这样一件事：宋人有得玉者，献诸司城子罕，子罕不收。献玉者曰："以示玉人，玉人以为宝也，故敢献之。"子罕曰："我以不贪为宝，尔以玉为宝；若以与我，皆丧宝也，不若人有其宝。"得玉者以玉为宝献给子罕，子罕身为司城之官，不以珍玉为宝，而"以不贪为宝"，拒收珍玉，守持清廉，可谓远见卓识，堪称楷模。俗话说，黄金有价玉无价，可在子罕看来，为官不贪、永葆清廉，这一精神上的"宝"比起物质上的"宝"更为珍贵，更应珍惜。以不贪为宝，这是抵制各种诱惑的强大武器；以不贪为宝，可以摆脱许多烦恼和困惑，可以使自己轻松潇洒地面对一切；以不贪为宝，清清白白为政，从从容容做事，可以使自己在复杂的环境中立于不败之地。北宋清官包拯说："廉者民之表也，贪者民之贼也；勿以官小而不廉，勿以官小而不勤。廉洁方能聚人，律己方能服人，无私方能感人。"至理名言，千古传颂。

何谓廉？廉者，不贪、不受、廉洁、廉政、清廉也。居官位而不谋私，握实权而不滥用，拒腐蚀，永不沾。然而，有些人面对权力、金钱、美色等诱惑，把持不住堕入腐败陷阱，且有人重蹈覆辙，前"腐"后继。古语云："贪如火，不遏则燎原；欲如水，不遏则滔天。"要遏制腐败，必须培育"莲花精神"，营造"爱廉、思廉、学廉、尊廉、崇廉"的浓厚氛围。无数事实表明，党员干部要做到像莲花一样净洁无污，必须坚持以"廉"修身，保持头脑清醒，加强自律意识，提高道德修养，遵纪守法，树立廉洁清正的作风，保持高尚的道德情操和健康的生活情趣，这样才能遏制贪念，抵制诱惑。

自古以来，有识之士不仅赏莲爱莲，而且尚廉崇廉。赏莲者，乃爱莲之人；尚廉者，必为崇廉之士。人之赏莲如赏月，可得心之宁静、情之高洁；人之尚廉即尚德，应思初之无污、终之贞节。为官当爱莲、思廉，当有"莲花精神"。

原载 2014 年 11 月 29 日《大丰日报》

慎　独

"慎独"一词最早出自《礼记·中庸》。意思是君子在独处、无人知晓、无人注意、无人监督的时候，也要小心谨慎，严格要求自己，不做违背道德、法律的事。

人类有多少欲望，世上就有多少诱惑。诱惑无处不在，无隙不钻。相比之下，为官者比平民百姓所面临的诱惑要多得多、大得多。因为为官者手中有权力，而有些人看中的正是权力，为达到某种目的，不择手段地诱之以物、诱之以钱、诱之以色，当权者只要有丝毫不慎，就会被腐蚀跌下犯罪深渊。因此，在五花八门的诱惑面前，保持清醒头脑，"慎其独"尤为重要。

历史上有很多"慎独"的生动故事，今天读来发人深省，令人警醒。《醒世恒言》载：唐肃宗乾元年间，官人薛伟于高烧昏睡中梦幻化为鲤鱼，跃湖中，恰遇渔夫垂钓，明知饵在钩上，吞之必祸身，但耐不住饵香扑鼻，张口咬之，终被钓去。这则"人变鱼被钓"的故事，入木三分，耐人寻味。在金钱和姿色的"钓饵"面前，有些人"识得破"，但"忍不过""扛不住"，结果吞下"钓饵"，不能自拔。为何有些人在"钓饵"面前能"识得破"，却"忍不过"，终遭被"钓"之厄运呢？原因是身在独处，经不住"钓饵"的诱惑。一旦"上钩"，想脱身也就难了。

遇到诱惑，如何才能做到"识得破""扛得住"呢？古人"慎其独"拒绝诱惑的做法值得我们借鉴。

首先要做到"我心有主"。遇到诱惑，自己又有欲望，怎么办呢？这时最需要的是冷静，要"心中有主"。《元史·许衡传》载：元代大学士许衡携众公干途经河阳，长途跋涉，饥渴难耐。忽然道旁有一棵梨树，众公差蜂拥而上，争相摘梨吃，唯许衡正襟危坐，不为所动。有人问他为何不吃梨，他说："非自家梨，岂能乱摘？"又有人说，兵荒马乱之时，这梨树是没有主人的，摘吃无妨。许衡答："梨无主，吾心独无主乎？"他最终没有吃梨。"我心有主"，就能"识得破""扛得住"诱惑。遇到诱惑，最可怕、最危险的是"心中无主"。作为人民的公仆，在诱惑面前，只有做到"我心有主"、坚持原则、是非分明，方能固守节操，不为名困，不为利惑。

其次要做到"克制自我"。人在独处,面临强势的诱惑,如何摆脱呢?这时最需要的是自控能力。明代山东有个叫曹鼐的官人,年轻时任泰和典吏(相当于现在的公检法干部),有一次押解一名绝色女贼,因来不及赶回县衙,共宿荒山野庙。月光下,那女贼频频暗送秋波,以色相诱,曹鼐视而不见,不为所诱。情急之下,就用纸条写下了"曹鼐不可"四字贴在墙上,作为对自己的警诫。他写了撕,撕了再写,如此反复,直到天亮,终于扛住了女贼的色诱。曹鼐官虽不大,自控自制能力却很强,对色诱"识得破""扛得住",给后人留下了一段夜过"美人关"的佳话。贪官难过美人关。"因色而贪",是不少贪官的犯罪动机之一。其实,人世间的诱惑何其多也!面对炫目的金钱、绝色的女人,倘能做到像曹鼐那样"克制自我",就能不为所惑。

再次要做到"封其心眼"。自己有"雅好"、爱好,倘若遇到投其所好的诱惑,不妨来个闭目不见,不屑一顾。《清朝野史大观》载,清道光年间,刑部大臣冯志沂嗜碑帖书画如命,平日却只字不提所好。一日,有属吏探得冯之嗜好,特将一本宋拓名碑帖献上,冯志沂连眼都不睁,喝令退还。属吏不解,问:"何不启视之?"冯曰:"封其心眼,断其诱惑,怎奈我何?"原物不开封而还,封其物而冻己心,任你的"钓饵"味多香,色多艳。冯志沂不为"雅好"而失节,"封其心眼"拒名帖,可谓拒绝诱惑的高手。另据清史载,清代明臣汤斌曾任江苏巡抚、礼部尚书和工部尚书等职,他不论是做地方官还是居朝廷高位,从不收礼。汤斌爱好书画,一次过生日,官绅们知其不受馈赠,便送上一屏幅。盛情难却之下,他只把屏幅上的撰文抄录下来,随即将屏幅退回。汤斌"抄文退屏",如此"慎独",令人敬佩。近些年来,"雅好"变成"雅贪"的案例不少。"不怕领导讲原则,就怕领导没爱好"，一些不法分子见到官员有"雅好"，总是使尽伎俩，投其所好，行"雅贿"，进行拉拢腐蚀。一些有"雅好"的官员经不住诱惑，沦为"雅贪"，成为阶下囚。有"雅好"本无可厚非，但有爱好也不能爱过头，要像古人那样做到爱之有节、好之有度。否则，"雅好"变"雅贪"，一失"雅"成千古恨。

"君子慎其独"是先贤倡导的一种自我约束方法，是拒腐防变的有效良药，也是党员干部应有的道德规范和思想境界。作为一名领导干部，在独处时，独善其身、廉洁自律、谨慎行事尤为重要。要做到自重，善始善终爱护自己的人格，珍视自己的身份，慎用手中的权力。要做到自律，自我监督、自我约束，时时处处严于律己、廉洁奉公。要做到自省，常修为民之德，常怀律己之心，常思贪欲之害，常弃非分之念，要经常反思自身言行和思想。要做到自警，在隐处和微处下功夫，既要以贤人的"慎独"精神为楷模，又要以贪官身败名裂的教训为镜子。如此日日"三省吾身"，方能保持"慎独"的自觉性、坚定性、持久性。

原载 2014 年 12 月 20 日《大丰日报》

做一世好官

"百姓谁不爱好官？把泪焦桐成雨。"是好官，还是坏官，老百姓心里有杆秤。自古以来，老百姓爱护、拥戴清正廉洁、勤政为民的好官。古代的范仲淹、于成龙、林则徐是好官；当代的焦裕禄、孔繁森、杨善洲是好官。老百姓永远怀念、感激他们。

老百姓拥戴好官，也痛恨庸官，因为庸官不学无术，善于投机钻营，喜欢趋炎附势、吹牛拍马、不干实事，老百姓希望他赶快下台。

"人过留名，雁过留声。"好官，不用自夸。历史是人民写的，好官、庸官、坏官，最终还要人民来评定。然而，做一世好官谈何容易。当官要用权，而权是一把"双刃剑"，用之不当，私欲熏心，就有可能让自己变成身背千古骂名的坏官。人总有欲望，倘若自己不说，别人很难看得出来，而且越是有病的人，往往越装得比健康人还健康，跑着、闹着、争着、抢着不惜带"病"升官。更重要的是，这些人当官本来就是奔着高官厚禄、发财享受去的，一旦当上官，必然为了这个奋斗目标拼命去捞去抢，利令智昏，欲壑难填，"头昏"就不可避免的了。

于是，有人不无夸张地把做官也当成了"高危职业"，这显然与事实不符。清者自清，浊者自浊。毕竟，因"头昏"而堕落的官员在我们整个干部队伍中尚居少数，还有更多不"头昏"的官员清正廉洁、忠于职守，"拒腐蚀，永不沾"，为官一任造福一方，深得人民拥戴。

有道是"风斜雨急处，立得脚定。花浓柳艳处，着得眼高。路危径险处，回得头早"。古往今来，那些站得高而不"头昏"的官员中，涌现出了海瑞、包拯、孔繁森、郑培民等，一尘不染、高风亮节；那些站得高而昏了头的官员，就成了严嵩、和珅、成克杰、胡长清等，贪得无厌，穷奢极欲，为人不齿。

如今，不少人做梦都想往高处去，但对怎样在高处不"头昏"没有相应的思想准备，这将是很危险的。须知，人生贵在

"高处不头昏",不论是当泥瓦匠还是当官。

诚然,要做到在"高处不头昏",需要全程奋力,不能有一点疏忽,一疏忽将跌下深渊。一个人当官几十年,只要做一件不廉洁的事,或做一件对不起老百姓的事,就不能算是"一世好官"了。那么,怎样才能做一世好官呢?

做一世好官,需要胸怀理想,不忘初心,坚定信念。理想信念是共产党人精神上的"钙"。正所谓"信之愈深,行之愈笃"。党员干部只有坚定理想信念,矢志不渝,才能在错综复杂的环境中把握自己,在纷繁多变的形势中看准方向,在长期的工作中保持头脑清醒。

做一世好官,需要遵纪守法、清正廉洁。为官之道在于依法,为官之德在于清廉。依法、守法、清廉,是党员干部的行为准则。要在几十年的政治生涯中不"头昏"、不出事、不栽跟头,就要始终做到严以修身、严以用权、严以律己,时刻提醒自己"苟非之所有,虽一毫而莫取"。

党的十八大以来,多次就加强干部队伍建设做出深刻阐述,科学回答了"怎样是好干部""怎样成长为好干部"等重大问题。党员干部要深刻认识"好干部"的科学内涵,自觉践行"信念坚定、为民服务、勤政务实、敢于担当、清正廉洁"的好干部标准,从自身做起,从点滴做起,表里如一,善始善终,永葆政治本色、艰苦作风和清廉风骨,努力成为党和人民信任的"一世好官"。

原载 2015 年第 6 期《中华魂》

如此农民上楼

傍晚回家，目睹一位老农驾驶的电动三轮车上装着两只羊和羊草，我感到新奇，便问："天快要黑了，把羊运到哪里卖？"这位老农笑着说："同志，不怕你发笑，我家拆迁后被安置在别的村，但承包田还在7里外的原村，白天骑车去原村种地、放羊，晚上把羊带回安置房过夜，深夜怕小偷盗羊呀。"

这位老农还告诉我："拆迁后，虽住上了农民公寓，居住条件好了，但增添了许多麻烦。一是种地不便，每天要骑车到原村种地，早出晚归，中午吃饭、休息没地方。二是晒粮、棉不方便，收获季节，粮食、棉花要运到农民公寓楼下的场地上翻晒，因场地小，家家抢场地晒粮食、棉花。三是贮存粮、棉不方便，农民公寓无附房，车库又小，晒干的粮、棉没有足够的地方贮存。四是养殖不方便，拆迁前的老住宅独门独院，家前屋后有猪舍、羊圈、鸡窝，还有河塘，既养鱼又养鸭、鹅，六畜兴旺，住上农民公寓，哪还能发展养殖业呀。"老农的话实实在在反映了当下拆迁农民的苦衷和诉求。

最近，我还遇到母亲的老邻居阮桂英奶奶，她拄着拐杖，一瘸一拐，驻足向我诉苦："拆迁后住农民公寓，像关在笼子里，老两口上下楼不方便，只好在泰西村小儿子家的平房居住。"阮桂英奶奶患糖尿病并发症，腿瘸，行走不便；老伴患肠癌动手术，身体虚弱，不能爬楼。拆迁后安置住农民公寓，给老两口生活带来了诸多不便。

这几年，因城镇建设、新建各种园区和房地产开发，大量的农田被征用，农民住宅被拆迁。拆迁安置也由过去的就地安置变为异地安置、并村安置。即甲村拆迁户集中到乙村安置，或几个村的拆迁户并到一个村安置，安置房有农民公寓，也有代建房、自建房。

异地安置的农民公寓和代建房存在两个问题，一是给还有承包田的农民生产生活带来了极大不便；二是安置房质量较差，农民公寓或代建房由开发商承建，拆迁户购买。由于一些承建商转包工程偷工减料，所建安置房出现裂缝、泛碱，引发拆迁户群体上访。

在新一轮的城乡一体化建设过程中，一些地方大拆大建，新农村建设模仿或套用了城市建设形式，传统的乡村住宅和院落被拆被毁，"迁村并点"、异地安置，新建联排小高层农民公寓，还配套新建农民文化、健身广场和娱乐活动中心。由于没有考虑农民对设计的需求，一些地方的文化广场变成了打谷、晒谷场，那些照搬城市模式的休闲乐园也变成了鸡鸭鹅和猫狗嬉戏的场所。

农民是土地的主人，承包田是农民的命根子，住房是农民的安身立命之处。拆迁安置应考虑农民的切身利益、生存方式、生活习惯和种植养殖需求，不能把城市居住方式强加给农民。拆迁安置应因地制宜，满足农民现代化物质居住需求，留住农村的自然和人文景观，保持乡村的原生态和宜居环境。

原载 2015 年 4 月 14 日《新华每日电讯》

用廉政文化滋养心田

品读廉政名言、廉政诗文、廉政故事,从中汲取思想精华和道德精髓,不仅能滋养心田,还能培厚文化土壤。

"廉者,政之本也。"我国廉政文化源远流长、博大精深,并伴随着历史的发展而不断丰富,其中有很多优秀的廉政名言、廉政诗文、廉政故事,读之动人心弦、发人深省。

与廉政书籍结缘始于 1995 年。那时我担任镇党校的副校长,党校经常举办培训班。按照办班要求,必须安排廉政教育内容。古人有言,"欲影正者端其表,欲下廉者先之身。"对一个党员教育工作者来说,教育人,首先要教育自己。为了提升文化素养、增强授课吸引力,我经常到县里的书店选购廉政书籍,从书中汲取营养。我还把一些历史上的廉政故事和廉政名言引入教案里,受到学员的欢迎。从那时开始,廉政书籍便成了我案头上的常备读物。

退休在家,我仍然爱读廉政书籍。夜色如水,月满书斋,手捧一本廉政书籍,细细品读,犹如一股清风扑面而来,既滋润心田,又砥砺品格。

品廉政名言,启人心志。在浩如烟海的古代典籍中,不乏言简意赅、寓意深刻的廉政名言佳句。品味这些名言警句,在阅读、思考、自省中不断改造、打磨、提升自我,能滋育从政底蕴。汉代桓宽的"贤士徇名,贪夫死利",宋代包拯的"清心为治本,直道是身谋",明代年富的"吏不畏吾严,而畏吾廉;民不服吾能,而服吾公;公则民不敢慢,廉则吏不敢欺;公生明,廉生威"等,都给人以深刻启发。这些古代廉政名言佳句,我不但记在本子上,也铭记在心中,将其作为自己的行动指南,时常警诫自己,做到"本上有廉言,心中有廉声"。

读廉政诗文,净化心灵。廉政诗文是廉政文化的瑰宝。我尤其喜欢读诸葛亮的《诫子书》、司马光的《训俭示康》和陈毅的《七古·手莫伸》。他们的廉政诗文多写现实,咏物明志,质朴刚劲,给人启迪。常读这些廉政诗文,可以陶冶情操、增闻广智、净化心灵。明代于谦曾以一首《初度》明志自况:"剩喜门庭无贺客,绝胜厨传有悬鱼。清风一枕南窗外,闲阅床头几卷书。"于谦引用东汉庐江太守羊续悬鱼拒腐的典故,称赞"以廉为纲、奉洁为铭"的磊落做法,廉洁而坦荡的形象跃然纸上。这些脍炙人口的廉政诗文,往往语言质朴、形象生动,却寓意深刻,具有很强的警示作用。

悟廉政故事,固本培元。一个好故事胜过一沓大道理。曾读到过一个故事:曲阜孔府内宅门的内壁上,绘有一幅状似麒麟的壁画,而这便是传说想吞下一切金银财宝甚至日月星辰的貔貅,可谓贪得无厌。孔府之人将其绘于内壁,就是要告诫家人:"戒贪。"还有一本《中国古今廉政故事》,收录了近两百个廉政故事,书的年代虽然久远,但内容丰富,并不过时。"一钱太守美名扬""一丝一粒系节操"等故事,我不知读了多少遍。养廉重在固本,每读一遍,总有一种常读常新的感觉,都是对心灵的一次刷新。

"廉者常乐无求,贪者常忧不足。"工作之余,静下心来,常读、多读、用心读一些廉政名言、廉政诗文、廉政故事,从中汲取思想精华和道德精髓,不仅能滋养心田,还能培厚文化土壤,何乐而不为?

原载 2017 年 7 月 13 日《人民日报》

像金子一样纯洁坚定

古人常用"金玉其质"来形容人的品质如金似玉,无比纯洁、坚定、高尚。至今人们还称赞廉洁、坚定的人"有一颗金子般的心"。

黄金是贵重金属,早在春秋战国时代,黄金就用以铸造货币。《汉书》记载:"秦币黄金方寸而重一斤。"相当于今天的金砖。古代黄金以镒为单位,一镒就是二十四两,一斤为十六两,一镒黄金重一点五斤,可称"重币"。黄金的贵重还表现在材质上。《说文解字》说:"金,五色金也。黄为之长,久薶不生衣,百炼不轻,从革不违。""久薶不生衣"是说黄金不易氧化,不生锈,这是它的坚定性;"百炼不轻"是说黄金不含杂质,高温冶炼不折分量,这是它的纯洁性;"从革不违"是说黄金铸成器皿后不变形,这是它的刚毅性。为官者如果具有黄金一样的品质,能做到像黄金一样坚定、纯洁、刚毅,就能永葆清廉本质。

黄金有价,廉洁无价。黄金贵重,但对从政者来说,廉洁比黄金更为贵重。自古以来,那些品质如金,却不爱金,纯洁、坚定而不为黄金所动的官员更受人尊重。《韩诗外传》记载:"楚襄王遣使者持金十斤、白璧百双聘庄子,欲以为相,庄子辞而不许。"《鲁连子》记载:"秦师围赵而退,平原君以千金欲为鲁连先生寿。连笑曰:'所贵天下士者,为人释难,解人缔结,若即有取,商贾之事,连不忍为也。'"庄子和鲁连子不为重金所动,见金而不眼开,他们意志坚定、金玉其质的品格,令人敬佩。

梁毗哭金的故事更耐人寻味。梁毗是隋文帝时的西宁州刺史。他刚一到任,当地一些富商们为了拉拢讨好新刺史而纷纷进献金子。尽管梁毗严词拒收,富商们还是乐此不疲。一天晚上,梁府张灯结彩,梁毗宴请送金的富商们。开席前,富商们在交头接耳:"这梁毗收了金子软了嘴,反请我们喝人情酒啦!"酒过三巡,梁毗一摆手,家人按照事先的吩咐把富商送来的金子全部端了出来,堆在桌子上。梁毗对着金子,突然放声大哭。富商们见状不知所以然,个个愣住了。一富商小心翼翼地问:"梁大人,是不是嫌我们送得太少了?"梁毗摇摇头,哭得更厉害了:"你们送金给我,是让我犯法,这是想毁我呀!"梁毗将金子一一放到富商面前,说:"吃完酒,你们各自带回去吧!"富商们才知梁毗哭金的目的。

黄金贵重,其质坚定、纯洁,但也具有一定的腐蚀性和诱惑力。金子是亮的,眼珠是黑的,见金而不眼开,确实不易。自从黄金成为货币、成为市场价格的等价物后,它的本质特征和纯洁、坚定的品质被有些人遗忘了。古今中外,惜金如命,目无法纪,眼睛里看中的只有金钱者不乏其人。《列子》中记载了一个盗贼抢金的故事耐人寻味:齐国有一个贪财的人,清早起床,到黄金交易市场去,光天化日之下抢了人家的金子就跑。捕吏抓住他问:"在大家眼皮底下,你怎么敢抢金子呢?"齐人回答说:"我抢金子的时候,满眼只看见金子,哪里还看得见人?"在现实生活中,像齐人这样见金盗金而不见人的大有人在。那些大大小小的"老虎"和"苍蝇"贪得无厌,眼睛里也只有金钱,哪里还看得见人,心中哪还有党纪国法?陈毅元帅曾精辟警示那些见金不见人的人:"手莫伸,伸手必被捉。党与人民在监督,万目睽睽难逃脱。"对于那些见金不见人、目无法纪的贪官,只有健全法治、加强监督,做到伸手必捉,依法从重从快打击,出现一个严惩一个，除恶务尽，我们的党和国家、军队才不会溃于蚁穴、毁于一旦。而执政当官上位者，更需要时刻保持着金子一样的品质，在挫折面前保持坚定，在诱惑面前保持纯洁，在阴霾之中刚毅不屈，这样的官才得民心。

此稿获 2017 年第四届中国（浙江）"鲁迅故里杯"廉政杂文大赛二等奖

撕破"两面人"的面纱

近读清代小说《镜花缘》，被小说中的"两面人"所吸引。他们都长着两张脸，前面是一张笑脸，慈眉善目、善良随和；脑后却藏着一张恶脸，青面獠牙，凶狠阴险。李汝珍用这种夸张讽刺的笔法描写"两面人"，令读者不寒而栗。

"两面人"潜伏在党内、军内时间长，危害大，祸国殃民，为人民群众深恶痛绝。如何识别"两面人"？如何撕破"两面人"的面纱？我认为，首先，要掌握"两面人"的特征。"两面人"不但贪财、贪色，而且"贪誉"，还善于装"廉"表演。掌握"两面人"特征，关键是要透过现象看本质，要用三维视线、透视的眼光去看，就像老中医看病一样，看一个人面色就能看出他得了什么病。

其次，要加大考察、监督和巡视力度。要创新考察、考核、考评干部方式，实行全方位、多角度、立体式考察干部的有效形式。提拔任用干部，既要看他平时怎么说，还要看他平时怎么做。既要考察他 8 小时以内做了些什么，又要考察他 8 小时以外干了什么。既要考察他的"朋友圈"，又要考察他的家风、家庭成员和三亲六眷情况。要建立谁考察、谁负责、谁担责的用人责任追究制，杜绝带"病"上岗、"两面人"掌权，严厉打击、惩治卖官买官的腐败行为。要进一步完善监督、巡视制度，加强对党员领导干部的全方位监督和检查。处处设置"监控"体系，布下天罗地网，使"两面人"无处立身。健全民主集中制，充分发扬党内民主，弘扬正气，净化社会风气和官场风气。进一步完善权力运行机制和权力监督机制，堵塞漏洞，加大官员财产申报和审查力度，发动、鼓励干部群众举报，加大惩治力度。早发现、多发现一个"两面人"，我们党和国家就少一分损失。

"贪而弃义，必为祸阶。"必须深入贯彻中共二十大精神，坚决贯彻落实新时代党的建设总要求，始终绷紧从严治党这根弦，推动从严治党向纵深发展，坚持无禁区、全覆盖、零容忍，坚持重遏制、强高压、长震慑，以永远在路上的坚韧和执着，用火眼金睛识别"两面人"，撕破"两面人"的面纱，坚决清除侵蚀党的健康肌体的病毒，将"两面人"的道貌岸然与斑斑劣迹悉数钉在历史的耻辱柱上，让他们遗臭万年。

原载 2018 年第 3 期《中华魂》

为官不可学李绅

提起唐代李绅，可能很多人不知其人，只知其诗。他的《悯农》诗二首被选入小学课本，向来为人们传诵。"锄禾日当午，汗滴禾下土。谁知盘中餐，粒粒皆辛苦。""春种一粒粟，秋收万颗子。四海无闲田，农夫犹饿死。"

《悯农》是李绅年轻时的作品，从1200年前流传至今，成为一代又一代学童的启蒙作品，影响是巨大而深远的。在当时，一个尚未步入仕途的年轻人作《悯农》诗以言志，难能可贵，可敬可佩。

然而，就是这位年轻诗人在步入仕途后，人格发生了变化，变得显贵，目无百姓，竟然成为一名伤农的酷暴。李绅后来曾在中晚唐任中书侍郎，封赵国公等职，权倾一时。《太平广记》卷二六九"酷暴"类下有"李绅"一节，读之发人深省。当李绅在淮南当节度使时，就完全失去了悯农心，百姓疾苦他根本不放在心上，露出了一副酷暴嘴脸。"李绅以旧宰相镇一方，恣权威""持法峻，犯者无宥。狡吏奸豪潜形叠迹。然出于独见，僚佑莫敢言"。他不仅独断专行，而且酷刑峻法。狡吏奸豪倒是"潜形叠迹"了，僚属百姓也不敢作声，战战兢兢、终日惶惶。"邑客黎人，惧罹不测，渡江淮者众矣。"就是说在李绅的暴政下，黎民百姓终日惶惶不安，不知何时要大祸临头了，于是纷纷渡江淮而逃难。当他接到部下"户口逃亡不少"的报告后，这个曾经同情农夫、关心百姓疾苦的李绅，却若无其事地说："汝不见掬麦子乎？秀者在下，秕糠随流者不必报来。"意思是，你见过用手捧麦子吗？那些颗粒饱满的总在下面，而那些随风而去的秕糠就不用上报了。在官僚李绅的心目中，逃难的百姓就是"随风而去的秕糠"，不值上报。

李绅一生因作《悯农》而流芳青史，也因伤农酷暴留下千古骂名。李绅从"悯农"到伤农、酷暴的蜕变过程，至少给我们两点启示：

其一，诗不变，人格会变，"志"也会变。意识是对物质的反映，诗人、文人言志，并非抽象而玄虚，它是作为客观事物的反映而存在的。青少年时言志，贫穷时言志，在野时言志，失意时言志，并不能作为判断其显达时、富贵时、在朝做官时的"志向"，人格之依据。赋诗言志，为官做人，贵在不忘初心、言行一致、表里如一。青年李绅的《悯农》诗所言之志是朴实、纯真、善良、厚道、正直的。而当李绅成为当权者后，年轻时的悯农"志"和悯农"心"已荡然无存。可见以一时、一事、一诗、一文来评判人的品行，有时是不可靠的。李绅的蜕变表明，有"志"、有学问的人，随着时空、环境的变化，"志"也会变化，品德也会由好变坏。

其二，文如其人，也有言不由衷，人非其文。从古到今，文如其人的官员不乏其人，如范仲淹、苏东坡、于谦、文天祥等，他们既有好诗文传世，也留下了千古功德，流芳百世。然而，有些人诗文作得好，但实际做的又是另一套。像李绅这样人非其文的人物也大有人在。就是在当下，找几个像李绅这样的人物也不是什么难事。有些人刚走上领导岗位时，写文章或做演说，立志做一个好官，也懂得"谁知盘中餐，粒粒皆辛苦"的道理；可久而久之，手中有了一定权力，就改变了初心，目无百姓，私欲膨胀，无所不为。因此，为官做人要不忘初心，心中有民，言行一致，说到做到，千万不可学李绅。

原载 2018 年 10 月 27 日《大丰日报》

有感于匡衡的后半生

匡衡"凿壁偷光"刻苦读书的故事广为人知，感动了一代又一代学童，也成为很多人在教育下一代中引用最多的典故。

"凿壁偷光"语出晋·葛洪《西京杂记》。清·杨臣诤《龙文鞭影注》也有记载。匡衡，出生于西汉后期的一个贫寒家庭。《汉书》说他家"父世农夫"。他小时候很想读书，可是因为家里穷，没钱上学。后来他跟一个亲戚学识字，才有了看书的能力。为了家里开支，他过早承担起养家糊口的重任。喜欢读书的匡衡白天到地里干活，晚上到家里才有时间读书。可是家里太穷，买不起油灯，晚上无法看书。怎么办呢？有一天晚上，他躺在床上背白天读过的书，背着背着，突然看到东边的墙壁上透过来一线亮光，原来是邻居家的灯光从墙缝里透过来了。于是他想了一个办法，趁邻居不注意，用小刀把墙缝挖大了一些，借助墙洞射过来的亮光读书。

不久，在别人的介绍下，他认识了当地一位藏书家。为了能看到更多的书，匡衡恳求主人将自己留下，并用干活作为交换看书的条件。经过几番恳求，主人被匡衡刻苦求学的精神所打动，决定留下他。有了大量的书籍后,匡衡便如饥似渴地读起来。匡衡读书求学,做出了不同寻常的努力,特别在《诗经》的研究上,得到了人们的认同。《汉书》注说:"匡说《诗》,解人颐。"

汉元帝即位后,一改汉宣帝"不甚用儒"的做法,匡衡得到了与他有着相似经历的几位儒臣的赏识,他们向皇帝推荐了他。汉元帝封他为博士、给事中。丞相韦玄成病逝后,匡衡接替其位,受封乐安侯,最终升至丞相。匡衡做梦也没有想到自己的命运竟然发生了如此大的转折。然而,在拥有越来越多的权力之后,匡衡人格也渐渐发生了变化,做了一些违背初心、不该做的事。

其一,不讲原则,阿谀曲从。汉元帝认为没有老婆的宦官"精专可信任",所以"事无大小",都让宦官石显去处理。石显利用势权,为非作歹。因他与皇帝关系密切,匡衡为了保住自己的官位,趋炎附势、阿谀曲从,没有及时参奏揭发石显的恶行,没有尽到重臣应尽的责任。《汉书》说匡衡"位居大臣位,知显等专权势,作威作福为海内患害,不以时白奏行罚,而阿谀曲从,附下罔上,无大臣辅政之义"。

其二,家教不严,纵子犯法。他的儿子越骑校尉匡昌目无法纪,"醉杀人",被关进牢里,结果被人发现他纵容另一个儿子和"越骑官属"一起,去牢里把匡昌抢了出来。

其三,以权谋私,贪婪盗土。汉元帝封他为乐安侯时,给他封地3100顷,但是他利用地图的错误,一直冒领着其他400顷的租谷。10多年后重新勘界,他又百般阻挠,继续强占,终于受到了司隶校尉和少府廷尉的劾奏。汉成帝念其往日有功,又因其年事已高,只是让他"丞相免为庶人,终于家",就完事了。

匡衡因"凿壁偷光"而名垂青史,影响后世,但最后竟以

"占地盗土"而身败名裂。我们既要看到匡衡的前生,更要知道匡衡的后半生。既要看到他勤奋好学扭转了命运一面,更要记取他"贪婪盗土"被免为庶人的深刻教训。

匡衡的命运逆转至少给我们两点启示:一是做官为人与读书同等重要。从古到今,有多少学子勤奋读书改变了命运,又有多少读书人走上仕途后命运逆转,走上犯罪歧途。勤奋读书可以改变命运,然而,读书有成后,命运改变了,做官后更应不忘初心,好好把握命运,否则,好命运也会逆转。二是勤奋读书可以做官,但读书、做官的目的不明确,唯利是图,也可以毁掉自己的一生。

从某种意义上说,读书可以改变一个人的命运,做官不慎也可以毁掉一个人的一生。可见,读书、做官改变命运后,廉洁从政,清清白白做官,把握好自己的命运尤为重要。

原载 2018 年 12 月 15 日《大丰日报》

劝君常读《钱本草》

古文《钱本草》只有 187 个字,是唐代名臣张说撰写的传世名篇,此文喻钱为本草、明药理、说药性、述采集、谈用法、讲禁忌,反复阐述"人离不开钱,但钱也能害人"的哲理,寓意深刻,发人深省,在今天仍有教育意义。

张说（667—730），字道济，洛阳人，20岁应诏进朝为官，历经武则天、唐中宗、睿宗、玄宗四朝，玄宗时任中书令，封燕国公。开元盛世，一代名臣，且才华横溢，擅长文辞，为官多年，饱经沧桑，才写出这篇传世奇文。千载之后读之，仍觉"药味"犹存。

"钱，味甘，大热，有毒。"讲钱的"药性"，即功效。大千世界，芸芸众生，有多少人只看到了钱有"味甘"一面，"采泽流润""疗饥寒""解困厄"，却忘记了钱"大热、有毒"的副作用，一旦失却"均平"，"则冷热相激，令人霍乱"。且这种"疫情"一旦流行开来，就会"役神灵，通鬼气"，后果十分可怕。

钱，"能利邦国"，但对官员来说，又是"污贤达"的腐蚀剂。历朝历代，不知有多少"贤达"被金钱腐蚀后，跌下犯罪深渊，成了人民的罪人。

"其药，采无时，采之非理则伤神。"讲钱的"采集"之法。采集此"药"，不问季节，不问早晚，但要循理，此理即"君子爱财，取之有道"，包括天理、情理、道义、道德、法律等公理。所谓"伤神"，即"采之非理"不仅伤神情、神圣、神明，而且伤品行、名节、德操。古人云："万事劝人休瞒昧，举头三尺有神明。"（《增广贤文》）"无言暗室何人见，咫尺斯须已四知。"（唐·周昙）这些古训，都为"采之非理"提供了注释。

"如积而不散，则有水火盗贼之灾生；如散而不积，则有困厄之患至。"讲钱的"积散"之道。对官员来说，只积不散，或乱积不散，或积而不道，不仅于己于人于子孙无益，且易招灾惹祸，贻害社会。反之，只散不积，大手大脚，超前消费，奢侈浪费，寅吃卯粮，无异于坐吃山空，其害无穷。"积散"之道，不仅指个人勤俭节约之道、乐善好施之道，也指一个单位或部门的积累与消费、生产与分配之道。钱，来自社会，用于社会，取之于民，用之于民，能积能散、能赚能施，统筹兼顾，为民造福，便是人间正道。

"以此七术精炼，方可久而服之，令人长寿。"讲"炼药"之术，即对金钱的驾驭之术。"七术"告诫人们，在钱的问题上，一定要坚持以下七项原则："一积一散"（积散兼顾）是为道，"不以为珍"（不为钱迷）是为德，"取与合宜"（收支平衡）是为义，"使无非分"（使用正当）是为礼，"博施济众"（扶危济困）是为仁，"出不失期"（信守契约）是为信，"入不妨己"（取之有道）是为智。以此"七术"慢火细煎，精心炼制，服之方可祛热散毒、清心明目。这就要求我们，在钱的获取、消费和管理上，一定要走正道，一定要符合社会的公理与正义，兼顾道德、法律与责任，才能真正达到"道、德、义、礼、仁、信、智"的境界。

读《钱本草》，犹如医生与患者对坐，望闻问切，言之在理，析之精辟，切之准确。读此文，犹如服了一剂良药，于做官为人、身心健康大有裨益。

原载 2024 年 9 月 29 日《大丰日报》